庫 JA
〈JA1205〉

超人幻想　神化三六年

會川　昇

早川書房
7638

超人幻想　神化三六年

＊忍びの時丸《ときまる》　第一週第一回台本より

（TTH放送アーカイブに保存されていたものより復刻。なお多くの台本は現存していない。原本はガリ版刷りで、ホッチキスで留めたものである）

画面	音（声）
プロローグ	
毎週月曜放送回にのみ、この共通のシーンをつける。	

少年忍者時丸がススキが原にいる。と、一斉に現われる敵忍者たち。

襲いかかる敵忍者たち。

時丸の手に秘密の懐中時計、文字盤には大きく『3』の文字が。

画面に大きな渦巻き、やがて渦巻きが消えると、冒頭の場面に戻っている。

ススキが原を進む時丸。

そのとき、さっきと同じように一斉に現われる敵忍者たち。だが時丸は

敵忍者い　待っていたぞ、時丸、ここがお前の墓場となるのだ

時　丸　しまった！　よし、今だ

時　丸　ときよ、戻れ！

時　丸　うむ……（時計を見る、数字は『2』）あと二回……いくぞっ

高く飛び上がり、樹上に。

敵忍者い　待っていたぞ、時丸……あら？

時丸　ははは、待っていたぞ

敵忍者い　（見上げて）と、時丸、いつの間にそんなところに

時丸　ここがお前たちの墓場となっちゃうのだ

敵忍者い　ああ、それ、オレがいいたかったのに。ずるいずるい

時丸　忍びの時丸、参る！

舞い降りる時丸、たちまち敵忍者たちをズンバラリン！

タイトル

「忍びの時丸　第一回」

脚本　木更嘉津馬《きさらかつま》

一

少なくとも自分の若いころには、ヒーローという言葉はあまり使われていなかった、と思う。

英雄――それも違う。

それではどう呼ばれていたか、思い出そうとしても、過ぎ去ると案外思い出すことができないものだ。

もうほとんどの人間が使わないだろうが、昔はミステリーのことをスリラーと呼んだ。推理小説とも言わず探偵小説だ。ＳＦに至っては自動車会社のサービス・ファクトリーや新商品普及会に間違えられるならいい方で、大抵は何度説明しようとＳＭと聞き間違われ、いかがわしい反応をされたものだ（と、いうことはＳＭは当初からＳＭだったということか。少なくとも嗜虐小説とか、緊縛読物などという言葉を聞いた記憶はない）。

もはや、それもこれも遠い昔。さて、どんな風に説明すれば、あの時代を頭に思い浮かべてもらえるだろうか。

東京タワー、は既に聳《そび》え立っている。

街頭テレビ、はそれよりさらに昔だ。

敗戦の焼け野原、とくればそれはさらに前のこととなる。地方都市に生まれ大学卒業後に上京した私からすれば、東京は最初からビルが立ち並ぶ大都会だった。

若者の服装？　成程。戦後十年以上経て、和装は見かけることが少なくなったが、今の君たちから見れば背広の形も、髪形も随分やぼったいものだったろう。ましてや上野辺りには着古した陸軍の軍服姿の傷痍《しょうい》軍人も見かけ……。

ん、ああ、そりゃそうだ。まず傷痍軍人がわからない、もっともだ。

と、なれば、そうだな。市電はどうだろう。

神化三〇年代にあって東京の交通は市電を除いては語れない。無論その頃には既に東京府電だが、市電と呼び続けている人は多かった。ふでん、ってなんとなく間抜けな響きだったしね。子どもたちはチンチン電車と呼ぶのを好んだし、路面電車と呼ぶ者もいたね。

新宿から半蔵門、渋谷からは淡路町、そして新橋からは銀座四丁目を経て神田駅前まで通っていた。現在の地下鉄やバスが担っている主要駅の周辺の足として、市電は何十路線と存在していた。

それが今は一路線を残すのみだ。

元々明治時代に東京馬車鉄道として、道という道に鉄路《レール》が敷設され、それが東京電車鉄道へとそのまま移り変わった。瞬く間に道路上の空は電線で埋め尽くされた。

しかし神化四二年ぐらいだったかな。二回目の東京オリンピックの前後から、市電の廃止は加速されていった。今でも広島や長崎は都市部に市電が残っているから、あれを見るとわかるだろうけど、なにしろあの図体のでかいものが、主要幹線道路の中央を実にノロノロと走る。そして市電に乗るためには、車列を横切って、やはり道の中央にあるプラットホームにたどりつかなければならない。路面に埋め込まれたレールは、せっかく舗装された道でありながら自動車の乗り心地を悪くさせ、混雑時には必ず渋滞のもととなる。

まあ、廃止しない理由のほうが見当たらないという代物だった。

だけど私は嫌いになれなかったなあ……。

二

「すいません、木更先生、先生」

　ボクの何度目かの呼びかけに、ようやくセンセイは溢れだすような一人語りを中断し、こちらを見てくれた。左手には紙ナプキンで包まれたウイスキーの水割りのグラス。お代わりと交換するようなそぶりでそのグラスを取り上げると、ボクはそっとテーブルの向こう端に置いた。

　既に話は何度も脱線している。市電の話だから、脱線？　うまい。いや、そうじゃなくて。なんとか元の路線に戻さないと。

「それで、お訊ねした神化時代の件ですが」

「うん、うん」

　木更センセイ、わかったように頷いているが、たぶんどこから話が始まったのか忘れておられる。

　ただでさえ、周囲はうるさい。年末に、府内のあちこちのホテルで催される忘年パーティ。大手出版社は、各編集部ごとに競うように宴会場を押さえ、一年に一度だけ作家を集めるのが常だ。そしてそのクライマックスは、全員参加のジャンケン大会、このギョウカイに限ったものでもないけれどボクのデビューのころからの定番だ。

司会者がジャンケンを出し、それに勝ち抜いた者が賞品を得る。人気のある賞品は家電や旅行券などだが、最近では高額の寄付を当選者の名前で行なうプランや、若手の作家に支援をするパトロン権といったものも賞品として大量に用意されている。

神化という一つの時代が終わり、改元されてもう二十五年以上が経つ。この間、幸いにも日本は前世紀末からの世界的な経済不況の影響も最小限に食い止め、発展を遂げることができた。近年では寄付や支援に関する税制が大きく改正され、若い世代でも気軽に海外のアーティストの活動をスポンサーするということも一般化していると聞く。正直に言えば海外よりも、まずは国内の作家を支援してくれよ、と思わないでもないが。近頃ではそうした海外の作家の間で〈日本からの支援を受けやすい〉との理由で、やけに画一化された和風テイストが流行りだしているとかで、こうなると笑ってもいられない。ゴッホやルノアールの時代とはわけがちがう。

「よっしゃ、じゃあここからはアメ拳だ」

何度目かの勝ち残りで壇上に立った、どこかの雑誌の副編クラスらしき男性がそう叫んで一本指を突き出した。三すくみのジャンケンは日本発祥という説もあるそうだが、世界には多様な形のジャンケンに似た遊びがある。米国の一部地域ではパー（紙）グー（石）チョキ（鋏）に加えて、人さし指を一本だけ出すしぐさが加わった四すくみで行なう。それは鉛筆を意味し、〈鉛筆は紙に書き込むことができるから、紙には勝つが、鋏と石には負ける〉というルールになる。当然鉛筆と紙は他の二つに比べて勝率は低くなるが、決して勝てないというわけではない。

勝率が多少複雑化するためにこうしたパーティなどでは臨機応変に組み合わせて、異なるルールが採用されることがある。特に中卒で『金の卵』などと呼ばれてアメリカ集団留学を経験した世代は懐かしさからアメ拳をしたがるようだ。これ以外にも指の出し方が六種類ある、伝統的な数拳《すうけん》にこだわる者などもいて、つまり何十年たってもこうした場でのジャンケン大会が廃れないのは、バラエティ豊かなせいなのだろう。

木更センセイはこのパーティで一番の古株と言っていい存在でありながら、最初からジャンケンに参加する様子も見せずに、ウイスキーを舐めておられた。

それまではほとんどセンセイと面識がなかったボクだが、いまなら他の人に邪魔されることもないと、この機に話しかけたのだ。まだ漠然としている次回作の構想の中で、木更センセイの世代に是非うかがっておきたい部分があったからだ。

酔いのせいか、それともボクの質問など最初から耳に入っていなかったのか、センセイはボクの質問をはぐらかすようにするすると話をあらぬ方向へ進めてしまった。今から五十年も昔の交通事情に詳しくなるつもりもないボクは、もうどうやって切り上げるかということばかり考え始めていたが、ジャンケンの盛り上がりの中で、多くの参加者は演壇前に集まり、気づけばセンセイとボクだけが人ごみから離れている。ここで『じゃ、どうも』と云って去ると、沈黙が気まずくなって逃げ出すみたいで、どうにも恰好がつかない。元々は自分から話しかけたんじゃないか。

(話題を探せ。何か当たり障りのない話題を……)

指令を受けて脳が活性化したが、空冷が足りない真夏のハードディスクみたいに、すぐに回転をやめてしまう。

気づいたときには、

「あのジャンケンって、昔からやってたんですかねえ」

と、口にしていた。

バカか、ボクのバカ。余りにどうでも良い話題で、いかにも適当なことを口にしたのがバレバレじゃないか……。

脂汗すら浮かべたボクの顔色など意に介さず、

「昔はびんごっていうのをやってた気がするね」

と、木更センセイが意外な返しをされた。

びん……ご？　備後？　いや、貧乏の聞き違いだろうか。多分そうだ。

「昔の作家さんは、皆さん生活が苦しかったと聞きますからね。賞品が米とか味噌だったので、ビンボーと呼んだとかそういう」

「カードを配って、それに穴を開けるんだ」

カード？　穴を開ける？　ますますわからなくなってきた。だが貧乏という言葉からは離れていない気がする。ボクの頭の中で、昔のドラマで描かれた、穴だらけの障子のイメージが浮かんでいた。

「それで一列が揃うと、びんご、と叫んだりするんだったかなあ」

「はあ……」

貧乏、と叫ぶのか。なんだか罰ゲームみたいだ。エビぞりの姿勢で壇上に進んだり。それはリンボーか。

それにしても、パーティの参加者が穴だらけの紙っぺらを持ってウロウロするなんて、あまり見た目が良いとは思えない。多分会場となるホテル側から苦情があって、行なわれなくなったんじゃないだろうか。

「あまり流行らなかったのかなあ。すぐにジャンケン大会にとって代わったよ」だからきっとホテルが……「そうだ、一時期ジャンケンではなく野球拳と言っていたんじゃなかったかな。確かあれも、もともとは超人でそんな綺能《きのう》を持つ者がいて、それを大晦日の生放送テレビに引っ張りだしたら思いがけず流行って。まあ、あまり大っぴらには語られないが、いつもそんな感じなんだ――」

突然話が変わったようで、ボクはついていけずに、まばたきした。

「――アナタが訊いてきた、神化時代の超人たちについては」

まばたきが止まらなくなる。

『今から四十年以上昔、〈超人〉と呼ばれる存在が社会的に認知されていたそうですが、調べてもよくわからないんです』

それがボクのセンセイへの質問だった。だが話ははぐらかされ、とっくに忘れ去られたものと思っていた。

神化四三年のあの大暴動、神化四八年の爆発的綺能進化、あるいは神化三〇年代における世情を騒がせた事件。それらについて調べるとき、ボクたちは〈超人〉という単語をしばしば目にすることになる。いや、それだけではない。たとえばスポーツの世界でも、芸能界でも、ときおり突出した存在が現われ〈超人〉と呼称されていたことがわかる。

だがそれらが堂々と書かれているのは、煽情的な見出しが売りのスポーツ新聞や、雑誌の柱の一行記事ばかりで、ボクが知る限りまとまった研究書はおろか、見開き以上の特集記事すらない。まるで当時の人々が後世の我々を騙して笑うために、わざとあり得ない情報を断片的に書き残しているように思えるときもある。

少なくともボクが生きている現代にあって、人間以上の力を持つスーパーヒーローみたいなものが実在するなんて誰も考えていないし、もしもそんな状況があれば大騒ぎになっていることは間違いないだろう。

この違和感を解消したくて、センセイに疑問をぶつけたのだ。

「〈超人〉は実在したか。難しいんですねこれ、具体的に説明するのは。それに昔の癖でね、あまり声を大にして語ってはいけないという気がどうしてもしてしまう」

ようやく気づいた。

木更センセイは、ボクの質問への答えをずっと探してくれていたのだ。

「東京の大通りの真ん中を路面電車が走っていたことは、あの時代には当たり前すぎて、しかし知らない世代からすればまるで別世界のように思えてしまう。……ええ、私たちは子どものころから超人が実在することはもちろん知っていました」

「子どものころから――」

しかし、断片的にせよヒーロー、つまり超人についての記事などが現われるのは神化三〇年代。そのころにはセンセイはとっくに就職されていたはずだ。

「戦争中は特に秘密にされていて、基本的にその後も公式に報じられることはなかった。だから私たちもあまり口にすることはなかったんですよ。あの四三年の騒動までは」

神化四三年、突然若者たちのエネルギーが膨れ上がり、そして風船のようにはじけたあの騒乱の時代。そこに超人たちはどのように関わっていたのか、どうしても調べきることができない。

「それでも戦前は架空のお話、〈フィクション〉として、超人たちの姿が語られることはありました。幻と言われた天才柔道家、あるいは大陸に潜行する冒険軍人、神化一一年の軍のクーデターを阻止したといわれる怪盗超人についての噂は、やや怪しげな雑誌の呼び物でしてね」

「ちょ、ちょっと待ってください」

思わず遮《さえぎ》ったのは、話が〈怪しげな雑誌〉の煽情的な表紙や、その独特のインク臭の官能性に向かったから、だけではなく。

「あの、いま例に挙げられたのは小説の話ですよね。現実に存在した〈超人〉ではなく」

「はい？」

センセイは度の強い丸眼鏡の奥から、ボクを見返した。そこにボクは一瞬強い光が走ったように感じた。それは、狂気といわれるものではなかったか。だとしたら……。

(もしかしたら。もしかしたらセンセイの記憶は混濁し、小説と現実の区別がつかなくなっているのだろうか)

「…たず……ごり…」

センセイがため息混じりに吐き出した単語を、ボクは正確に聞き取ることができなかった。

「全ては幻です。子ども部屋の壁に張られたシーツに映しだされる」

そしてセンセイは、ボクに背を向けると、突然大きく、

「はいっ」

と叫んだ。

その右手が、人差し指を天に突き上げている。

壇上では、先ほどの編集者が〈パー〉を出したポーズで固まっていた。

「はい、木更センセイ、温泉旅行クーポン見事一発で獲得です」

司会の若者が、そう宣言した。

「勝ち抜きより、一発勝負が得意なんですよ、私は」

センセイはそう云い残して、しっかりした足取りで壇上へ向かわれた。

三

神化三六年三月――。

木《き》更《さら》嘉《か》津《つ》馬《ま》が〈超人〉をめぐる戦いにはじめて巻きこまれたのは、これまでにない忙しさの中にあるころだった。木更嘉津馬はもちろん本名ではない。元々はＴＴＨ《東京テレビ放送》の局員時代に、映画の脚本をアルバイトで書いたときにつけたペンネームで、本名とはまったく違うし、正確な読み方も誰もわからないから、よく由来を訊かれた。そんなときは「実はむかし、木更津にコレがいまして」と、小指を立てて見せ「まあ、そんなわけなんでご内聞に」と、内緒めかせば、大抵の相手は満足して引き下がる。中には『奥さんには黙っておきます』と心得顔で肩を叩く人もいたぐらいで、まあテレビ業界というのはそんなものだ。

だからこのペンネームの、本当の由来を言い当てた者は誰もいない。

――いや、いたのだ、五十年以上使ってきて、ただ一人だけ。

当時ＴＴＨの局舎は日比谷にあり、近くに市電の〈田村町一丁目〉の乗り場があったから、関係者は大抵〈田村町〉と呼んでいた。その田村町の放送会館と呼ばれた局舎は、最初からテレビ中継のために作られたものだった。神化一五年、最初の東京オリンピックのとき、まだ研究段階にあったテレビジョンをいち早く導入し、東名阪間での生放送を実現した。そのために設立されたのがTTHであり、だからこそ組織名にテレビという言葉が入っている。

既に時代は映画からテレビに移りつつある。嘉津馬たちはハッキリとそれを感じていた。かつては娯楽の王様であり、テレビを『電気紙芝居』とさげすんでいた映画界だが、この二、三年ではっきりと観客を失い、映画館自体の数も見る見る減少していくことになる。

そのころ人気があった映画のジャンルといえば、スポーツものと、歌劇だったことは言うまでもないだろう。明治時代に歌舞伎の新潮流として起こった『活歴』、即ち歴史事実にできるだけ忠実に描く歴史劇は映画界に於いても定番となっていたが、それよりも実在のスポーツ選手の伝記や、とにかく劇中人物が歌い踊る歌劇が人気を博しており、その傾向はこの後も続くことになる。

テレビではそれらに追随することはできなかった。

（それもしょうがないよな……）

嘉津馬は、目の前の慌ただしい光景を見て嘆息した。

テレビスタジオと言っても、戦前に報道用に作られたものだから、映画の撮影所と比べるのは申し訳ないほど狭く、天井も低い。

スポーツ映画は、当然のことだが各スポーツの場面の再現が重要であり、それはこのスタジオの規模ではとても無理というものだ。そもそもテレビの売りの一つがスポーツの生中継なのだから、わざわざ再現ドラマを作る必要はない。

歌劇にしても同じで、スタジオの広さと、巨大な撮像カメラという条件を考えれば、この時代のテレビで映画に対抗してそれを送り出すのは冒険に過ぎた。

だがそうした条件を逆手にとって、テレビは独自性を獲得しつつあった。それは例えば前年度に嘉津馬もディレクターとして関わった『市電裏ばなし』のようなものである。

月曜から金曜まで同じ時間帯に放送されたこのドラマは、いわゆる〈帯ドラマ〉の先駆けとなった。内容はといえば、とある路面電車に乗り合わせた乗客たちが、他愛もない世間話をしたり、ちょっとした悩みを打ちあけて、それが見ず知らずの別の乗客によって解決されたり……ほとんど劇的なことはなにも起きないというものだ。だがそれが良かった。レギュラーの登場人物たちは、毎日毎日あきもせずに同じ市電に乗り合わせる。視聴者はそんな彼らをまるで家族のように見守る。テレビとは、映画のように遠い夢の世界に憧れてもらうものではなく、自分たちの生活の合わせ鏡だったり、近所に住んでいる人たちの日常のように楽しんでもらうもののほうが向いている、それが『市電裏ばなし』の成功から、TTHの経営陣が得た結論だった。

（だからといって、そればっかりになっちまっちゃ、たまらないぜ）

嘉津馬の脳裏に、新聞のテレビ番組表が浮かぶ。TTH以外にも今では民間のテレビ局がいくつもできているが、どこの局でも人気なのは『市電裏』と似たりよったりの日常系だ。元々市電の車輌セットが一台あればできるという予算の都合もあったのだが、各局それを見習って、お話の舞台だけ洋品店にしたり、ホテルの一室にしたり、アパートのベランダにしたりしている。

嘉津馬にとって『市電裏』の成功は、少々迷惑だった。確かに市電のセット一つで、そこに乗り合わせた若者たちのお話をやろうという企画書は出した。しかしそのとき嘉津馬が考えていたのは、市電の中で死体が見つかったり、誰かの財布がなくなるといった密室推理劇だったのだ。脚本家にもちゃんとそのつもりで発注した。月〜金連続という形式を活かして、月曜日の最後で死体が座席の下から見つかり——。

『火曜、水曜、木曜でそれぞれの登場人物が自分の推理を述べる。そして金曜の放送でついに誰が正しかったのかわかるんですよ』と意気込む嘉津馬に、ラジオドラマを長く書いてきた脚本家は眼をパチクリさせていたものだ。

そしていよいよ放送開始の日。もちろん高価なVTRや、フィルムなど使う予算はなく、

『市電裏』は生放送だった。そして嘉津馬はその恐ろしさを思い知ることになった。放送前に行なったテストでは何の問題も起きなかったのに、いざ本番となると細かいアクシデントが次々に起こった。役者が台詞を忘れる、乗ってくるはずの乗客がなかなか姿を見せない、急ブレーキの音響効果のタイミングが遅れる……。一つ一つは小さなミスに過ぎず、生番組を見慣れた視聴者も気にするほどのものではなかった。しかし、ここで二十秒、次に五秒、というように確実にドラマはずれこんでいったのだった。嘉津馬にとっても初めての経験ではない、幾つかの台詞を飛ばせば時間の調整は可能だと考えていた。副調整室《サブ》と呼ばれる、スタジオ全体を見下ろす位置に作られたモニタールームから、嘉津馬はスタジオ内のフロア・ディレクターにヘッドセットで指示を出し、台詞のカットに成功した。そしてとうとう座席が外れてそこに隠されていた死体が現われるという、初日のクライマックスを迎えたときだ。

「おいおい、なにしてるんだよ、あの子」

思わず嘉津馬は目を疑った。違和感に気づき自分の座っていた座席を取り外す、という芝居をする予定のヒロインが、座席に手をかけてそのまま凍り付いたように動かないのだ。

「あれ、座席が外れないんじゃないか」

と、ベテランのスイッチャーが冷静に呟いた。嘉津馬は自分の席を離れて、スタジオに面した大きなガラス窓に張り付く。

確かにその通りだった。セットの座席は簡単に外れる仕掛けになっていたのだが、なぜかヒロインが力をこめているのに、ピクリとも動かない。

あとでわかったことだが、テストのとき、座席がガタついて芝居がしにくい、と役者からクレームが出ており、大道具スタッフが気を利かせて簡単には動かないように仕掛けを直していた。その結果として、簡単には外れないようになっていたという、実にばかばかしい話だった。

「フロア、なんとかしろ」

泣きそうになるのをグッとこらえて嘉津馬は指示を出す。しかしカメラはヒロインと座席をしっかりと映している。スタッフが手助けしたくても、彼らが近づけばそのまま出演してしまうことになる。もちろん生放送が当たり前だったこの時代、スタッフが画面に映りこむなんて珍しいことではなかった。嘉津馬も制作時代、放送中のカメラ前を堂々と横切ってしまったことがある。もう一台のカメラの映像が流されていると勘違いしていたのだ。とはいえ、それらはあくまで過失であり、映るとわかっていてセットに飛び込むスタッフはいない。異変に気付いて他の役者たちも座席に手をかけたときには、遅かった。

放送時間は終了し、既に全国のお茶の間にはエンドマークが流れていたのだ。

「おい、すごい評判だぞ、『市電裏』」

連続推理劇のはずが、第一話で死体を映すことなく終わる。翌日の冒頭で改めて死体を見つけさせることも考えたが、それでは脚本の展開が遅くなる一方だ。困りきって食堂に逃げ込んだ嘉津馬の元に、所属する軽演劇課の上司が駆け寄ってきて云った。

テレビの視聴世帯が増えているとはいえ、一つ一つの番組に対する人気や評判を実感する方法などなかった時代だ。しかしこのときは違った。なんと放送が終わって間もなく、次々に局に電話がかかり始めたというのだ。そのほとんどが次回の放送と、今回の再放送の時間を問い合わせるものだった。

「それは嬉しいですが、いったいなぜですか。だってまだ第一話だし、ほとんどお話らしいお話はやっていないんですよ」

「部長によれば」――軽演劇課は芸能局文芸部に属していた。「そこがいいんだっていうんだな。何も起きないところがさ。たまたま乗り合った乗客たちが、他愛もない家庭の愚痴を口にする。それを見て視聴者は、テレビの登場人物にぐっと親近感を抱くし、劇的なことなんか何も起こらない自分の人生だって、意味がないわけじゃないと感じるようになる。これぞ『声なき声』だよ。すぐに人が死んだり、難病におかされたりするのは『ナンセンス！』ってことだ」

上司は当時の流行り言葉をちりばめて一気にまくしたてた。軽薄きわまりないが、そもそも所属課に『軽』の文字がついているのだから、これぐらいで丁度いいのかも知れない。

「ちょ、ちょっと待ってくださいよ。台本は読んだでしょう？　この『市電裏ばなし』は毎回密室で犯罪が起きる推理劇なんです。今夜はトラブルで死体が登場しませんでしたが、明日の冒頭には死体を発見させて――」

「御冗談を」

上司は鼻からタバコの煙を大量に吹きだした。

「どこにでもいるような若い娘や、職人、老人、そんな人たちの何気ない日常を描く、心温まるドラマ――それが『市電裏ばなし』だ、と部長の前で説明してきたばかりだぜ」

「しかしですね」

だが嘉津馬の抗議は受け入れられることはなく、手回しのよいことに既に脚本家は彼の家からほど近い三軒茶屋の旅館に呼び出されていた。しきりにすまながる嘉津馬に対して脚本家は終始機嫌が良く「まあまあ、評判が良いってんなら頑張らなくちゃ」と、一晩で火曜から金曜までの脚本を一気に書き直してみせた。もちろん、月曜日に座席の下から発見されなかった死体は、そのまま二度と見つけ出されることはなく、市電の中で出会った老夫婦を無事に二重橋まで送り届ける三人娘の『ちょっと心温まる』話が展開することになる。二週目から、この路線は定着、以後三年にわたって放送される人気シリーズへと成長していった。しばらくしてから嘉津馬の耳に聞こえてきた噂によれば、実は脚本家は最初から推理劇というのがよく理解できなくて、この人情路線に切り替わってくれたおかげで実力を発揮できたと語っていたということだった。

今となってはそれもどうでもいいことだ。嘉津馬は一躍人気番組の花形ディレクターとなったが、月曜から金曜までの生放送、その台本打ち合わせや諸準備で土日もなく、別のディレクターと一週交代ではあったものの、ほとんど番組以外のことを考える間もないまま一年が経過した。番組は一部の役者を入れ替えてそのまま継続することになったが、嘉津馬は別の番組への異動を願い出た。大人気の『市電裏ばなし』を担当したいディレクターはいくらでもいたから、嘉津馬の願いは聞き入れられたが、同時に自分で立ち上げた番組を手放すなんて、と随分と変人扱いされたものだ。

（だが、あれはオレの『市電裏』じゃない）

嘉津馬にとってTTHへの就職は、半ば運命のようなものだった。

神化一五年、小学生だった嘉津馬の脳裏に、はっきりと焼き付いている光景がある。

体育館に設置された、巨大な受像装置。

そこに映し出される、柔道衣をまとった男たちの姿。

あのとき柔道はまだ正式競技ではなく野球と同じオープン競技だったが、周りにいる大人たちはもっとも熱狂していた。それも当たり前だ。五輪開催を決めたものの、必須とされている近代五種競技をはじめ、フェンシング、カヌー、射撃、重量挙げなどは、国際大会への参加経験も国内団体も存在しないという状況だった。そこからなんとか体裁は整えたものの、ほとんどの日本国民にとっては、やはり馴染み深い柔道が、メダルの期待が高い水泳や陸上長距離以上の注目競技だった。

それだけではない。

一人の、決して大柄とは言えない柔道選手が青畳を踏んだとき、周囲の昂奮は最高潮に達した。体育館を埋め尽くした大人たちの熱気が、嘉津馬に押し寄せてくるようで、口内がたちまち乾いた。

せめて嘉津馬だけはよく見えるようにと、高く持ち上げてくれた母は、口の中で小さく念仏を唱えていた。その腕が小刻みに震えていたのは、嘉津馬の重さのせいばかりではなかったはずだ。

そして始まった試合。だがその結果を嘉津馬はまったく記憶していない。

東京の会場から、同軸ケーブルで中継された映像は、走査線四百四十一本、毎秒送像数二十五。これは戦後TTHやその他民放のテレビ放送で採用された四百八十本／秒三十と比較して決して遜色はない。だが突貫工事でようやく実現した電子式受像器はまだまだ不安定で、画面は大きく歪み、ノイズも激しかった。四年前のベルリン大会におけるテレビ映像はぼんやりとした輪郭しか映し出せなかったといわれ、それよりは随分改善されていたが、それでも選手の表情はおろか、どちらが日本選手かも見まがうぐらいの映像というのが正直なところだったろう。

しかし嘉津馬が記憶していないのは、その不鮮明さゆえではない。むしろその逆だ。彼は昂奮していた。八歳になるかならないかだったが、受像器に映し出されているのが、自分のいる場所から遠く離れた東京での光景であることはわかっていた。そしてそれがどれほど素晴らしい科学技術によるものか、ということも。

そこに映し出されたものは、嘉津馬にとってただの人間ではなかった。それは、超人、だった。

テレビとは、現実とは違う、超人を映し出すものだと、嘉津馬は電撃的に確信した。

四

「そうだよ、ボク、あの人が壁にぶつかって死んだとき、最後に話したんだから」

生放送を前に準備が進むCスタジオの副調整室で、スタッフ一同が緊張している中、場違いに子どもの声が響いていた。

「え、それって、あの先月の、あの……」

驚いた声は、間もなく創刊されるというテレビ情報誌の女性記者だ。

TTHの契約者数はそのときそのときのテレビ人口の目安と言っていい。この年、神化三六年に八百万を超え、とうとうテレビの先駆者アメリカにならって、テレビの番組表を一週間分掲載するという雑誌が創刊されようとしていたのだ。果たしてうまくいくのかねえ、なんて嘉津馬たちはニヤニヤと、それでも女性記者が局員とは違い華やかなBG《ビジネスガール》ファッションでスタジオに迷い込んでくるのを眺めていたのだが、驚くなかれ、わずか四年後の神化四〇年には契約者数は千八百万人を数えることになる。なんのことはない、テレビ局の中にいる者たちのほうがずっと自分たちの仕事を過小評価していたようなものだ。

その記者、池袋恵子《いけぶくろけいこ》はまるで少女誌の表紙から抜け出してきたように眼が大きく、カールさせた黒髪をスカーフで包み、一見地味に見える黒のスーツだがスカートはあくまで短く、流行のシームレスストッキングに包まれた真っ白な足をニョッキリと床に突き立てている。

「なんだい、トシマル、またその話かい」

とスイッチャーの金子《かねこ》が声をかけた。トシマル、と呼ばれた子どもは笑顔を絶やさず、

「だって本当なんだもん。わかっちゃいるけど、やめられない、だよ」

と、流行語で返してきた。まさに現代っ子――おっと、『現代っ子』も流行語か――の子どもは、島田俊之《しまだとしゆき》という。どこにでもいそうな、髪をピッタリ七三に分けて、半ズボンを穿いた小学生だが、今や雑誌にテレビに引っ張りだこの人気子役だ。嘉津馬たちがいま放送時間を待ち構えている番組『忍びの時丸《ときまる》』の主人公役でもある。この副調整室の中で一番偉い立場にいるのは、ディレクターの嘉津馬だが、実際にはこの子どもが最高の権力者だった。トキマルを演じているので、本名をもじってトシマル、と呼ばれているが、裏ではスタッフはみんなトシマル君《ぎみ》と敬称をつけていたほどだ。

『忍びの時丸』、と言っても懐かしがってくれる人も多くはないだろう。嘉津馬が『市電裏ばなし』を自ら降板してまで立ち上げた新番組で、年始から放送を開始し、既に九週目。『市電裏』と同じく月曜から金曜の帯枠放送だがこれはドラマではない、人形劇だ。スタ

ジオに大きなミニチュアセットを作り、そのカメラには映らないすき間に劇団の人々がもぐりこみ、人形から生えた棒を突き上げて操作する。天井から人形を操作する糸操り《マリオネット》ほどには手間がかからないが、それでも生放送の緊張感に変わりはない。

ＴＴＨの人形劇の場合、人形操作者たちが声まで出すわけではない。事前に俳優たちによる演技を録音しておき（もちろんオープンリールだ）、音楽などもかぶせたものをスタジオに流して、それに合わせて人形を操作する。利点としてしっかり時間通りに編集されているから、多少人形操作でトラブルがあったとしても、視聴者にはほとんど気づかれないまま、確実に放送終了時間に合わせて番組を終えることができる。

音声は毎週土曜日に役者たちを集めて、五日分まとめ録りするので、つまりここにトシマルがきている必要はない。だがこれも雑誌の取材のためで、主人公時丸の人形を持ってニッコリしている人気子役さまの写真を撮るために、わざわざスタジオまできてもらっていたのだ。

撮影も取材もとっくに終わったのだが、トシマルは恵子記者の気を惹きたい様子でわざわざスタジオを見下ろすこの副調整室に上がってきて、自分の体験したとある事件について話し続けている。嘉津馬たちはもう何度も聞かされた話だ。

「いつまでいるんですか、トシマル君」

金子が声をひそめて、嘉津馬に訊いてきた。

「付け人の芳村《よしむら》さんが戻ってこないんだよ。多分どっかの番組で出演スケジュールを相談されているんじゃないかな」

「ああ、売れっ子ですからね。でも間もなく本番ですよ。テープで音声流すのに、後ろから本物のトシマル君の声が聞こえてちゃ、どっちがどっちかわけがわからなくなっちゃいそうで」

「わかったわかった」

と云ったものの、嘉津馬になにかアイデアがあったわけではない。その内、芳村が戻ってきて、連れ出してくれるのを期待するだけだ。島田俊之を最初に使ったのは別のドラマだったが、そのときには母親が付け人がわりだった。芳村という男性の付け人が雇われたのはつい最近とのことだが、母親のときにはあった甘えがなくなったと評判なので、それなりに優秀なのだろう。

「芳村さん、どこいっちゃったんだろうねえ」

嘉津馬は作り笑いでトシマルに話しかけたが、彼は恵子に語りかけるのに夢中だ。

「うん、そうだよ、ゴーカートさ。撮影の休憩時間に、メーカーの人が持ってきて、あの人が『一緒に乗らないか』って、ボクに声をかけたんだ」

「じゃあ、もしもそのとき一緒に乗ってたら、君は……」

トシマルが話しているのは、先月、撮影所の壁に激突して死亡するという、あまりにも衝撃的な最期を遂げた若い俳優についてだ。映画の撮影の休憩時間に、持ち込まれた外国製のカートで遊ぶうちに事故を起こしたのだが、トシマルもその場に居合わせたのだという。

「あんなにスピードが出るものだと思わなかった。後で聞いたけど外国じゃあれでレースとかやってるんだって」

トシマルが、カートに誘われたが間一髪命拾いしたというこの話は、嘉津馬たちにはすっかりおなじみでも、恵子記者は初耳なのかそのふりをしているのか、興味深そうにメモをとりだした。

「俊之くん、本当に運が良かったのね。でも、どうして誘われたとき乗らなかったの。だってあの俳優さんには、とてもかわいがってもらっていたんでしょう」

亡くなった俳優は、主演のシリーズものをいくつももっており、その中にはトシマルを若き相棒としているものもあった。

「それが、止められたんだ」

「止められた？」

「うん。危ないからやめておきなさいって。ボクはすごく乗りたかったんだよ。だけど、やめておいて本当によかった」

もう放送開始まで数分になっていた。スタジオでは人形劇団ひとがた座の若い役者たちがセットの下に入り、人形のセッティングも終えている。

不意にテクニカル《T》・ディレクター《D》が、両耳を覆うようなしぐさをしながら嘉津馬を呼んだ。

「木更ちゃん」

撮影や音声の技術面を取り仕切るTDは現場のトップであり、嘉津馬の入局よりずっと以前からカメラをいじっていた存在で、正直未だにどうしてテレビに映像が映るのか口で説明することができない嘉津馬にしてみれば、まったく頭が上がらない存在だ。もちろん実際には本名で呼んだが、煩雑になるので木更で統一しておこう。

なにか怒られるのかと思い、しぐさに従ってヘッドフォンマイクをつけた。いつもはフロア・ディレクターに指示するのに使うのだが、今はまだ本番前なので、ヘッドフォンからはスタジオのマイクが拾うノイズが流れていた。

「なにかありましたか？」

不安になって問いかける。もしかしたらスタッフか劇団員たちの会話で、何かトラブルが発生しているのがわかったのかも知れない。もう放送まで時間がない。

「しっ。聞こえないか？」

TDは真剣な顔で、ヘッドフォンに集中している。嘉津馬も改めて、ノイズの向こうからなにか聞こえてこないか、耳をすました。本番直前でもスタッフは黙り込んだりはしない。彼らだけに通じる指示を出し合ったり、劇団員たちがそれぞれの人形操作を確かめ合ったり。そんな会話が聞こえるだけで、なにも変わったことはない、と答えかけて、不意に気づいた。

話声や足音の向こうから、かすかに聞こえる異音が、確かにある。

「なんだ、これ」と呟くと、ＴＤが頷く。

「木更ちゃんにも聞こえたかい」

「は、はい。なんですか、これ。なんだか風が洞窟を吹き抜けていくような」

「変な楽器なんて持ち込んじゃいないよな」

「いやだな。いくらオレが、普通じゃない演出やるからって、人形劇にその場で効果音《SE》つけようなんて考えませんよ」

「そうだな。劇団の中に風邪でもひいてるやつがいるのかとも思ったんだが、あそこは圧倒的に女の子が多いし、こんな唸り声を出すような状態じゃそもそも仕事にはこさせないだろうしな」

唸り声。確かにそう形容するのが適切に思えた。地の底から響いてくるような低音で、どこか湿ったような濁った音が、スタッフたちの声の奥からかすかに聞こえているのだ。

「人間じゃないとすると、ほら、あれさ」

ＴＤの言葉で、嘉津馬も思い出した。それはＴＴＨの中では定番になっている笑いばなしだ。ある番組のために用意しておいた猫が逃げ出してしまい、別のドラマのスタジオに入りこんでしまった。ドラマのセットは床から直接建てるのではなく、一段持ち上げた形で作られている。そこに猫は潜り込んだのだが、スタッフの誰も気づかなかった。そして本番、役者たちが芝居を始めると、それが猫を刺激したのか急に激しく鳴きだした。声はすれども姿は見えず。生放送中だからスタッフが探し回るわけにもいかない。結局そのドラマは、ずっとどこからか猫の声がしているという、まるでホラーのような演出で放送されてしまった……。

もちろんさっき聞こえたのは猫などではない。だが大型犬か、或いはもっと別のなにか変わった動物の声という可能性はある。

「なんか、聞いてるかい、木更ちゃん。まさか狼か熊なんてことはないだろうけどさ」

「わかりません。でもクイズ番組の方で、箱に入れたものを当てさせたりしてますから、それで動物を借りてきてるってことが、ないとは限りません」

いつの間にか声が大きくなっていて、スタッフが二人に注目していた。

「俺にも聞かせてよ」とスイッチャーの金子がTDからヘッドフォンを受け取り、首をひねる。「うーん、すき間風、じゃなさそうだなあ。だけど、変だな」

「どうかしましたか」

「いや、この音、どっかで聞いたことがあるような」

と、トシマルが嘉津馬の袖をひいてきた。

「なになに、どうしたのさ、トラブル？」

子どもらしからぬ口調で、あきらかに面倒事を期待して訊いてくる。

「なんでもないよ」

テレビ雑誌といえども、記者のいる前でうかつなことは口走れなかった。嘉津馬は殊更に笑顔をつくるとスタジオに直接降りる鉄階段に繋がっている扉を開けた。

もう時間はほとんどない。スタジオの壁にかけられた時計を見ながら、階段を駆け降りた。スタジオ・ディレクターの柳瀬《やなせ》久子《ひさこ》が驚いた顔で出迎える。フロア・ディレクターのアシスタントである彼女は、映画で言えばセカンドかサードの助監督だ。スタジオでヘッドフォンをしているのはフロア・ディレクターだけだから、彼女はもちろんあの音を聞いていないだろう。

「どうしたの？」

「ちょっと気になる音がしてるんだ」

「音？」

「ひとがた座の人を呼んでくれないか。あと美術《セット》の人も誰か」

「ねえ、もう放送が始まるのよ。ディレクターのあなたがここにいていいわけないの、わかるわよね」

立場はサード助監督でも年齢はほとんど変わらない久子は、まるで弟に対するような口を利く。もちろん、わかっている。放送が開始すれば、二台のオルシコンカメラ（ちょっとしたオートバイのような大きさと重さ）の映像の切り替えや、それぞれの人形の動きにキューを出すなど、ディレクターは副調整室にいて指示を出し続けなければならない。人形劇は先に音があるからそれに従えばと言っても、指揮者がいないオーケストラが演奏できないのと同じで、ディレクターのキュー出しを全てのスタッフが待っている。生放送直前に、ディレクターがスタジオフロアにいていい理由などひとつもないのだ。だが説明している時間が惜しい。

「どうしたんですか、木更さん」

後ろから近づいてきたのは、トシマルの付け人である芳村だった。野暮ったいセルの眼鏡で、髪もボサボサ、背広には皺が目立つ。背だけはやたらと高いのが印象的だ。

「あなた、なんでフロアにいるんですか」

「さっき撮影で、俊之が人形を乱暴に扱ったので、劇団の方たちにお詫びしてまして」

責める口調の嘉津馬に、あくまで腰が低い。そういえばさっきの撮影のとき、トシマルは時丸の人形を操る棒を出鱈目《でたらめ》に引っ張り、横についていたひとがた座の若者たちを困らせていた。わざわざその謝罪をするあたり、確かにこの付け人は優秀らしい。

「もう放送が始まりますよ、ディレクターが降りてきていていいんですか」

「ええ、しかし」嘉津馬はもう一度壁の時計を見上げた。すると副調整室の開けっ放しにしてきた扉から、トシマルや恵子記者が、こちらを見下ろしているのに気づく。

「芳村さんは、とにかくトシマル君、いや島田くんのお守りをお願いしますよ」

そう言い残して、スタジオの中央に駆けこむ。セットの反対側にまわりこむ嘉津馬を、スタジオ・ディレクターや照明のスタッフが呆れたように見ていた。だがスタジオを一周しても、さっきヘッドフォンから聞こえてきた音はしない。

あと見ていないところはセットの内側しかない。人が入れるすき間に潜り込もうとしたが、そこで久子が追いついてきた。

「だから、なにしてるのよっ」

「変な音がしたんだ」

「だけどそこにはひとがた座の人たちがいっぱいいるのよ」

云われて、それはそうだと思い当たる。猫の逸話のときはセットの床下だから、そこに潜り込まれても誰も気づかなかったが、人形劇のセットの内側には人形を操作する劇団員が待機しているのだ。変な音がすればまず彼らが気づくだろう。

すべては気のせいだったのか。

五

「早く副調整室《サブ》に上がって」

久子にうながされて、階段を上がりかけたとき、信じられないことが起きた。本番直前で誰も開けないはずのCスタジオの正面扉が荒々しく開かれ、コートに中折れ帽という服装の男たちが雪崩《なだ》れ込んできたのだ。TTHの局員でないことは一目瞭然だ。一番大柄な男に至ってはサングラスをかけ、口元にマフラーを巻きつけて素顔を見せることすらしていない。

「なんですか、あなたたちは」

嘉津馬は階段の途中から飛び降りると、男たちの前に立ちふさがる。その前にもう一度壁の時計を見るのは忘れない。午後六時三十四分、放送開始まで一分切っている。もう副調整室まで戻る時間がないのは明らかだった。

視界の隅でフロア・ディレクターの船村《ふなむら》を見つけ、指さす。それだけで、『市電裏』でもずっとフロアを担当してくれていた船村には、嘉津馬の意図が伝わり、ヘッドフォンについたマイクに何ごとか話し始める。おそらく副調整室のTDと連絡を取り合い、『今日の放送は、自分の判断で指示を出します』とかなんとか話しているのだろう。生放送が当たり前の、この時代のスタッフにしてみれば、一番恐ろしいのは、自分が画面に映りこむことでも、放送時間内に話がおさまらないことでもなく、その時間になにも放送されないことだ。もちろんそのために『しばらくお待ちください』というボードはスタジオの床に何枚も用意してあり、また主調整室からでもそれを放送することはできる（実際この時代、それはしばしば起きた）。だがやはり可能な限りわずか十五分の人形劇であっても確実にお茶の間に送り届けるのが、スタッフ全員に共通した職業意識だった。

その結果として不出来なものが放送にのってしまうことに忸怩《じくじ》たる思いはないのか、と五十年後の人々からは思われるかも知れない。しかし当時は映画ですら毎週新作が封切られるのが当たり前で、作り手も自分たちの作品が後年、何度も見返されるなどということを意識することはなかった。テレビの場合も生放送作品がVTRに録画保存されることは稀であり、いま、リアルタイムにテレビの前に座っている視聴者のことだけを考えるのが当たり前だった。後の評価など頭の隅をもかすめないのが、大多数だったのだ。

だからいま、放送直前のスタジオに乱入者というトラブルを前にしてスタッフが考えたのは無事に番組をスタートさせることだけだ。嘉津馬も新人ディレクターだが、いやだからこそ、スタッフのその心意気を信頼し、いま自分のやるべきことをしようとしていた。

「あなたたちスタジオから出てください、さあ早く」

嘉津馬は先頭の男の胸を押そうとしたが、撥《は》ね退《の》けられた。すぐに数名の男たちが左右から嘉津馬の腕や足を掴み、うつぶせに床に押し付けた。完全に身体の自由を奪われて、ねじりあげられた肩の関節が悲鳴をあげている。プロレスならマットを叩いてギブアップを宣する場面だ。と、苦しんで必死にあげた嘉津馬の顔を、しゃがんで覗き込む男がいた。もちろんレフェリーではない。その人物だけはコートも中折れ帽もないが、やはりTTHには似つかわしくないイギリス風の三つ揃いで、大柄な肉体を包み込んでいた。青みを帯びた瞳、やや薄い栗色が混じった髪は、明らかに『ニセイ』の特徴だった。

「あなたは……ええと、確か」

嘉津馬は確かに見覚えがあるその男の名前を思い出そうとしたが、すぐには浮かんでこない。

「千田《せんだ》ネ。フランクリン・正蔵《しょうぞう》・千田、ユーが入局したとき挨拶させてもらったヨ。リメンバー・ミー？」

軽薄な英語訛《なま》りがわざとらしい。だがそれでやっと思い出す。この男が絶対に気を許してはいけない存在だということを。

太平洋戦争に敗北した日本を支配したのは、GHQ、連合国総司令部だった。その中でも日本国民の教育や宗教を管轄したＣＩＥ（民間情報教育局）と国家による検閲を廃止しつつ実際には原爆被害などについての言論を検閲していたＣＣＤ（民間検閲支隊）は、このＴＴＨ放送会館にその本部を置いていた。日本の放送と新聞を『民主主義を育成するためのもっとも強力な武器』と捉えていた彼らは、当初はＴＴＨ全館を占拠しようとしたが、職員の反対にあって同居することになった。だが当然彼らの影響力はＴＴＨのテレビ、ラジオ番組に及ぶことになる。戦争中の日本軍の残虐行為や、戦争を指導した大本営の無能さなどをドキュメンタリー仕立てにした番組などは、実質的にはＣＩＥの脚本・演出によるものであり、そのとき中心にいたのがこの千田という男だと言われていた。

彼はアメリカ本国で戦時放送に携わっていたこともあり、皮肉なことにその時点のＴＴＨで最先端の番組制作ノウハウを持っている人物だった。その目的云々にかかわらず、彼の能力は重宝され、神化二七年にＧＨＱによる日本占領が終わりＴＴＨとＣＩＥの奇妙な同居が解消されても、彼はＴＴＨの番組オブザーバーとして非公式に残った。嘉津馬が入局した頃は正式な役職は与えられていなかったはずだが、新入局員が一堂に集められ、彼と面接して訓辞を受けるという儀式が残っていた。そのときもいまと同じような完璧な背広姿で、口数は少なく緊張する嘉津馬たちを見つめていた。後になって同期から、思想的傾向などを観察するためにあの儀式があるらしい、というもっともらしい噂を聞かされた。

その儀式のあとは、ほとんど局の中で顔を合わせることはなかったが、嘉津馬にとってひとつ忘れられないことがあった。

ＴＴＨの社屋は戦前から継ぎ足し継ぎ足しで拡大していった歴史がある。必要があれば壁をぶち抜き、新たな建物を建ててつなぐ。元々の敷地が広かったからこそ可能だったことだが、結果として内部は渡り廊下や中途半端な階段、なんのためにあるのかわからない鉄扉などが張り巡らされ、玄関も東西南北裏表といくつあるのか正確には把握できないような有様で、まさに迷路と化していた。

ＴＴＨの名古屋支局に採用された嘉津馬は、当初から芸能局を希望しすぐに東京に移ることになった。もちろんそれで演出になれたわけではない。戦前から働いていたスタッフに美術のアシスタントとしてこき使われることとなりとにかく困ったのが、この迷路の攻略だった。会議室やリハーサル室がある別棟から、小道具などが置いてある美術倉庫に何度となく往復させられるのだが、近道を探しているうちに見たこともない場所に迷い込んでしまう。その日もそんな調子で、見たこともない地下の通路に入り込み、気が付いた時には前に進めばいいのか、戻るべきかもわからなくなっていた。戦前のままらしいその通路は、壁はポスターを剥がした跡もそのままで、モルタルもあちこち剥がれていた。床材もデコボコなままであり、白熱電球も取り換えられていないものが多く、全体に薄暗い。人の気配はまったくない。そしてドアの一枚も見当たらなかった。この壁の向こうに部屋はなく、ただ建物を繋ぐために掘られたトンネル通路なのか。そうだとしても随分距離が長い……。

おそるおそる前に進んでいると、不意に背後から「ヘイ。アナタは誰ですカ」と強い声がかかった。振り向くとそこにあの千田が厳しい顔で立っていた。ワイシャツに太いサスペンダーといういでたちで、袖を二の腕までまくりあげている。嘉津馬はすぐに相手が、東京に来たときに面接させられたあの謎めいた『ニセイ』だと気づいた。

だが、面接のときと印象が違っていた。顔つきは険しく、指や手の甲になにか汚れのようなものが付着しており、本人もそれが気になるのか、しきりにズボンの後ろにこすりつけていた。

一番不審に思ったのは、彼がどこから現われたのかということだった。嘉津馬と千田が立っているのは、長い通路のちょうど中間あたりであり、もし千田が嘉津馬を追ってきたのなら声をかけられる前に、足音に気づいていたはずだ。そしてここまで歩いてくる間、廊下に曲がり角も扉も無かった。嘉津馬には千田が、天井にでも張り付いていて、その場にフワッと舞い降りて声をかけてきた、そんな風にしか思えなかった。

「ああ、木更さん、でしたネ」

千田も嘉津馬に見覚えがあったらしい。詰問口調を用いたことを恥じるように、鼻を掻いてみせた。そして、こんなところでどうしたのだ、と訊いてきた。

嘉津馬はうろたえながらも、簡単に事情を話した。美術倉庫に行く途中に道に迷った、と。それ以上詳しいことは訊かずに、千田は自分の背後を指さした。

「方向が違いますネ、戻って階段を上がり、踊り場から左の階段をさらに上れば、倉庫のあるフロアです」

もう表情は穏やかだったが、こちらの質問を受け付ける気配はなかった。美術や照明といったスタッフの、いまにも木槌やライトが飛んできそうな荒っぽさとは異質だが、嘉津馬はあきらかに目の前の男に恐怖を感じていた。

口の中でモゴモゴと礼を云い、千田の横をすり抜けて階段に向かう。足を止めずに振り向くと、既に廊下に人影はなかった。現われたときと同じように。

だが本当の驚きは、その後にやってきた。

スタジオに戻るのがやっとだった嘉津馬は美術倉庫に立ち寄るのを忘れてしまっていた。彼に用事をいいつけた小道具スタッフは、奇妙な顔で出迎えた。その顔に嘉津馬は、自分の失敗に気づき、

「あ、すいません、すぐとってきます、拳銃でしたよね」

嘉津馬が取りに行ったのは、小型の拳銃だった。兵隊ものにもギャングものにも欠かせないから、倉庫にはいくつも転がっている。もちろん鉛の管にそれらしいパーツをつけたような代物だが、火薬を仕込んですぐ壊してしまう使い方なので、精度は求められていな

かった。

「いや。ほら、これ」

スタッフの掌上には、拳銃があった。ありふれた銃の形容に〈黒光りする〉というものがあるが、正にそう表現するのがふさわしいズッシリとした重みを感じさせるオートマチック拳銃だ。

「あれ、誰か代わりに行ってくれたんですか」

「お前が頼んだんじゃないのか」

スタッフは妙な顔のまま、問い返してくる。

「あの人が来たんだよ、ほら、顧問ってことになっている二世の……」

「フランクリン・千田さんですか」

「そうそう。『小道具が必要なんだろう。これを使えばいい。終わったら顧問室に置いておいてくれ』なんて云って。お前、あんな偉い人に頼むなよ、なに考えてるんだ」

「頼むわけないですよ、道に迷ったときに声をかけられただけで」

そして気付く。さっき迷宮の廊下で、嘉津馬は自分が探しているものがなにか話しはしなかった。美術倉庫と云っただけだ。それなのに千田はあの後、嘉津馬が何の番組についているか調べ、そこで不足している小道具を把握し、嘉津馬が戻るより早くスタジオに現われたというのか。

千田という人物が、少なくともこの局内で自分に知らないことはない、と示しているようで、嘉津馬は慄然とした。同時にそれが、あの地下通路であったことを口外しないようにとの、無言のメッセージであるかのようにも感じられた。

「頼みもしないのに、こんなもの持ってくるわけないだろう、あんなエライさんが」

「ど、どこから持ってきてくれたんでしょうね」嘉津馬は話題をそらそうと、拳銃を覗き込んだ。「いつものオモチャの拳銃とは出来が違いますけど」

「当たり前だろ、ホンモノだもん」

スタッフはそう云うと、拳銃の遊底を引いて、引金を引いた。確かな動作で撃鉄が落ちる。それは確かに撮影で使う模造拳銃《ステージガン》より、はるかにリアルだった。

「じょ、冗談でしょ」

と浮かべた笑いが、次のセリフに凍り付く。

「冗談なもんか。俺たちの目の前で自分で弾丸《たま》を抜いていったんだから。手慣れたもんだったぜ」

その後しばらくしてアメリカに帰国したと聞いていた千田が、なぜここにいるのか。嘉津馬は混乱して、言葉を失っていた。千田は薄笑いを浮かべた。

「なんでここにいるノ？　という顔だネ。ミーは去年からＴＴＨの移転検討事務局の顧問として、またここで働いてるのョ」

この田村町の放送設備が老朽化し、手狭にもなったことから、TTHは順次代々木に移転することが既に発表されている。だが嘉津馬たち現場の人間にとって、それはまだまだ先のことであり、毎日の放送に追われている身では、気にも留めていなかった。

「そうか、考えてみればTTHが移転する土地は、陸軍の練兵場跡で、その後占領軍の住宅がおかれた場所でしたね。そうなると、元GHQのあなたのような方がいろいろと口を利いてくれると便利ってことですか」

ピンで止められた虫のような状態の自分を鼓舞するために、嘉津馬はわざと相手を見透かしたように云ったが、千田はまるで意に介していないようだった。

「今日ここにきたのは、顧問の仕事とは関係ないのョ。緊急事態でネ、全員スタジオから出てもらいたい、今すぐにデス」

「緊急？　しかし放送が始まります」

起き上がろうとする嘉津馬だが、押さえつけられたままの背中が悲鳴を上げただけだ。

「仕方ないネ、例の『しばらくお待ちください』でも出しておいてくださいネ」

そのとき、スタジオの中に船村の、

「放送五秒前、四秒前、三秒前」

という大声が響いた。

そしてキューの合図とともに、ボードに書かれたタイトル文字『忍びの時丸　第四四回』をBカメラが映し出す。既に人形たちはセットの中に姿を見せ、次のキューとともに動き出すタイミングを待っている。

生放送が始まったのだ。ここからは嘉津馬たちスタッフにとって、無事に番組を送り届けることだけが絶対であった。

千田は、ディレクターが床に拘束されているのに、まさか勝手に放送が始まっていくとは想像もしていなかったのか、一瞬なにが起こったのかわからないようだった。

嘉津馬は背中の悲鳴を無視して、強引に立ち上がる。骨がきしむ痛み。それが、嘉津馬にいやな記憶を思い出させた。巨大な大人にのしかかられ、どうした動いてみろ、と言われるが指一本動かすことができなかった、あの青畳の記憶。――できないわけがない、お前は私の息子なんだから、ほらどうした。――だけどできないよ、父さん、お願いだ、もう勘弁して、ぼくは部屋で漫画を読んでいたいんだ、映画館に行きたいんだ、ぼくは父さんみたいにはなれないんだ。

頭の中に響きだした自分の子ども時代の声を払いのけるためには、痛みに耐えて、押さえつける男たちを振り払うしかなかった。

そうして必死に立ち上がった嘉津馬は、千田の襟をつかむ。子どものころ、青畳の上で、必死に父の柔道着にしがみついた。そのときの組手がとっさに出た形だ。

「千田顧問。放送が始まっています。なにをされるつもりか知りませんが、終わるまでお待ちください」

「すぐに中断してくださサーイ。いいですか、緊急事態デス。このスタジオに危険なことが起きようとしているのデス」

危険という言葉にさっきヘッドフォン越しに聞いた唸り声が思い出された。

だがそれより今の嘉津馬は、突然スタジオに乱入してきて、危うく放送を台無しにしようとした千田たちの振る舞いに怒っていた。

「オレたちを舐めるな。電気紙芝居だろうが、人形劇だろうが、オレたちは本気だ。この十五分はオレたちのものだ。もし出てけというなら力ずくで排除してみろ。ただしその姿も全部お茶の間に生放送されるがな」

あらかじめ録音されていた声と音楽が流れはじめ、それに合わせるように人形たちが動きだした。もちろん生きているように、ではない。下から操作された人形たちは、ピョコピョコと飛び跳ねるような動きになり、不自然だ。だが時にそれは本当の人間が演じるよりもリアルで、切実なものになる。まんが映画もそうだ。それが人間によって一から十まで描き出されるものだからこそ、そこになにかが投影される。

「そうネ、では主調整室で放送を中止させマス」

千田はそう吐き捨てると出て行こうとした。だがコートの男たちは千田とは逆にスタジオの中央へと進んだ。

千田が何か叫んだ。英語だ。ではこの男たちは外国人なのか。

彼らは、まさに生放送中のAカメラに向かうと、カメラマンを引きはがそうとした。久子が阻止しようと、もみ合いになっている。

「どうなってるの、これ。まさか今日は人形と人間が戦うんじゃないよね」

いつの間にかフロアに降りてきていたトシマルが、嘉津馬に話しかけた。大人たちがスタジオのあちこちで揉めているのを面白がるのが半分、だが残り半分では怯えているのがわかる。

トシマルの横には恵子記者がいた。手持ちのカメラでこの混乱を撮影しようとしている。

「ちょっとやめてください。芳村さん!」

付け人の芳村を呼ぶと彼はすぐに走ってきて、トシマルをしっかりと抱きかかえた。

「木更さん、放送、中止にしたほうがいい。どうせこれじゃ最後まではやれませんよ」

芳村の言葉は正論だ。既にコートの男たちはAカメラの正面にまわり、そこにあるターレットをめちゃくちゃに回転させ始めている。ターレットには四本の特性が違うレンズがとりつけられていて、カットごとに切り替えられるようになっている。それをカメラを切り替えもしないのにいじられては、いまごろお茶の間にはピンボケの映像や、突然のクローズアップなど、出鱈目なものが送られているはずだ。

だが嘉津馬は放送中止を宣言する気にはなれなかった。軽演劇課の上司に始末書を出すのが面倒だとかそんな理由ではない。嘉津馬の中にうずくものがあった。さっき無理やり立ち上がったときにひねった背骨の痛みは、子ども時代、青畳にこすりつけられた痛みに繋がり、運動が苦手なのにやたらと走らされたりしたときの胸の痛みまで蘇っていた。それだけではない。『市電裏』を推理劇にするなと言われたあのとき、それを呑んだ自分、とっくに忘れたはずの痛み。いや、もっともっと深いなにか……。

（いま放送をやめることは、これらの痛みに負けることだ）

唐突にその考えが浮かぶ。

人間は痛みに耐えられない。特に嘉津馬のように子どもの頃から暴力が苦手、運動も苦手、ガキ大将には得意の漫画の絵をやってなんとか腰ぎんちゃくの地位を獲得していたなんていうタイプは、直接の暴力ではなく、それをちらつかされただけでも、痛みを想像し、その脅しに屈してしまうことがある。

もし本当に痛みに耐えて、撥ね退けることができるものがいるなら、それこそ弱い人間ではなく〈超人〉と呼ばれるものなのだろう。

嘉津馬は超人ではない。自分が一番よく知っている。

でも、だからこそ――。

その逡巡のうちに、男たちの何人かがとうとうセットの内側にも潜り込みだした。女性が多い劇団員たちが悲鳴をあげる。見かねたフロア・ディレクターの船村が、持ち場を離れてそちらに向かう。

突然、セットの上から、人形が一斉に消えた。

もちろんそんな演出ではない。劇団員たちが、人形を支えられなくなったとしか思えない、だとしたら。考えをまとめる間もなく、悲鳴が響き渡る。先ほどの女性たちのものより、もっと激しく大きい。

コートの男の一人が、セットから飛び出てきて、そのままフロアに転がった。自分の足で出てきたのではない。プロレス技にあるように誰かに掴んで放り投げられたか、あるいは車にはねとばされたように、男の身体はその場に投げ出された。中折れ帽はなく、かけていたサングラスは割れている。そして首から胸にかけて血が溢れだしていた。

やはり中年の、白人の男だ。

その間にも悲鳴は続いている。

そしてセットの下からゆっくりと姿を見せるものがあった。森をイメージしたミニチュアを、払いのけながら現われたそれは――獣だった。

ネコ科の猛獣に似ていると、嘉津馬は思った。

これまでの生涯で、動物園に行ったことなどほとんどないが、そこで見たジャガーやピューマ、あるいはチーターといった動物たち。

だが四足で歩くそれを大型のネコ科獣と呼ぶには違和感もあった。後肢がひどく長い、そして顔もネコ科というよりも類人猿、いやはっきり言えば人間の顔面に毛を生やし口を大きく引き裂いてみせたような。

(そう言えば平安時代に現われたという鵺《ぬえ》って生き物は、顔は猿で、胴体は虎じゃなかったか)

嘉津馬の脳裏に、無駄な知識がよぎった。後で調べたところ『平家物語』にある鵺は手足が虎で胴体は狸だったが、この獣に狸を思わせる要素はない。いや、ある意味ではまさに狸と形容するのが正しかったのかも知れないが、このときの嘉津馬には、そんなことに思いいたる余裕はなかった。

獣は牙の生えた口に、もう一人のコートの男を咥《くわ》えていた。男は仰向けの状態で、胸から腹にかけて、獣の歯列に捕らえられ、その無数の噛み傷から溢れる血が、獣の顎から床に滴っている。

既に男はほとんど意識がないようで、自分自身の口からも泡混じりの血をこぼしていた。

あまりに非現実的な光景に、嘉津馬はほとんど冷静な判断力をなくしていた。だがとにかくこの獣を排除しなければ、という意識だけが働いていた。

(オレの番組が、またなくなってしまう)

スタジオには、録音された役者たちの芝居が流れ続けていた。

『時丸、お前の持つそのカラクリ、江戸の大殿様に必ずお届けする』

『いやだっ。このカラクリは大殿様にも、誰にも渡さぬ。力あるものが使えば、必ずまた人々が血を流す。あの天草のように』

『ならば戦うしかないっ』

『いやだ。兄弟のように育った飛丸《とびまる》と刀をまじえるなんて』

『問答無用！　江戸忍法大鷲の陣！』

子役のトシマルが演じる時丸、その兄弟子忍者である飛丸を演じているのは年かさの舞台芸人だが、どちらも熱の入った芝居を聞かせてくれていた。

嘉津馬はその声に励まされるように、羽織っていたジャンパーを脱いで、右腕に巻きつけた。それ以外に防具になるようなものがなにも思いつかなかったのだ。

湿った木材が折れるような音がした。

獣が、咥えていた獲物の脇腹を完全に食いちぎったのだ。服ごと体の一部を失った男の身体が床に落下して、そのまま動かなくなった。

そして、獣の喉から低い唸りがもれた。地の底から響いてくるような低音。それは確かにあのヘッドフォン越しに聞いた異音だった。

だがもしあのときからセットに獣が潜んでいたなら、劇団員たちが無事でいたはずがない。それに、この獣は猫ではない。虎がどの程度大きくなるのか知らないが、明らかにオルシコンカメラ並の背丈があり、頭から尻尾までは自動車並の大きさだ。こんなものがいつセットの中に潜り込めたというのだ。

そんなことを考える間もなく、セットから次々に劇団員たちが飛び出してきた。手に人形を持ったままの者も多い。既に獣に襲われたのか、それとも返り血か、みな顔や服に赤い汚れが見える。泣いている者もいる、腰が抜けてしまい手だけ使って這ってる者もいる、頭の左右を両手でバンバン叩きながら床を転がる者もいる。十名ほどの劇団員たちが皆必死にその場から逃れようとしていた。

船村が劇団員の手を引いて、そのまま引きずっていこうとしていた。それは獣にとって恰好の獲物だったのだろう。瞬時に獣が身をひるがえすと、次の瞬間、船村の首が切断されて床に転がり、獣の牙は勢いを失わずに、フロアにへたりこんだ劇団員の一人の腕にガッチリと食いこんでいた。

悲鳴が大きく響きわたる。

こんな光景が、いまも全国のテレビに映し出されているのか。だとしたらそれは、

（オレの責任だ）

嘉津馬には、そうとしか思えなかった。

船村が死んだ。劇団員たちと一緒にへたりこんでいる久子も、芳村に抱き寄せられているトシマルも、扉の前で動けないでいる千田でさえも、ここにいる者たちはみんな死ぬの

だ。

「木更さん、ダメだ」

芳村が駆け寄ってこようとしていた。嘉津馬の顔色を見て、次にしようとしていることがわかったのだろう。

だがそれより早く走った。途中あった折り畳み式の椅子を担ぎ上げて、こちらに向けられた獣の背に思いっきり叩き付けていた。

「ここから出ていけ、化け物！」

獣がこちらを向く。椅子で殴られたことなど、毛ほども感じていない様子だ。だがその目はやはりネコ科の猛獣のそれではなく、人間のものにしか見えなかった。

嘉津馬を見つけたその顔が、グイッと持ち上がる。それは嘉津馬の頭よりも高く、いやすぐに嘉津馬が思いっきり見上げなくてはならないほどの高さにまで達した。

獣が、後肢で立っていた。

天井からのライトで、嘉津馬からは逆光になったその口が動いた。

「化け物じゃない。オレはドゥマだ。森の、獣の王だ」

獣が、人間の言葉を話している？

そして獣の左前肢が、横殴りに嘉津馬に叩き付けられた。

耳の上あたりで頭蓋骨が砕ける予感が、確かにあった。

（この光景も、テレビで流れているのだろうか）

それが嘉津馬が最後に考えたことだった。

六

「あれ、いつからそっちに降りたんですか」

頭上から声がかかり、嘉津馬は顔を上げた。

副調整室の扉から、スイッチャーの金子が顔を出して、口元に手を当てて大声をあげていた。

「いつから……？」

「いきなりいなくなっちゃったんで、こっちは心配したんですよ」

「なにいってんだ、それより放送は、まだ放送しているのか」

「放送？」

何が起きているのかわからず、嘉津馬は辺りを見回した。

そこは確かに、今の今までいたはずのCスタジオのフロアだった。

『忍びの時丸』のセットが建て込められ、劇団員やスタッフたちがその場でリハーサルをしている。

リハーサル？

そんなはずはない。さっき男たちの乱入があり、放送が始まり、獣が現われた。

「木更くん、そこに立たれちゃ邪魔」

後ろからきたスタジオ・ディレクターの久子がどんっと背中にぶつかってきた。

「久子……みんな……無事なのか」

「無事じゃないわよ」

「え」

「なんで放送の直前に、雑誌の取材なんて入れるわけ」

久子が指さしたのは、樹木生い茂る森をイメージしたセットの前で、フラッシュを浴びている島田俊之、トシマル君だった。カメラを構えた池袋恵子記者が、しきりと話しかけ、笑顔を作らせようとしているのがわかる。

「申し訳ありません、あいつまだまだ本当に子どもで」

芳村が、久子の言葉が耳に入ったのか、こちらに歩いてきながら頭を掻いてみせた。

「それはいいんですけど、時丸の人形、トシマル君がずっと離してくれないから、いつまでたってもリハーサルにならないんですけど」

久子も、嘉津馬に対するのと違い調子が狂うのか、芳村につっけんどんにそれだけ言うと、自分の仕事に戻っていく。

嘉津馬はぼんやりとその場に立ち尽くした。

「どうかしましたか、木更さん。あの、うちの俊之がなにか」

芳村がそんな嘉津馬を心配するように、声をかけてきた。

「いや、芳村さん、こんなことありませんか。いま体験していることが……前にもそっくりそのまま同じことをしたような気が、するって」

「へえ、木更さん、フロイトなんて読むんですか？」

「フロイト」

思いもかけない名前が出てきて、嘉津馬は現実に引き戻された。もちろん精神分析で有名なその名は知っているが、心理学に興味がなかった嘉津馬は、その著書など手に取ったこともなかった。

「あれ、違いましたか。まあデジャヴの提唱者はフロイトではないらしいですからね。日本語では既視感っていうらしいですが、それですよ。いま体験していることが、既に体験したように感じる現象。デジャヴ」

「はあ、初耳です。それで、フロイトはなんと言ってるんですか」

「それは既に見たけど、忘れてしまっていた夢だと。だから木更さん、あれでしょう、夢の中でも現場のことばっかり考えているから、前にも経験したことのように感じちゃったんじゃないですか」

そう笑うと芳村は、そろそろ撮影が終わりそうなトシマルの方に歩き去った。

（忘れてしまった夢……）

そうなのだろうか。だが嘉津馬は確かにこの光景を見たことがあった。池袋恵子による、島田俊之の取材と撮影。自分が声を当てている時丸の人形を乱暴にいじる俊之／トシマル君の姿。だが嘉津馬の記憶の中では自分は副調整室にいて、早く取材が終わってくれないかといらいらと見下ろしていたはずだ。その後トシマルと恵子も副調整室に上がってきて、そしてトシマルが死んだ映画スターの話を始めた。

それともデジャヴとは、そんな細かいことは変わってしまうものなのだろうか。夢ならばそれも不思議はないと思えるが。

ふと髪をかきあげて、痛みを感じた。

指先にかすかに血がついている。

もう一度髪に手をやって、そろそろと探ると、耳の上あたりに傷があった。すぐに固まってしまいそうな小ささだが、まるでいまできたばかりのように血が盛り上がっているのが感触でわかる。

嘉津馬は壁の時計を見上げた。五時五十五分。『忍びの時丸』の生放送開始まで、あと四十分になろうとしていた。

七

＊忍びの時丸　第一週第二回台本より

画面	音（声）
平伏している時丸。 庭から鶯の鳴き声。	大　丸　ふんふん、これが島原で見つけたカラクリか 時　丸　はい、支配頭さま 大　丸　みな死に絶えた原城の焼け跡に、これが落ちていたというのだな、まことか

時丸の回想（前話）

時丸の手を握る、倒れていた美少女。その服装は着物とは違う。

時　丸　は、はい

時　丸　わっわっわっ
美少女　てってってっ
時　丸　なっなっなっ
美少女　わ？　て？　な？　困ったわ、言葉が通じないみたい。この時代の日本語についてはまだまだ研究の余地があるわね。えーと。わたーしの、いうこーと、わかーりますかー？
時　丸　わっわっわっ
美少女　あら、やっぱり駄目だわ
時　丸　わっ、わかります

美少女　わっわっ
時　丸　え？
美少女　違うの、これは嬉しいの、わっ
時　丸　嬉しい？
美少女　ええ、やっと生きている人に会えたのだもの。でも残念だわ、わたしがここにいられる時間はもう残されていない
時　丸　時間？　時間とはなんだ
美少女　そうか。自由、経済、平和、恋愛。この時代には全部なかった言葉なのね
（歌いだす）、♪時間、時間とは時の流れ、時のうつろい、昨日は明日ではなく、今日は今ではなくなる、そんな不思議なわたしたちのじーかーん
時　丸　さっぱりわからない。かわいそうに。よっぽど怖い目にあったのだろう
美少女　ああ、もう時間がない。これを

懐から『時計』を取り出す。現代のストップウォッチに似ているが、もっといろいろなボタンがついている。『3』という大きな数字が中央の文字盤に書かれている。

時　丸　これは、カラクリでござるな
美少女　あなたにこれをあげます
時　丸　いえ、いりません
美少女　えっ、どうして
時　丸　きっとあとでものすごく高い請求書が届くのですね、知っています
美少女　ああ、無駄な知識ばかり。そんなことはありません。行き倒れた私を助けてくれたお礼です。でもいいですか。これは私とあなたの秘密です。あなた、お名前は
時　丸　時丸、江戸忍びの時丸でござる

少女の身体がスウッと空に持ち上がると、そのまま消えてしまう。
見上げている時丸の手に、時計が。

江戸・忍び屋敷室内

美少女　時丸……ああ、時、あなたの名前には時という文字が入っているのですね。ならばこれは運命です。時丸、どうかこのカラクリで……

時　丸　は、はい、確かに落ちていたものです
大　丸　本当か？　なんだかいまトローンとした目をしていたぞ。そんな目でワシを見ていったいなにをたくらんでいたのだ
時　丸　な、なにもたくらんでなぞおりませぬ。あの支配頭さま、そろそろそれを

返してください、と手を差し出す。

大丸　え、これ？　くれたんじゃないの？

時丸　違います。それはオレの

大丸　バカモノ。忍びのものはワシのものじゃ。もっとよく調べてみる。まずは分解してみよう

時丸　やめてください、どうか返してください

大丸　ええい、やめぬか

二人、カラクリをめぐってもみ合う。そのとき、時丸の手がスイッチの一つに触れてしまう。
するとと突然キュルルルとテープの巻き戻る音がして、画面を渦巻きが覆う。

江戸・忍び屋敷室内（数分前）

さっきと同じようにむきあっている大丸と時丸。時丸の手にはカラクリ。

時丸の手の中のカラクリ、数字が『2』になっている。

庭から鶯の鳴き声。

大丸　ふんふん、それが島原で見つけたというカラクリか。見せてみよ

時丸　え？

時丸　しかし……さっき見せたばかりでは

大丸　なにをいっとる。お前、いまそこに座ったばかりじゃないか。いいから、見せてみろ、ほれほれ

時丸　どうなっているんだ、これではまるでさっきと同じ。時……そうだ、時が繰り返している！

八

嘉津馬は階段を駆け上がり、副調整室に飛び込んだ。いぶかる金子はじめスタッフたちの視線を無視して、TDの斜め後ろに置かれた椅子を睨みつける。嘉津馬の定位置であるその席は、無人だった。

どうしたらいいのかわからないまま、手近にあった台本を掴む。そこには〈第四四回〉とある。

「ど、どうしたってのよ、顔色変だよ」

年上のTDがその場にいる全員の気持ちを代弁する。嘉津馬はわめきだしたくなるような不安と混乱をおしころし、ぶっきらぼうともいえる調子で答えにならない言葉を発した。

「今日は、木曜日ですよね、神化三六年三月二日」

一同が目配せするのがわかった。それはそうだろう、いま嘉津馬が口にした日付は、彼が手にした台本の表紙にハッキリと印刷されている。そもそも仕事の最中に突然こんなことを言い出す者がいれば、神経衰弱を疑われても仕方ない。

やがて金子が口を開いた。彼も局では先輩だが、スイッチャーとして付き合いが長く、その場にいる中では嘉津馬と一番親しかったからだろう。

「そうだよ。『時丸』は週に五回の帯放送だからね。四十四回目なら木曜日に決まっている。これが金曜日だったら、オレたち、放送落としちゃったことになるからね」

場を和《なご》ませてくれようとしているのはわかったが、それに応じる余裕が嘉津馬にはなかった。頭の中で様々な疑問と、それに対する仮説が沸騰した鍋の中のようにグルグルと渦巻いていて、しかも一つも答えが出せないでいる。

さっきスタジオで時計を見たとき、最初に思ったのは、一番非常識な仮説だったが、自分が〈時丸〉になったということだった。

連続人形劇『忍びの時丸』に原作者はいない、ということになっている。嘉津馬が書いた企画書がそのまま通った稀なケースだ。舞台は寛永、将軍家光の治世。九州天草で起きたキリシタンの一揆、所謂《いわゆる》島原の乱に派遣された忍者・時丸が不思議な時計を手に入れる。その時計は〈時間を巻き戻す〉ことができるという能力を持っていた。

時丸は忍者という職業柄、次々と危険な目に遭う。敵の忍者の罠にかかって包囲されたり、毒蛇だらけの落とし穴に落とされたり、突然巨石が頭上から落ちてきたりという具合だ。だがこの時計を使えば時丸は、およそ一分前まで時間を戻すことができる。そうすれば時丸はこれからなにが起こるかわかっているから、危険を回避することができる。ただ、一分ぐらいでは危険を除去できなかったり、新たな危険が連鎖的に起こることがある。その場合時丸は再度時計を使って、また同じ時点まで時を巻き戻すことができる。それができるのは一度に三回まで……というのが企画の工夫である。

もし嘉津馬が時丸であったなら――本番放送中のスタジオに、謎のコートの男たちやドゥマと名乗る獣が現われ、挙句嘉津馬自身まで殺されかける、そんなピンチに時間を巻き戻さないわけがない。

一瞬、嘉津馬はそんな風に考えたのだ。自分は、自分の意志で、時間を逆行したのだ、と。SF小説に親しみ、同じ趣味の仲間たちと交流している嘉津馬ならではの発想だ。

(しかし、よく考えれば、時丸とは違う。第一、オレはそんな時計を持っていないし、戻った時間も四十分以上だ)

そして不意に不安が突き上げた。さっきの五時五十五分では嘉津馬は副調整室にいた。だがいま自分はスタジオにいる。ならいま副調整室にはもう一人の嘉津馬、いや〈ホンモノ〉の嘉津馬が演出の椅子にふんぞりかえっているのではないか?

そこまで考えて鉄階段を駆けあがった嘉津馬だったが、そこにもう一人の自分は存在しなかった。これが本当に『忍びの時丸』の中の出来事なら、時丸が二人になったりはしない(録画したビデオテープを所定の位置まで巻き戻すイメージだからだ)から、これで正しいともいえるのだが、しかし自分が時丸でないことは、当の嘉津馬が一番よくわかっているのだから混乱は増すばかりだった。

もちろん全ては夢だったという、もっと現実的な仮説もある。いや、一番有効ともいえる。嘉津馬がさっき体験したあれこれは、全部夢だったのだ。さっき芳村が云っていたデジャヴそのものだ。

時計は六時をさそうとしている。あれこれ考えている余裕はない。嘉津馬はすべてを忘れて、今日の放送の準備に戻ることにした。いぶかしげなスタッフに力ない笑いを送り、自分の席につこうとしたそのとき——。

「えー、食べたことないの、ピザ」

けたたましい声をあげながらトシマル君が、階段を上がってきた。その後ろからついてくるのはテレビ誌の記者、池袋恵子だ。

「うん、だって誰も麻布なんかつれていっちゃくれないもの。俊之くんはなんでも知ってるのね、すごいわあ」

「あれはなかなか美味しいものだよ、まあ手は汚れるけれど、それをこんな風にそこらでぬぐっちゃうのさ」

と、トシマル君は恵子の腰のあたりに手をこすりつけてみせた。手を拭く動作をやったつもりなんだろうが、それ以外の意図も十分で、恵子は苦笑していた。

「すいません、俊之君のお話、本当に面白くて、もう少しここで続けてもいいですか」

恵子が嘉津馬に訊いてきた。嘉津馬にとってそれは初めての言葉ではない。嘉津馬の記憶にははっきりと残っていた。このあと恵子とトシマル君は副調整室内で他愛ない話を続け、金子がそれに文句をつけ、TDがヘッドフォンから妙な音がすると言い出し——そして惨劇が起きた。

これも全てデジャヴなのだろうか。嘉津馬の記憶の中では、このあと嘉津馬の許可も待たずにトシマル君が『いいよいいよ、ここにいたって邪魔にならないから』と勝手に恵子を招き入れることになっていたが……。

「いいよいいよ」

嘉津馬の思考に割り込むように、トシマル君の声が響いた。それは嘉津馬の記憶と完全に一致していた。

「ここにいたって邪魔にならないから。ね」

トシマル君が恵子の手を引いて壁沿いに移動する。そして先月出演していた映画の話を始めた。このあと話は、ゴーカートで壁に衝突して亡くなったあの映画スターにまつわるものになっていくはずだ。

一度は夢と割り切ろうとした嘉津馬だったが、またザワザワと不安がわきあがるのを感じていた。

そっと手を伸ばしてヘッドフォンを耳に当てる。いつものスタジオ内の喧騒が響いている。指示を出す船村、それに苦情を言う柳瀬久子、美術スタッフやひとがた座の人々の打ち合わせる声。嘉津馬はその中から、記憶にあるあの唸り声を聞き取ろうとした。いや、全てが夢であるなら、あの洞窟を風が吹き抜けるような異様な唸り声も嘉津馬の夢の産物に過ぎず、決して聞こえるわけがない。

（聞こえないでくれ）

と念じながら、必死に耳を澄ます。

だが、嘉津馬の願いはかなわず、セットの真上に吊るされたマイクの一つがはっきりとあの異音をとらえているのが聞き取れた。

嘉津馬の真剣な顔に気づいたＴＤが、自分のヘッドフォンを耳に当てる。そしてすぐに嘉津馬がなにを聴いているのか気づいたらしく「なんだい、この音」と口にした。

嘉津馬はヘッドフォンを外すと、声を張った。

「すいません、ちょっと全員、外に出てください」

放送まで三十分を切ろうとしている。なにを言っているのだ、と全員の顔が非難に変わる。だが嘉津馬は繰り返した。

「スタジオの安全を確認します、全員外に出てください」

九

副調整室にいたスタッフだけでなく、Cスタジオ全体にも同じ指示を出した。もちろん納得する者は誰もいない。照明のセッティングがやっと終わりカメラテストが始まっているタイミングだ。現場スタッフの誰もが殺気立ち、本来なら味方になってくれるはずの船村や久子も、詳しい説明を求めてスタジオからなかなか退去しようとしなかった。

嘉津馬は副調整室にこもって、スタジオに降りようとはしなかった。殺気立つスタッフを前に、自分の決断を論理立てて説明できる自信などない。むしろ火に油を注ぐことになるのは明白だった。なにしろ自分でもこの決断が正しいかどうか、まったくわからないのだ。

未だにさっき見た光景が夢ではないという確証はない。だが同時にトシマル君の言葉や、なによりセットの中から響いてきた唸り声は、どうしても無視できなかった。嘉津馬自身、いつもは物腰柔らかく決して衝突せず、スタッフと意見が対立したときには、基本的に相手を尊重する、調整型の演出、を自認してきた。自分は際立ってなにかに秀でているということはない。なんのトラブルもなく、粛々と毎日十五分の人形劇を確実にお茶の間に送り出す。それが嘉津馬の使命感だった。

だからこそ、さっき見たような惨劇が起きる確率が、ほんのわずかでもあるなら晴らしておきたい。それを嘉津馬は、己の小心さ故だと考えていた。だからスタッフを前にすれば簡単に意見を翻してしまうかも知れない。それが小心というものだ。

（絶対に副調整室から降りていってはダメだ）

そんな嘉津馬の決意を知ってか知らずか、少しずつスタッフがスタジオから廊下に移動し始めていた。率先して動いているのは、ひとがた座の人形操者たちのようだった。女性の座員たちそれぞれが担当する人形を大事そうに掲げて、スタッフに呼びかけているのが嘉津馬の位置からも見えた。これは少し意外な成り行きだった。人形を実際に操作する劇団員たちは、いつも放送開始ギリギリまで何度もリハーサルを繰り返してタイミングを調整している。それでも時間が足りないと文句を言われるのが常だ。しかもひとがた座のアルバイトも多く、当然のことながらTTHへの帰属意識はない。スタジオから一時退去するのを一番嫌がるのは彼らだと、嘉津馬は予測していたのだ。

団員たちに促されて、不満顔のままスタッフがドアに向かい始めた。団員たちは壊さないように人形たちを頭の高さまで掲げているので、嘉津馬の目には時丸や飛丸といった人形たちが、年季の入ったスタッフたちを先導していくようにも見えた。その中に記者の恵子の姿もある。横にカメラを首から提げた男性を連れている。雑誌のカメラマンにこんな騒ぎを撮影されたら面倒だな、と思ったが恵子もその男も、真っ直ぐドアに向かった。

ようやく無人になったCスタジオに、嘉津馬は降り立った。時計を見ると六時二十分を過ぎている。もうほとんど猶予はない。腰をかがめてセットの下を覗き込む。人形を操作するために、最低限の照明が置かれているので真っ暗ではないが、それでも影になっている部分は多い。

船村の首をあっさりと切断した、獣の姿が脳裏に浮かんだ。

もしあの獣が最初からスタジオに潜んでいたとすれば、その場所はここ以外にない。スタジオの壁面には背景の書割《かきわり》などが立てかけてあるが、その後ろを移動するスタッフも多いから、そこは死角にはならない。第一、ヘッドフォンを通じて聞こえてきたあの唸り声は確かにこのセットの中からだった。

もし獣を見つけたらどうするのか、そこまでは嘉津馬は考えていなかった。あの凶暴な獣に、TTHの警備員を呼んで対処できるのか。だがとにかくあんな惨劇は起こしたくない。オレの番組の中で――。そう、嘉津馬の頭の中を占めているのは、とにかく今日の生放送を無事に終わらせるという一念であり、そのために夢であろうとなかろうと、獣の存在を確かめないではいられなかったのだ。

床に置かれた照明の角度を変えて、奥まで照らし、目をこらす。あの唸り声が聞こえてくるのを待った。

嘉津馬が廊下に出ると、久子や金子たちが千田たちと揉み合っている最中だった。

「みんなどきなサイ。全員、一列に並びなサイ」

という高圧的な千田の命令にスタッフが反発し、大混乱になっていたのだ。狭い廊下にスタッフと座員全員が集まっていたので、押し競《くら》まんじゅうのようで、ほとんど身動きできない。

千田は嘉津馬の顔を見つけると、なにか言いかけたが、嘉津馬の口が先に開いた。

「早かったですね」

「どういう意味ですカ」

嘉津馬の記憶では、千田たちが強引にCスタジオに侵入してきたのは放送開始直前だったはずだ。それに比べればいまはまだ十分ほど早い。だがそんなことが千田にわかるわけがない。

「いえ。ここにいるのはオレの番組のスタッフと出演者たちです、全員身元はハッキリしています、取り調べのような真似はやめてください」

千田の目がわずかに細められた。

「ミーたちがここに来た理由がわかっているみたいだネ。ミーが日本にいることにも、驚いていないようだ」

「さっき上から連絡がありました」嘉津馬は咄嗟《とっさ》に嘘をついた。役者の素質はないと思っていたが、我ながら拍手したくなるような滑らかさで言葉が出てきた。「危険人物がスタジオに入りこんでいる可能性があるから、もしかしたら調査があるかも知れない。責任者は最近顧問に復帰された千田さんだから従うように、と」

「極秘にしておいたんだが、仕方ないネ」

千田の疑いは晴れたようだ。もちろんかつて見せつけられた彼の情報収集能力を思えばこんな嘘など明日にはばれてしまうだろうが。

「それで自分なりにご協力しようと、スタジオの全員を一度外に出しました、ご覧の通りです。危険人物とはどういう人間ですか。指名手配された学生ですか」

近年、自衛隊とは別に公共保安隊が組織され、そこには戦時中に利用された〈超人〉たちが多く再雇用されるという噂が流れていた。しかもそれは米政府の肝いりであり、海外に派兵できない自衛隊と違い、公共保安隊は自由に米軍と共闘できる密約まであるとされ、それに反対する学生を中心としたデモが何度も起こっていた。このTTH周辺もデモの影響を受け、街頭ロケに出た班が時間までに戻れないなど、実害も多く出ていた。

TTHは戦後長くGHQの支配下に置かれたことへの反発や、当時の文化人の血縁者などが多かったことから反体制的な気風があり、デモに参加する者こそ少なかったが、警官隊に追われる学生が局舎に逃げ込んできても見て見ぬふりをするようなことは、日常茶飯事だった。それを承知で嘉津馬はわざと『学生ですか』と見当違いのことを云って、聞いている周りのスタッフを納得させようとしたのだ。

千田は曖昧に頷くと、引き連れてきたコートに中折れ帽の男たちに指示を出した。男たちは嘉津馬を押しのけてドッとスタジオに突入した。

だがそこは既に散々嘉津馬が探した後であり、男たちは何も見つけることができない。嘉津馬自身も納得できないことだったが、あの唸り声の主は、スタッフを廊下に出した途端、霞《かすみ》のように消えてしまっていたのだ。副調整室はじめ、どこにも隠れた様子はない。そしてスタッフや座員は全員顔見知りで、そもそもあんな人間の顔をした肉食獣とでも形容すべき怪物が混じっていれば大騒ぎになるはずだ。

時刻は六時三十分になっていた。

「千田さん、どうですか、不審者はいましたか」

嘉津馬の問いを無視して、千田は自らスタジオに入ると、何ごとか英語で叫んだ。コートの男たちが集まり、それに応じる。どうやら捜索は諦めたらしい。ただ一人、マフラーにサングラスで肌の一部も見せないようにしている長身だけが、まだセットの周囲を歩き回っていた。

「オイ」と千田が呼びかけると、マフラー男は仕方なくこちらにやってきたが、まだ不満

そうで、

「必ずいるはずだ」

とはっきりとした日本語で返した。全員外国人だと思っていた嘉津馬は驚いてその男を見る。

「鹿野《かの》の場合とは違う、デュマは絶対に」

そこまで言いかけてマフラー男は、ドアの内側で嘉津馬が見ていることに気づいた。そして自らマフラーを激しく引き下ろすと、

「お前、何を見ている！」

と叫んだ。その口元は泥が干あがってひび割れたような、異様な質感に見えた。

嘉津馬がいま見たものが何かを考えている間に、千田は男のマフラーを元に戻すと彼らを促しスタジオから出て行った。マフラー男は最後まで嘉津馬を睨みつけていた。

彼らと入れ替わりに久子が飛び込んできた。

「あと五分」

それだけで十分だった。

スタッフと劇団員たちが競うようにスタジオに戻ってきて、男たちが移動させたセットを元に戻し、人形たちや照明のセッティングを再開する。

その日、『忍びの時丸　第四四回』は無事定刻に放送を開始した。

十

「タイムトリップだな、間違いない、私はウソを申しませんっ」

尾上丈司《おのえたけし》の野太い声が、室内に響き渡った。駒沢の五輪スタジアムにほど近い、トイレや台所を共有せず、各戸にそれがついている流行の文化住宅型アパートだが、壁の厚さなどたかが知れている。部屋の主である嘉津馬も夜八時を過ぎてからはレコードをかけるのを遠慮しているほどの防音性能でしかない。案の定隣室の学生がドンッと壁を叩いて文句の代わりとしてきたが、尾上はまったく意に介さない。部屋の中央にある四角いちゃぶ台のまわりをぐるぐると歩きながら、喋り続けた。

「うん、うん、それに違いない。木更氏、君は人類初めてのタイムトリップを経験したんだ。いや、人類初めてとは言い切れないな。私は新約聖書におけるキリストの再誕はタイムトリップに似た現象で説明できるのではないかと考えているし、これまでの歴史上に現われた偉人と呼ばれる者のなかには、未来からタイムトリップしてきた者も数多くいるというのが常識だからな」

「常識って、それは尾上氏の小説の中の話じゃないですか」

「私の小説はただの絵空事じゃない。少なくとも私はただの想像の産物だなんて思ったことは一度もないよ。一見退屈きわまりなく見えるこの社会における、もう一つの真実。報道されないさまざまな事件、歴史、人間という種の本質。私はその全てを、私の筆で明らかにしようとしているんだ」

嘉津馬と尾上は同じ『ニッポンSFコンテスト』を受賞した縁で親しくなった、いわばSF仲間といえる。『SFコンテスト』は《SFマガジン》という雑誌で募集された、SFテレビドラマの原作となりうる作品を対象としたものだった。戦前は科学空想小説などと呼ばれていたSFというジャンルを愛好する者は、この日本では極端に少ない。今でも映画やテレビで人気があるのは時代劇とスポーツ選手の実話もので、あとは歌劇と呼ばれる歌と物語が混淆したファンタジーが続く。SFという言葉は知られていなくてもそれに含まれると思われる題材——例えば密林の奥地で巨大な怪獣が発見されるとか、宇宙から侵略者がやってくるとか、未来の世界での冒険などという物語はいずれも現実的でないと見向きもされない。もっと知的で生産的なものを、と言われてしまうのだ。

英米では大人も読む小説ジャンルとしてある程度認められているようだが、それでもミステリーやホラーとの境界は曖昧らしい。だからそれらを専門にした《SFマガジン》の創刊は衝撃的だったたし、わざわざドラマの原作を書いて応募してくるような酔狂な人間はさらに数少ないから、砂漠の旅人がオアシスでやっと人と巡り会ったように、すぐに嘉津馬と尾上は友人になった。

「確かにオレも、最初は時間移動を疑わないわけではなかった。そう考えなくては説明がつかない現象です。今日の夜六時三十五分から、五時五十五分にオレは一瞬にして戻った……だがよくよく考えたらやはりそんなことがあるわけはない。あれはデジャヴ、あるいは予知夢というものと考えたほうが」

「ほほう、木更氏、だったらなぜわざわざ私に電話してきたんだい。しかもわざわざトリス一本とコカ・コーラも用意して」

すっかりお見通しだった。嘉津馬は今日自分が体験した一連の出来事に、なんとか論理立てた説明がほしいと思って、友人の中でももっともこの手の知識も想像力も豊富な尾上に頼ったのだ。

SF愛好者とは言っても、尾上と嘉津馬ではだいぶその嗜好が違う。嘉津馬はどちらかというと〈超人〉に対する興味が先にあり、コンテストに応募した原稿もそれに関するものだった。〈超人〉が現実に存在しているのは周知の事実だ。だがそれについて書けば、それはどうしてもSFとするしかないのが現状だ。これが超人というものに関するむずかしさである。

SFというジャンルについて拒否反応が大きいことは既に書いたが、人間以上の力を持った超人を取り扱った作品についてはそもそも出版の機会がほとんど与えられないといっていい。

日本に限らないが、超人という存在は人間の歴史の中で重要な局面を常に担ってきたといわれている。だがその存在が大きくクローズアップされることになったのは、第二次世界大戦での積極的な超人徴兵だった。未だに日本や米国をはじめどの国でも具体的な作戦内容はほとんど明かしていないが、ヨーロッパ、東南アジア、太平洋、いたるところで超人は実際に戦場に投入されたというのが、常識とされている。

しかしそれについて大っぴらに書いたり語ったりすることはタブーとされている。日本に於いてその第一の原因となっているのは『綺能《きのう》秘密法』という法律の存在だ。戦時中に制定されたこの法律は、超人と呼ばれる存在を『一定以上の特殊綺能を有する個人』と規定し、その個人情報は完全に護られるべきだ、としている。誰かを超人と特定したり、そう書いたりすること、あるいは実在したと思われる超人についての記述なども、全て超人の個人情報を侵すものとして、処罰の対象となる。この法律がもっとも恐ろしいのは、いったい超人についてどこまで明かせば法律違反となるのかということが曖昧にされており、結果として超人という単語を日常的に使うこともなんとなくよくないことのように思わされている点にあるのだ。

戦時中に小学生だった嘉津馬のような世代は、比較的〈超人〉の情報に触れて育ったといえる。綺能秘密法によって超人についての自由な報道は一切為されていなかったが、軍部は自分たちが検閲済の情報についてはむしろ積極的に雑誌や新聞で展開させた。そこには、空を飛び、海を往《ゆ》く、我が大日本帝国が誇る無敵の超人部隊が、いかに鬼畜米英の超人を撃破し、人間兵器として大活躍しているかということが、勇ましい想像図とともに繰り返し描き出されていたのだ。綺能秘密法はあくまで国家が情報を統制するために作ったものでしかなかった。

それが嘉津馬たちには強い刷り込みとなっていまに至る。

戦後、綺能秘密法は継続し、それがなくても人々は超人についてあまり語ることがなかった。もちろん二年前、東京に巨大な怪獣が出現し、それを天弓《てんきゅう》ナイトと名乗る仮面の男が倒したときはさすがにテレビや新聞も一時的な過熱報道をしたが、天弓ナイトが決してその正体を明かさず、警視庁も彼が怪獣を暴れさせたギャング団の一味ではないかという見解を発表したため、すぐに終息してしまった。

戦時中あれだけ伝えられた超人部隊の活躍もほとんどは大本営による捏造《ねつぞう》であり、実際には超人といっても体力が人間の平均値よりわずかに優れている者などを優先的に徴兵する方便として使われたに過ぎないということがわかるにつれ、大多数の大人は超人というものを、戦争という記憶とともに遠ざけようとした。

だから超人が登場する小説や漫画など、数えるほどしか存在しないし、それもある日突然「綺能秘密法に触れた」という建前で回収処分を受けてしまう。それだけでなくSＦそのものが、超人と同じような目で見られていた。宇宙の彼方で、謎の美女を守って、怪獣と戦うヒーロー……など、愚かしい想像の産物でしかなく、そんなものを読んだり見たりするのは現実逃避以外の何ものでもないというのだ。

戦後十六年、幸いにも大規模な都市破壊をまぬがれた日本は、大きな経済成長のさなかにある。路面電車は都市の隅々まで行きわたり、大型建築物も次々に建ち、戦前から始まっていたテレビ放送はいまや世界第二位の視聴者数を誇っている。そこにあるのは発展に次ぐ発展であり、いわば最大限にリアルの充実を享受する姿勢だ。大半の人々は、人間同士の交流の象徴として、ダンスホールやジャズ喫茶に集い、あるいはスポーツを観戦し、自らそれを楽しむことに専念していた。そんな彼らの日常に、ありもしない世界について語る〈ＳＦ〉なるものを楽しむ余地はなかったのだ。

だがどんな社会にも一定数のはみだし者はいる。嘉津馬は自分がそうであることを小さな頃から意識していたし、そして目の前の尾上という男は嘉津馬の狭い知識などとは比べものにならないほど科学的空想の世界に親しんでいた。

「木更氏、君は確かに獣に出会ったのだ。そしてその獣に命を奪われようとするまさにその刹那、君の魂だけが時間を遡り、四十分前の自分の肉体に帰着した。魂という言葉が不正確だというなら意識というべきか。これならば相対性理論とも矛盾しないはずだ」

「簡単に云ってくれますね。しかしそんなことは有り得ない。さっきから何度も云っているように、オレは今まで一度だってこんな体験したことないんです」

「命の危険を感じたことも今回が初めてではないのかね」

「そんなことはありません、名古屋では空襲も受けてるし、大地震もありました。ご存知でしょう」

嘉津馬もなにか強い根拠があって反論しているわけではない。だが自分が〈時丸〉になったなんて荒唐無稽な考えに代わる、もっと説得力のある意見を聞かせてほしかっただけなのだ。

ほとんど年齢も変わらない尾上だが、ことSFについては嘉津馬のはるか上を行っていた。GHQの統治下で米兵からSF小説の原本を譲り受け、辞書をかたわらに何冊も読み下していたというのだから、英語音痴の嘉津馬からすればうらやましい限りだ。嘉津馬にとってSFは、この現実から超人たちのいる場所に飛翔させてくれるある種の憧れのようなものだが、尾上にとっては彼の人生がSFそのもので、自分の小説の登場人物がまるで実在しているかのように語ることも常だった。

「木更嘉津馬は謎の獣に殺されかけ、四十分前にタイムトリップした。そこにいるはずのもう一人の自分は存在しない。それこそ意識だけがタイムトリップしたという証明じゃないか」

「オレが白昼夢を見ていただけだという可能性は、デジャヴというのはどうなんです。オレは体験した気になっているけれど、あんな獣は最初から存在しなかったのかも知れない」

「本気でそんなことを云っているのか」

尾上はコークハイの入ったグラスを、嘉津馬のこめかみ辺りにぶつけた。

「あ、痛」

思わず手で押さえる。夕方、いつの間にかできていた傷口は、いまはかさぶたに覆われたものの、触ればずきずきと骨の辺りまで痛みを感じた。

「その傷はまさに獣に襲われかけてタイムトリップしたという証拠じゃないのか。それにあの子役」

「島田、俊之ですか」

「ああ、児童誌の表紙によくなっているあいつだな。あの雑誌、私の原稿を何度も没にしやがって」

グラスをちゃぶ台に叩き付けた。

「俊之がどうだというんです」

「彼が次になにを言うのかわかったというんだろう？　それにスタジオから聞こえてきたという唸り声も、事前に察することができた」

「そんなの証拠にはなりません。帰り際にちょっと三信書店でフロイトを立ち読みしてみたんですが、相手が次になにを云うか先読みしているつもりになっていたり、そのとき起きていることが前に経験したことがあると感じるのは典型的なデジャヴらしいです」

「ふうん」尾上は面白そうに黒ぶちの眼鏡を直すと、もったいつけてグラスを口に運び、「では、これはどうだ。その千田とかいう二世だ」

「フランクリン・千田――」

脳裏にその自信満々の姿が浮かんで、思わず怒りがよみがえる。

「彼は確かに君のスタジオに現われた。だが最初の体験ではスタジオに無理矢理押し入り、二度目は君が先手を打ってそれを阻止した、そうじゃないか。君だってわかっていたんだろう。君はタイムトリップしただけじゃない。歴史を改変したんだ。いや、まさにそのために天が君にタイムトリップの力を与えたのではないか」

「歴史、改変?」

尾上は勝手にコークハイを作り足しながら、楽しそうに語り続ける。

「こんな話を読んだことがあるだろう、アーサー王や、ローマ皇帝の時代に現代人がタイムトリップして、実際に起きた歴史を変えてしまおうとするんだ。本当は死ぬはずだった人物、たとえばカエサルを救えば、当然その後の歴史は大きく変わることになる」

「そんなことが可能なんですか」

「可能もなにも、現に君はそれをやってみせたんじゃないか。いいかね、最初の六時三十五分では、千田と謎の男たちの乱入があり、獣が出現し、多くの人々が殺された。例えばこれを本能寺の変だと考えてみたまえ。君が信長だ、いや蘭丸かな」

「どっちでもいいです」

「歴史上では本能寺で桔梗紋《ききようもん》に襲われ、信長も蘭丸も死ぬ。だがそこで蘭丸が時間を遡り、明智光秀軍を返り討ちにする用意をしていれば——歴史が変わることになる」

「オレが、それをしたというんですか」

「君は千田たちが来るとわかっていた。だからその前にスタジオを一度空にして、先手を打った。結果として彼らはなにもできず、無事に『時丸』は放送された、どうだね。君は多くの人間の命を救い、歴史を変えてみせたんだ」

「そんな——オレなんか、とてもそんなたいそうなことができる人間じゃない」

「いいや、人間じゃない。もはやこれは〈超人〉の所業だよっ！」

思わず頰が熱くなるのがわかった。唇が痙攣しだしたので、慌てて手をやる。

「どうした、顔が真っ赤だよ、木更氏。はは、やっぱり超人と云われると嬉しいものかな」

「そ、そんなこと思ったこともない。オレは超人なんてものとは一番遠い存在だと思ってきましたから。力も弱いし、スポーツは苦手だし、とにかくからっきし取り柄というものがない。超人というのは、ただ憧れでしかなかった。そんなオレが、突然そんなこと云われても、どうしたらいいのか」

「ふむ」尾上の顔からそれまでのニヤニヤ笑いがスッと消えた。静かにグラスをちゃぶ台に置く。両手を軽く握って膝に乗せた。「もし喜ばせてしまったなら申し訳ない。正直に云えば木更氏が超人かどうか、まったくわからない」

「なんだって」

「これまでの話が木更氏の妄想、いや君がそんな作り話をする人間じゃないことは知っているが、手の込んだ冗談ということだって有り得る」

「おい、オレは真剣に相談したつもりで」

「ああ、それならなおさら問題だ。なぜなら事件はまったく終わっていないからだ」

「終わって、いない」

「だってそうじゃないか。君は千田たちの先手をとり、スタジオを空っぽにしてみせた。そして獣は現われなかった」

「その通り、すべて無事に終わりました」

「なら、獣は、どこに行った」

二人の間に沈黙が訪れた。

嘉津馬も気づいていなかったわけではない。もし自分の体験がすべて尾上の云うように、時間移動などという荒唐無稽なことで説明できたとしても、それならばなぜ二度目の六時三十五分には、獣は出現しなかったのか。それは謎のままなのだ。

「君は千田たちの乱入は阻止した。しかし獣については、単に現われるタイミングが遅くなっただけかも知れない」

「よしてください、じゃあ明日の放送でもまた獣が現われるかどうか、ビクビクしてなきゃいけないってことですか」

「わからない……」

尾上は首を振って、一気にコークハイを飲み干した。

「ところで獣が口にしたドゥマって、なんでしょう」

「ん？　ドゥマ、さあわからないな」

「マフラーの男はデュマと云っていました。あと鹿野とも」

「鹿野ってのは日本人の苗字だろう……確かなにかニュースで……デュマと言えば『三銃士』を書いた大小説家じゃないか。待てよ、デュマの父は白人と黒人の混血だと聞いたことがある。だとすればつまり獣と人の……」

酔いがまわってきたのか、尾上は床にだらしなく崩れ落ち、次第に言葉は不明瞭になっていく。

と、電話が鳴りだした。まだ一人暮らしの家に電話を引くなど贅沢な時代だったが、テレビ局という仕事柄これは必需品だったのだ。それにしてもこんな夜遅くに鳴ることは珍しい。

床に寝そべった尾上を踏み越して、受話器をとる。

『もしもし……』

聞こえてきたのは、内心待ちわびていた声だった。

『ごめんなさい、こんな時間に。やっと休みをいただいて、一日だけ東京にきたんですけど、明日一番で帰らないといけないんです。だからご迷惑と思いましたけど』

「いや、大丈夫です。すぐに出ます」

嘉津馬はほとんど叫ぶように云った。獣のことも、明日の放送のことも一瞬頭から消え去っていた。電話の相手に最後に直接会ったのは去年の終わりごろ、それ以来思い出さないようにしていたが、東京にいると聞いてしまうと、もう一日会わないことにはおさまりがつかなくなっていた。

床からジャンパーを拾い上げ、財布をポケットにねじこんだ。そんな嘉津馬を、トロンとした目で尾上が見上げた。起き上がる様子もない。

「どうしたんだ」

「今日の騒ぎのことで、呼び出されました」

「こんな時間にかい」

「仕方ない。あ、トリスは全部あけちゃってください」

「うん、じゃあ適当に寝かせてもらうよ」

嘉津馬は返事もそこそこに、靴に足を突っ込んだ。すると、不意に尾上が片腕を持ち上げた。

「木更氏、ちょっと気になっているんだが」

ギクッとなった。実は電話の相手は尾上も知っている人物だ。そのことを隠して会いにいこうとしていることにはうしろめたさも感じていた。だが尾上は予想外の言葉をつづけた。

「その額の傷だが」と嘉津馬を指さす。「もし私の考えの通り、君の意識だけがタイムトリップしたんだとしたら、四十分前の君の肉体には獣につけられた傷がついているはずがないんだ」

一瞬言葉の意味がよくとれなかったが、すぐに呑み込めた。確かに尾上が云うように、嘉津馬の精神だけがタイムトリップしたのだとしたら、この傷は、いつどこでついたものなのだ。そして嘉津馬が肉体ごとタイムトリップしたのだとしたら、もう一人の嘉津馬はどこに消えてしまったのか。

だがその答えを見つけることはないまま、嘉津馬はまだ冷たい三月の夜気の中に飛び出していた。

十一

もともとゴルフ場の跡地だったという、駒沢の五輪公園は十三万坪という広大な敷地に、仮設スタンドも加えると収容人員十一万人を誇る日本最大のオリンピックスタジアムと、同じく三万人を収容できる水泳競技場があり、両者の間には七千五百坪の〈1940年広場〉が造成されている。戦前は〈紀元二六〇〇年広場〉と呼ばれていたそこは、花壇や芝生、噴水などが配置され、市民の憩いの場として親しまれている。

近くに軍需工場などもなく、爆撃の対象にもならなかったので、建築から二十年以上経過しても、どちらの建物もまだ問題なく使えている。そのため三年後に迫った第二回となる東京オリンピックでもそのまま使用することが既に決定しており、補修のための足場がどちらの建物にもとりつけられていた。

一九四〇年、つまり神化一五年の東京オリンピックのときには明治神宮外苑競技場を改造することも考えられていたが、これは神社局の反対にあって中止。だが今回は屋内型競技場が必要ということで、改めて第二会場として改修が始まっている。既に記したように、近くにある元陸軍練兵場、その後GHQに接収されていた広大な土地も、オリンピックの選手村も、TTHの移転先に決定しており、おそらくここ数年で代々木一帯は大きく姿を変えるだろう。それに対してこの駒沢は戦前に国力をあげて開発された公園とスタジアムがそのまま残っており、時代の変化を感じさせない場所といえた。

嘉津馬が東京での住居にこの土地を選んだのも、あのぼんやりとした五輪の中継画像が、どこか忘れられなかったからであることは間違いない。

それがいま、目の前にあった。

高さ四十米《メートル》の白亜の石積みの塔、その遥か頂《いただき》には鳥が翼を広げるかのようなオブジェが金色に輝いている。

これも戦前には〈紀元二六〇〇年記念塔〉というのが正式名称だったが、現在では〈駒沢五輪塔〉というシンプルな呼び名で知られている。広場の奥まった場所に、二つの競技場を等分に見下ろすように建てられたその塔は、まさにこの五輪公園の象徴であり、例えば渋谷の坂の上から富士山を望むと、その視界の手前にくっきりとこの塔が屹立《きつりつ》しているという具合で、名所と呼ぶにふさわしい建築となっていた。

嘉津馬にとって、この塔こそが二十一年前の東京五輪の象徴であり、その映像を名古屋まで伝えたテレビという技術の中心であり、また東京という土地そのものも意味していた。体育館に集められて東京から送られてくる世界初のテレビジョン五輪中継を見つめていた幼い嘉津馬にとって、試合の合間に何度となく映し出されるこの塔の映像は強く印象に残り、いつしか記憶の大半がそれで占められるようになっていた。いまとなってははっきり思い出せるのは、沢村の熱投でもバロン西の馬術でもなく、様々な角度から映し出されたこの塔の姿と、ある理由から決して忘れることができない一つの試合だけである。

その塔の根元、大きく段状に積み上げられた台座の石組に、ちょこんと腰かけている人影がある。小さな丸眼鏡をかけ、頭頂部に鮮やかな赤いベレー帽をのせて、一心に手元のノートになにかを書きつけている。嘉津馬は息を切らしてそこに駆け付けた。

「すいません、こんなところで」

人影はようやく嘉津馬の姿に気づくと、微笑を浮かべて、眼鏡を外した。大きく黒い瞳が街灯の光を反射して輝いて見える。

「いいえ、こちらこそすいません、木更氏。ご迷惑とは思ったんですが」

「とんでもない。若い女性をこんなところで一人で、本当にすいませんでした」

宝塚明美《たからづかあけみ》は、まだ息を切らしてしきりに気をつかう嘉津馬を黙って見つめていた。

「また――ダメでした」

明美は膝にのせていた風呂敷包みを開いて、嘉津馬に示した。そこには、インクで描かれた単色の漫画原稿が積み重なっていた。扉ページのタイトルは『怪盗鉤《かぎ》博士』。原稿は決して奇麗なものではない。ページの端はどれもインクの撥ねや、手垢で変色し、白い絵の具で線を修正した部分がでこぼこと盛り上がっている。紙自体も折り曲げられたり、汗を吸い込んだりして、表面が波打っており一枚としてツルンと真っ直ぐなものはない。

見る人によれば触るのもためらわれるほど、一見汚くも思えるだろうが、嘉津馬にとっては宝石より輝いて見えるものだった。それは明美がたった一人で描き続けている漫画の原稿なのだ。嘉津馬は知っている、この投稿用の原稿の背後には、一度は描いたもののその後削除した何十ページという没原稿があることを。現に原稿には、別のページからもってきて切り張りしたあとが何カ所も見て取れる。紙の端々にあるインクの汚れは、彼女が一心不乱にペンを走らせた証である。紙が波打っているのは、彼女がペンを持たない左手で紙を強く押し付けたり、何度も角度を変えたり、ときには印刷に出ないぎりぎりのところまで折り曲げたり、そして顔をギリギリまで紙に近づけて描線を慎重に引いたり、そんな風に紙に魂を刻み付けている間に自然にそうなってしまうのだ。

一度だけ、嘉津馬は大阪の帝大近くにある彼女の下宿にお邪魔したことがあった。最初は恥ずかしそうに漫画の描き方を説明していた明美だったが、途中から突然スイッチが切り替わったように原稿に集中し始め、完全に嘉津馬の存在を忘れていた。眼鏡をとった顔と紙の距離は限りなく近く、時には頬や唇が紙に触れてしまい、インクが肌につく。そんなことを明美はまったく気にしなかった。まるで紙に食らいつくようにして、漫画を描き進める。嘉津馬は辞去の挨拶もそこそこに立ち去るしかなかった。内心、夜は大阪の美味しい店で二人で過ごせればという期待もあったが、そんな自分の邪心も明美の漫画にかけた情熱の前ではとてもたちうちできるものではなかった。

その姿を見ているだけに、渡された原稿を単なる紙の束とも、ましてや薄汚れているなどとも嘉津馬にはとても思えない。細心の注意をはらって、一枚ずつめくっていく。

「これ、『時丸』のアイデアのときに話してくれた、もう一つの？」

「ええ、そうです、憶えていてくれました？　嬉しいです。あの神化一一年ぐらいに実際に怪盗レッドマントとか、変装の名人だというので四十面相とか呼ばれた盗賊が実在したらしいんです」

「うん、オレも家にあった古雑誌で読んだことあるよ。さすがに三歳とか四歳の頃だから、当時のことは憶えてないけど。確かその怪盗とライバルのような関係になる名探偵もいたんだよね」

「うーん、そこがどうもよくわからなくて、名探偵といっても大陸で軍の仕事をしていたという話もあったりして、名探偵というのは実は軍部か警察の人間だったんじゃないでしょうか。そもそも戦前の日本で探偵なんて職業がそんなに活躍できたとは思えないんです。超人だったというなら別ですが、その名探偵がその後徴兵されたという記録も残っていませんし」

「ん？　だけどどうして軍の関係者が怪盗と丁々発止《ちょうちょうはっし》とやることになるんだい。その怪盗は、確か有名な芸術品ばかり狙ったというじゃないか、軍と敵対するようなことはなかったよね」

「そこなんですよ、木更氏」

詳しくは知らないが、明美は嘉津馬より少し年下と聞いている。二十代半ばとしても、そのくりくりと大きな目、人形のように小造りの顔は全体に童顔で、まだ学生といっても十分通用する可愛らしさだ。おそらく化粧もほとんどしていないようなのにまつげは長く、唇も自然な赤味の艶がある。そんな明美だが実はやはりSFの愛好者だという共通点から嘉津馬と知り合うことになった。

ニッポンSFコンテストの授賞式で、嘉津馬のように安背広のサラリーマンか、尾上のように正体不明の男性ばかりが会場を埋めている中、一人ポツンと壁際にいたのが明美だった。嘉津馬は関係者の妹か、娘でもまぎれこんだのだろうと思いながら、その外見がまるで外国映画に出てくる薄幸の美少女のようで、彼にしては珍しいことだが自分から話しかけていた。それでわかったのが、彼女は男性を思わせる筆名《ペンネーム》で応募した、れっきとした受賞者の一人であり、しかも佳作に引っかかっただけの嘉津馬と違いしっかり入選していたのだ。

そんな出会いから尾上も交えて話すうちに、彼女に尾上の口癖である『＊＊氏』というのが移ってしまった。周りがほとんど男性という環境の中で、しかしSFについての知識は豊富で、対等に渡り合える彼女なりの意思表現だったのかも知れない。しかし可愛らしい彼女の口から、そんな古めかしい言葉が飛び出すと、それはそれで魅力的で嘉津馬はそんなところも気にいっていた。

「聞いてますか、木更氏」

「も、もちろん。ええと神化一一年の、軍事クーデターだっけ」

思わず明美に見惚れていたことを悟られまいと、ことさらに真面目な顔をしてみせる。

「そうなんです。結局実行寸前に阻止されたんですが、神化一一年の二月に、陸軍による軍事クーデターが計画されてたという話があるんです。そして怪盗が活動を開始したのもその時期。実は怪盗は軍のクーデター計画を知ってしまい、名探偵こそクーデターの首謀者で怪盗の口から秘密が漏れないように怪盗を追っていた。それが怪盗対探偵という話にすり変わって……」

「すごい、それならいろいろな話のつじつまが合うじゃないか」

「いえいえ、違います、後半はあたしが考えた、この漫画の筋です」

明美はそう云って漫画の原稿を指さした。

「あ、そうだったのか。それで『鉤博士』というのは」

「海外に、クリークという怪盗にして名探偵という人がいたと聞いたことがあって、クリークって鉤とか釣り針の意味らしいので」

「ふうん、さすがだな、明美ちゃんは。まったくかなわないよ」

これは偽らざる嘉津馬の本音だった。元々はその外見、自分たちの仲間とはまるで異質の女性という存在に興味をもったが、少し話すうちに彼女は真剣にＳＦを愛し、また〈超人〉をテーマとした漫画を何本も描いていることを知った。

そしてそのすべてが、これまでの漫画についての嘉津馬の偏見を吹き飛ばすような傑作ばかりだった。

現在流通している多くの漫画は、舞台中継を意識している。横に長い舞台をそのまま漫画のコマに置き換え、ときおりキャラクターたちのアップがそこに挟まる。どちらかというと静的な表現だが、時代ものやスポーツものという、人間の全身を見せるタイプの題材に合っていなくもない。しかし明美の描く漫画は徹底的に動的だった。まるで映画のように、いや映画以上に自在にキャラクターたちが動き、それをカメラが追っかけるようにコマ割りも自在に変化する。コマが大小に変化し、飛び跳ね、次々に読者を先へと誘導し、しまいには音楽すら聞こえてくるような錯覚を起こさせる。

一度読んで、嘉津馬はすっかり明美の漫画のファンになってしまったのだ。大阪に住んでいるという明美の仕事場に押しかけてまで、彼女の描き溜めた原稿を読ませてもらったのは決して下心ばかりではない。子どもの頃に自分も一度は漫画家の夢を抱いたことがあるだけに、嘉津馬には明美の才能がわかった。それだけに悔しいのは、しかしその才能がまったく世に容《い》れられていないということだった。

「去年、オレが『市電裏ばなし』を辞めて、新しい番組の企画を出すのに相談させてもらって、そのとき君が出してくれたのが『忍びの時丸』と『怪盗博士』だったね。そのとき犯罪者である怪盗を主人公にするなんて企画はＴＴＨではとても通りそうもないと思って、『時丸』を選ばせてもらった。時計の力で三回だけ同じ時間を繰り返すことができるっていうアイデアが秀逸だったからね」

「そんな。木更氏のアイデアも入っているじゃないですか。敵も別の時計を持っていて、それは時間を止めたり、時間を早めたりするって。今週から飛丸が使っているのがそれでしょう」

「う、うん。だけどいまの話を聞いていたら『怪盗博士』でも面白かったかも知れないなあ。軍のクーデターを阻止するために、歴史の裏側で活躍する怪盗なんて、これまでに見たことがない話だよ」

「本当ですか」

　正面から見つめられて、ちょっと照れた嘉津馬は目を逸らした。見上げた視線の先に、五輪塔がある。

　その塔が、不意に透き通って見えた。まるで壁に映した幻燈機の絵に、壁紙の柄が二重写しになるように、五輪塔の後ろの夜空がどんどん濃くなっていき、塔はどんどんぼやけていく。

慌てて見回すと、観客席の高さが十三米もあるスタジアムも、その対面にある水泳競技場も、周囲を覆った足場もろとも透き通り、姿を消そうとしていた。もともとそこには建物などなにもなかったかのように、鬱蒼とした林が出現しようとしている。

いったいなにが起こっているのかわからない。二十年も前に建造され、戦火すら免れた五輪塔やスタジアムが、なぜ音もなく消えていってしまうのか。

嘉津馬は意識が遠のくのを感じた。

「木更氏。しっかりして、木更氏」

気づくと嘉津馬は五輪塔の根元に腰かけたまま、上半身を横に倒し、明美の膝に頭を乗せていた。気を失った嘉津馬を、介抱してくれていたらしい。すぐ目の前に明美の唇があって、思わず嘉津馬は跳ね起きた。嘉津馬の眼鏡が、明美の歯にまともにぶつかって鋭い音を響かせる。

「ご、ごめん、明美ちゃん」

うろたえる嘉津馬に、口元を押さえた明美は大丈夫と手を振ってみせた。だがいまのは相当痛かったはずだ。もしかしたらすごくロマンチックなシーンだったかも知れないのに、一瞬にして台無しにした自分の鈍さを呪うしかない。

五輪塔も、スタジアムも、全ては元通りだった。街灯は広場中心に点灯しているから、全てが見えるわけではないが、少なくとも消えてなくなった様子はない。嘉津馬は段状になった塔の台座を上り、そこからすっくと伸びている塔の本体に触れてみた。冷たく、しっかりとした石組の感触がある。透けて消えてしまうわけがない。

「ごめんなさい」

明美が頭を下げた。

「あたしのせいですね。褒めてくれるものだからいい気になってずっと話してましたけど、結局今回も、どこの編集部も受け取ってくれませんでした、この原稿。木更氏だって、無理して面白いと云ってくれて、それで困らせちゃったんですよね」

明美の漫画は、流通している漫画とあまりにもスタイルが違う。しかも題材はいつも、敬遠されがちな〈超人〉についてだ。そのため彼女の漫画はいままでほとんど雑誌に掲載されたことがない。

彼女の家は医者の家系で、そのため彼女も帝大の医学部に進み、いまでは助手として勤務していた。原稿が売れなくては、漫画家としてやっていくことなどとてもできないからだ。それでも彼女は時間を見つけては漫画を描き、こうして東京に出てきて出版社をまわっているのだった。

嘉津馬はそれをいつも口惜しく感じていた。そして少しでも助けになれば、と彼女のアイデアを借りて『忍びの時丸』を始めたのだ。番組が人気になれば、どこかの出版社が漫画にしたいと言ってくることもあるかも知れない。そしたら『実はこの話を考えた漫画家がいる』と、彼女を紹介して、華々しくデビューしてもらおう、とまで考えていた。いや、それは口実でアイデアを借りるという名目で彼女に会い、電話をし、そして感謝されるのがいまの嘉津馬にとって一番の楽しみになっていた。もちろんあくまでSF好きの仲間として接しているつもりだが、嘉津馬の中では彼女の漫画のファンとして彼女を世に出したいという気持ちと、彼女を丸ごと自分のものにしてしまいたいという気持ち、その二つが混在し、いまではどっちが本音かもわからなくなっていたのだ。

「違うよ。いつも云ってるだろう。オレは明美ちゃんの漫画がサイコーだと思ってる。絶対に面白い、キミの漫画が世間に受け入れられれば、世界が変わるんじゃないか、とまで思っているんだ。ただ今日は妙なことがいろいろあって」

そこまで話して、嘉津馬は口を噤《つぐ》んだ。まるで〈時丸〉になったように時間を逆行したかも知れない、なんて男友達の尾上には話せても、明美に話して、失笑されるのは耐えられないと思ったからだ。

「本当に、大丈夫ですか。さっき気づいたんですけど、おでこの横のところ、怪我してますよね」

明美が、自分の額を指さしてそう云った。

「ああ、これはドゥマのせいで」

そう云いかけて、また口を閉じる。こんな話をしにきたんじゃない。わざわざ夜中に、没になった漫画原稿をもって会いに来てくれた明美が、単に漫画の感想を聞きたいだけだとは嘉津馬には思えなかった。いや、思いたくなかった。コークハイを飲んで気分が高揚していることもあり、今日こそ明美との関係を先に進めることができるのではないかとささやく声がする。

だが明美はそんな嘉津馬の気持ちに気づく気配も見せず「ドゥマ?」と考え込んでしまっている。

「ああ、デュマともいうよね、フランスの有名な小説家だ」

「そのデュマなら知ってます。でも木更氏が云ったのはドゥマじゃありませんでしたか」

「それが、どうかしたのかい」

「ええ、ドゥマとは、確かスワヒリ語でチーターという意味のはずです」

チーター、と聞いて昔動物園で見たその姿が目に浮かぶ。ライオンや虎よりもスマートで、豹やジャガーよりも足が長く、草原に於いてはもっとも足が速いといわれている、チーター。だがなぜスワヒリ語なんだ。あの獣となにか関係があるというのか。

「それは……たまたまじゃないかな。実はドゥマというのは今日たまたま耳にしたんだけど、アフリカとは関係ないと思う」

そんな嘉津馬に、明美は声をひそめて、まるで秘密を語るようにこう云った。

「ご存知ありませんか、戦時中の日本で、ドゥマと言われた男がいたことを」

十二

＊忍びの時丸　第三週第一四回台本より

画面	音（声）
勇気城・奥座敷内 床下から突きあがって現われる時丸。 驚いて立ち上がる警護の侍たち。 時丸が舞い上げた畳が、縦に立つ。 呑気にお茶を飲んでいる大殿。	

警護侍一　なんだ

と歌いながら、時丸に刀を向ける。

ずっこける警護侍たち。

警護侍二　だれだ
警護侍三　なにごとだ〜
警護侍三人　だだだ、だだだ、くせもの覚悟だ〜
時　丸　くせものではありませぬ、わたしは時丸、江戸忍び御支配の手のものにございます
大　殿　なに？　時丸となっ
警護侍一　お知り合いでございますか、大殿
警護侍二　大殿のお友達とは存じ上げず失礼を
時　丸　いえ、友達でもありませぬ。直接おん前にまかり越しますのも、いまが初めてでございまする
大　殿　うむ、そやつなぞしらん
警護侍三　で、では、なにゆえ時丸という名に驚かれたのでございますか

大殿　いや、なんだかどこかで聞いたような気がしたんじゃが……それよりこやつ、忍びでありながら堂々と名乗りおったな。本来忍びとは素性を明かさず、まして名を明かすなどもってのほかか。怪しいぞ。そうだ、わしは最初から怪しいと思っておったのじゃ
時丸　ち、違います、大殿、それは誤解、六階、七階……七階はレストラン街でございます～
警護侍一　さすが大殿、名推理
警護侍二　まことに遺憾に存じます
時丸　ええい、こんなことをしていては時を無駄にするばかり……このままでは！

画面、ぼやけていく。

前話より・同じ場所（録画を挿入）

前話のラストシーン。同じ奥座敷、天井が崩れて、警護侍三人も大殿も天井裏に隠されていた巨岩の下敷きになっている。そこに駆けこんできた時丸。

大殿を抱き起こす時丸、大殿、薄目をあけて。

ガックリと息絶える大殿。

時丸、懐より例の時計を取り出す。文字盤には大きく『3』の文字。

時丸　大殿！　大殿！　しまった、仕掛け天井か……

時丸　江戸忍びの時丸でございます、大殿、申し訳ございませぬ、しっかりされてくださいませ

大殿　と、時丸……とな……

時丸　大殿……大殿ぉぉぉ！　そうだ

時　丸　これを使えば、少し前の時を繰り返すことができる……この天井の仕掛けが動き出す前ならば、大殿をお助けすることができよう！

時　丸　このカラクリを使い、大殿の命をお救い申し上げたとしたら……いまここでみまかられた大殿はどうなるのだ。いや、そもそもこれまでは自分の危機を逃れるために使ってきた。一度死んだ人間をなかったことにして、よみがえらせることなど……御仏がお認めになられようか。し、しかし……

時　丸　ときよ、戻れ！

とスイッチを押そうとするが、はたとその手が止まる。

時丸、決意してスイッチを押す。

たちまち画面に大きな渦巻きが現わ

れて……。

勇気城・奥座敷内

天井を見上げる時丸。と天井がミシミシと歪み始めた。

時丸、さっき自分が跳ね上げた畳を立てる。もう一枚の畳も立てて、小さな塀囲《へいがこ》いのようにする。

と、ついに天井がたわんで崩れる。

だが立てられた畳が支えになって、

警護侍一　な、なんだ、天井が

時　丸　ああ、間に合わなかったのか、いや、そうだ！

警護侍二　なにをしている

時　丸　大殿様、どうぞこちらへ

大　殿　なに？

天井板も巨岩も、床までは落ちてこない。畳で作られた小さな空間に時丸、大殿、警護侍三人がギュウギュウに詰め込まれている。

大殿　なんということじゃ、天井がこのようなありさまに
警護侍一　せ、狭い
警護侍二　暑い
警護侍三　苦しい
警護侍三人　いいい、いいいい、いったいぜんたい〜
時丸　歌うのはあとにしてくだされ、はやくここを抜け出しますぞ

一同、狭い空間をはいずって廊下へと。

同・廊下

時丸、大殿、警護侍三人が部屋から抜け出し駆けてくる。

と、廊下の向こうから勇気家の家臣たちがやってくる。

時丸の制止も聞かずに、ずんずん前

時　丸　（モノローグ）やった、さっき確かに大殿は天井の下敷きになったはずなのに、いまはこうしてご無事。俺はときの流れを遡り、殿の運命を変えることができたのだ

勇気家家臣一　今頃江戸の大殿はペシャンコでござろうな

勇気家家臣二　ペシャンコどころか、ペシャペシャのペシャでござろう。だが一応念のため（と背負っていた弓を摑む）

大　殿　誰がペシャンコじゃ！

時　丸　いけません、大殿！

に出る大殿。

家臣たちが次々に放った矢が大殿に命中。バッタリと倒れかけた大殿を抱きかかえる時丸。

警護侍たち、勇気家家臣たちに殺到、はげしい斬り合いがはじまって

大　殿　おい、勇気を呼べ勇気を。あいつは一体なにを考えている。節約はいい。だが自分の住む城の天井の工事ぐらいはケチケチせずに金をかけてだな

時　丸　そうではありません、大殿、勇気殿はわざと天井を落とされたのです

大　殿　（振り向いて）え？　そうなの？　なんで？

時　丸　もちろん大殿を暗殺……ああ、ダメ！

時　丸　こ、こんなことが。確かに大殿をお助けできたと思ったのに

いる。

大殿　（虫の息で）ああ、痛い、なんだか背中がずいぶん痛い

時丸　大殿……申し訳ありません

大殿　時丸、妙なことを言うようだが、前にもこんなことがなかっただろうか

時丸　え？

前話より・大殿を抱き上げた時丸の姿（録画を挿入）

大殿　時丸……となー……

勇気城・廊下

時丸　（モノローグ）あのときのことを憶えているのはこの時丸だけのはず。大殿

そのまま絶命する大殿。
時丸、立ち上がりそのまま反対方向へと駆けだす。
時丸、廊下を曲がると、誰もいない場所で時計を取り出す。文字盤には『2』の文字。

が死なれたときの流れは変えることができたのだから
大　殿　確かに前にも、こんなことが……時丸……わしは……死ぬのか？
警護侍一　こら、忍び！　どこへいく！　大殿は御無事なのか！
時　丸　（モノローグ）天井の仕掛けからお命をお救いしたのに、今度は弓矢を射かけられて……。もしかしたら人の命だけはときを遡っても、その運命を変えることはできないのか。いやそんなは

時丸、決意してスイッチを押す。

渦巻きが画面を覆って……

ずはない。大殿がおられなくなったら江戸は、この日本はどうなるのだ。ときはあと二回戻せる……

時丸　ときよ、戻れ！

（以下次回）

十三

宝塚明美とは結局、明け方まで五輪塔の下で語り合った。二十代の男女が二人きりで肩を寄せ合って過ごしたのだから、それだけ聞けば十分に艶っぽいシチュエーションだが、嘉津馬はまったくそんな気持ちになれなかった。それというのも、明美が話してくれた〈猟豹《りょうひょう》部隊〉の話題にすっかり夢中になってしまっていたからだ。

「戦時中、東南アジアの日本陸軍は、様々な特務機関を持っていたといいます。中でもF少佐のF機関は有名で、〈猟豹部隊〉は軍属だけで構成されたその下部組織だったんです」

「りょうひょう……ってなんのことだっけ」

「ああ、さっきも云ったでしょ。チーターのことです。そしてチーターをスワヒリ語で『ドゥマ』と呼ぶそうです」

ドゥマ。その言葉は嘉津馬の脳裏に鮮烈に焼き付いていた。昨日の六時三十五分過ぎ、全国に生中継されている『忍びの時丸』のスタジオで、凄惨な虐殺が始まった。それを引き起こしたのが、どこからか現われた獣の顔を持つ男だった。彼は制止しようとした嘉津馬の側頭部にも傷を負わせ、そして云ったのだ。

『オレはドゥマだ。森の、獣の王だ』と。

しかし実際にはその光景がテレビの電波にのることはなかった。死を覚悟した嘉津馬の意識は一瞬暗転し、気づいたときには放送開始四十分前のまだ何も事件が起こっていないCスタジオに立っていたのだ。それから先、何が起きるかわかっていた嘉津馬は、あらかじめ混乱を避ける手段をこうじた。

それは彼がいま毎日お茶の間へ送り出している人形劇『忍びの時丸』で、主人公の時丸が使う不思議な時計の能力に似ていた。時丸はその時計で僅かな間だけ、時を遡ることができる。同じ時間を繰り返し、前に犯した失敗を回避して、例えば待ち伏せしている敵をかわしたり、殺されかけた人に危険を知らせるという活躍をすることができるのだ。

結果として嘉津馬にとっては二度目となるその日の生放送がはじまっても今度はドゥマは現われなかった。それではあのとき聞いた『オレはドゥマだ』という言葉も嘉津馬の妄想だったのか、そう思い始めていたのに、スタジオの事件について何も知らないはずの明美の口からドゥマと呼ばれるものについて次々に語られ始めたのだ。

「猟豹部隊と名づけられたのは、そのリーダーがドゥマと呼ばれていたからだといいます。そもそもF少佐の配下に神田光《かんだひかり》という軍属がいました。中国拳法の達人だったと言われ、戦前にはソ連の間諜だったゾルゲの警護に当たったたともいう人物で、陸軍中野学校に民間人でありながら迎え入れられた実力だったそうです。その神田さんがF少佐にドゥマを引き合わせたとか」

「ドゥマも民間人だったんだよね。なんで陸軍の、それも南方の最前線の特務機関に採用されたりしたんだろう」

「もちろんドゥマが〈超人〉だったからですよ」

明美の瞳が、眼鏡の奥で悪戯っぽく微笑んだ。

もちろん、そうに決まっている。彼女が描く漫画は、そのページ運びや、コマ割りなどの斬新さ、魅力的なキャラクターも特徴だが、常にそのテーマが〈超人〉であるという共通点も持っていた。これだけ彼女がドゥマというものに詳しいのも、漫画のために資料を集めていたからだということは、いまさら確認するまでもないことだった。

「ドゥマの正体、本名、なにもわかりません。ただその能力は獣のような姿への外見の変異。それに伴う身体能力の向上……」明美の堅苦しい説明は、彼女が医者の卵であることを思い出させた。「……〈猟豹部隊〉全員がそのような能力を持っていたかはわかりません。ただ彼らは主にシンガポールからマレー半島にかけて、英軍に対する妨害工作に従事し、多大な戦果をあげたとか」

ふと嘉津馬の頭の隅から、古い記憶の断片が浮かび上がってきた。青いインクを使った安っぽい印刷のイラスト、戦時中の子ども雑誌だ。あれはいつ頃のことだったろうか。父が家にいたから、戦争が終わって数年経っていたのは確かだ。

陽の当たる縁側に腹這いになって、嘉津馬は古雑誌を開いていた。戦時中のものだから茶色いごわごわとした紙のページいっぱいに、それは描かれていた。

陸軍の軍服の肩に長く垂らしたマント、両手は獣の長い爪を生やしながら器用に重機関銃を抱え持ち、そしてその顔は肉食獣の仮面のようなものをかぶっている。この頃の少年向けの雑誌に必ずあった戦意高揚記事の典型だ。兵員一万人を輸送する大型戦車、米本土に直接空襲できる重爆撃機といった超兵器、宇宙から来たという触れ込みのさまざまなロボット技術、しかしなにより多くページを割かれていたのはこうした〈超人〉の記事だった。曰く――

米軍の戦車をその爪で引き裂き、トーチカを肉弾で粉砕。囚われて拷問されていた我が軍の将校たちを救出。その猛獣の俊足ではるばる送り届けてくれる。無敵・猟豹部隊。彼らある限り、我が軍に敗北はないっ！

不意にその雑誌が視界から消えた。見上げると、父が頭越しに取り上げたのだとわかった。嘉津馬が何か云う前に父は本に目もくれず『こんな古雑誌、虫がわくから棄てろ』と云うや否や両手で二つに引き裂いてしまった。乾ききっていた雑誌から細かい紙粉が嘉津馬に降り注いだのを覚えている。

「あ、あーあー、あったあった」

「ど、どうしたんですか、木更氏」

眼鏡がずり落ちる勢いで何度もうなずきながら奇声を発した嘉津馬に、明美が思わずのけぞって訊く。

「思い出したんだ、猟豹部隊！　あったね、確かに。戦争中の雑誌に載ってた。あんなの全部でたらめだと思ってたけど」

「確かにいま調べると当時の軍の発表はめちゃくちゃです。米軍にはサイエンス・ヒューマンと呼ばれる〈超人〉たちが多く従軍していましたし、英国も間諜の中にはナンバーズと呼ばれた数字を付けられたものたちや、ウェルズ・ファクトリーという特務機関に所属した〈超人〉の存在を誇大に宣伝し戦時中から映画を作ったりしています。日本もそれに対抗して華々しく活躍する〈超人〉を戦意高揚の宣伝に使いたかったようなんですけれど、実際にはそんなに上手くいかなかったようです。〈超人〉を専門に開発するための研究所もあったというんですが……」

今度は嘉津馬がのけぞって訊く番だった。超人に関することとなると明美の話はどこまでも脱線していく。

「待って待って、明美ちゃん。つまりキミは猟豹部隊はそんな中で数少ない本当の話だったと云うんだね」

「はい、戦後神田光さんは行方不明になっていますが、一部の軍人たちはＧＨＱに追及されることもなく公職に復帰しました。マレー半島での捕虜虐待に関わったとされる大物軍人が、最近では政治家となったりもしているでしょう」

　明美はそう云って衆議院を三期、現在は参議院の議員となっているＴという元陸軍参謀の名を挙げてみせた。彼は戦後綺能秘密法の撤廃に強く反対したことでも知られている存在だった。

「彼らが追及を逃れた背景には、ＧＨＱとの取引があったと言われているんです。つまり——超人たちを引き渡した、と」

　明美はそこだけ声をひそめたが、無人の公園でそれはまるで叫び声のように響いて聞こえた。

「それって、つまり、実験材料として」

「そうです。東京近郊にあったという超人研究施設も、資料もろともすべてＧＨＱに引き渡されたと言われています。もちろん全ては噂ばなしです。ただ猟豹部隊、ドゥマだけは確かに実在したと思っています。なぜなら私は……見たことがあるんです、ドゥマの姿を」

　明美は漫画の資料になるようなものを求めて、戦争中の古書や、軍関係の処分品などが出回る骨董市に、以前から足を運んでいたのだという。そこで見つけたのが、一本の十六粍《ミリ》フィルムだった。

「箱にはビヤボムという島の名前が英語で、それと1／41という数字が書かれていました。四十一本あるフィルムのうちの一本目という意味でしょう。だいぶ傷んでいましたが、フィルムを洗浄し、ようやく三十秒ほどだけ映写することができたんです」

そこに映っていたのは、南洋の島の海岸で米軍の兵士たちに取り囲まれた日本軍の兵士らしき者の姿だった。軍服を着てヘルメットもかぶっているのだが、その顔は明らかに獣毛に覆われており、牙を剥いて米兵を威嚇している。撮影者である米兵も明らかに怯えていて、映像は激しくぶれてそのうちに終わってしまったのだという。

「日本が降伏した後か前かもわかりませんでしたが、米軍に囲まれた日本兵の軍服を着た獣――それはまさしく雑誌などで紹介されていた猟豹部隊の超人そのものでした。その後南洋で猟豹部隊と接触したという元軍人の方からドゥマという名前も聞くことができたんです」

「そのフィルムは今も明美ちゃんの手元にあるの」

明美は残念そうに首を振った。

「それが、燃えてしまったんです」

「ああ、フィルムは可燃性だからね、昔は静電気だけでも発火したとか」

「そんなことはありません。大学で知人に見てもらうために、研究室に置いておいたんです。ところがほんのわずか目を離した隙に燃えてしまって、横には吸いかけの煙草が入った灰皿がありました。だけど数分前までそんなものそこにはなかったんです。それに私は煙草を吸いません。それなのに」

「まるで時丸の仕業みたいだね」

「え——ああ、そうですね」明美は少しだけ微笑んだ。「もしも時丸なら私が研究室を離れるタイミングを調べてからいろいろ灰皿とか全部準備して、それから時間を遡って失火みたいに見せかけることもできるかもしれません、だけど」

「うん、時丸はあくまでキミが考えた超人に過ぎないし、時間を何度も遡れる能力を持つ超人なんて聞いたこともないからね。とにかくそれでキミは猟豹部隊とドゥマが実在すると考えているんだ。そして戦後取引材料として米軍に引き渡された、と」

「でも戦争が終わってもう十六年経っていますけど、これ以上の情報はなにもありません。アメリカの雑誌もたまに読んでみているんですけど、それらしいことは書いてありません」

アメリカには綺能秘密法に当たる法律がない。だから雑誌やドキュメンタリー映画で〈超人〉に触れることもある。しかし日本とはまた違う事情があり、やはり大きく報道されたり、フィクションの主題にすることは自主規制されている。それは人種差別という問題だ。〈超人〉を特別扱いすることは、彼らの人権に配慮しない行為だとされ、特に最近になって〈超人〉が優先的に徴兵された事実が明らかとなり問題視されているらしい。もしドゥマにまつわる明美の探求が事実なら、アメリカではそうした側面からマスコミが社会問題として報道するだろうが、少なくとも現時点ではおおやけになっていないということなのか。

昨日嘉津馬をCスタジオで襲った獣は、いわれてみれば虎やジャガーよりもチーターに似ていた気がする。だがそれだけであれを猟豹部隊のドゥマだと断じることはできない。今はまだ何の証拠もないのだ。

十四

明美を東京駅まで送った。早朝のホームは大きな荷を背負った行商人ばかりで恋人や夫婦の姿はなく、まして一睡もしていない嘉津馬では別れを惜しむムードを演出する術もなかった。陶製の容器に入ったお茶と駅弁を行列して買って車内まで届けたのが、彼なりの誠意だったが、明美は浮かない顔に形式的な笑みを浮かべるだけだった。

「ごめん、朝まであんな場所で付き合わせちゃって」

「いいえ、こちらこそありがとうございました。木更氏と尾上氏ぐらいですから、私の話を面白がって聴いてくれるのは。そういえば尾上氏は最近どうされてますか」

思いがけず出た尾上の名前に嘉津馬は、動揺を押し隠した。

「また小説書いているみたいだよ、だけどSFはやっぱりなかなか売れないみたいで。そういえば漫画雑誌で刑事ものを頼まれてるとか云ってたなあ」

「最近は会ってないんですか。実は昨夜、木更氏にお電話する前、尾上氏のアパートにもかけたんですけど、不在だったみたいで」

その言葉に、尾上と一緒にいたのを隠したという罪悪感が消し飛び、自分より先に尾上に電話していたという事実に激しくショックを受けた。単に東京の友人として、二人のどちらかに電話しただけで深い意味はないと考えようとするが、もしかしたら自分のところに電話してきたのは尾上の行方を知りたくて、だったのではないかと考えてしまう。だとしたら自分が知らないだけで尾上と明美は頻繁に連絡を取り合っていて、前夜も二人は会う約束をしていたのに、尾上が酔ったのを幸い、嘉津馬がそこに割り込んでしまったのではないか。考えが一度負の方向に傾くと、そうとしか考えられなくなる。嘉津馬は自分の声が震えているのを悟られないようにするのに必死になった。

「そうか、云っておくよ。次はいつ頃東京に来られそうかな」

「それが」明美の顔が暗くなる。「しばらくは無理だと思います。これだけあちこちの出版社に断られると自分でも漫画を描き続けるのはあきらめたほうがいい気がするし」

「そんなの絶対ダメだ」

大きな声が出て、明美の目が見開かれた。

もし明美が漫画をあきらめてしまえば、もう明美は東京に来る理由がなくなり、嘉津馬と会う機会もなくなるだろう。それは耐えられない。だがそれだけではない。嘉津馬はなにか自分でもうまく言葉にできないが、ひどく大切な何かが失われようとしていることを感じていた。ダメだ、ここであきらめてしまうってことは——

「木更氏、大丈夫ですよ。わたし、あきらめが悪いから多分まだ少しは続けると思うし、木更氏のテレビのお手伝いは楽しいから、心配しないでください」

「そんなことじゃないんだ。オレの番組なんてどうでもいい」

「どうでもいいなんて」

「キミの漫画が雑誌に載って全国、いや全世界の子どもたちが読むようになる。オレはそう信じている。そんな時代がくるってことを。オレだけじゃない。尾上だって。いやキミ自身がそう信じている。君の漫画は素晴らしい。君の漫画を読むと、オレは未来を見ている気になる。未来は今よりもっと素晴らしいんじゃないかって、無邪気に考えることができるような。いや、そうじゃない。オレが云いたいのはそんなことじゃなくて、もっと大切な……」

まるで映画のワンシーンのようにそこで発車のベルが鳴り、嘉津馬は明美に促されてホームに降りた。閉まった扉のガラスの向こうで、明美の唇が『ありがとう』と動くのが見えた。

駒沢の駅を出ると、五輪塔が天を高く貫いているのが見えた。昨夜、それが揺らぐようにして消えていった光景を、嘉津馬はまだ憶えていた。

（あれは夢か。だがなんであんな夢を見るんだ。酒のせいか）

五輪塔だけではなかった。あの瞬間、公園の左右にある競技場とプールも姿を消し、神化一〇年代に始まったオリンピック工事のすべてがなかったことになったように、鬱蒼とした林だけが広がっていた。

（もしもオリンピックが開催されていなければ、いまもここはあんな風だったんだろうな）

という考えが、頭をよぎった。

二十一年前、東京府で開催された東京オリンピックが、三年後にはまた同じこの都市での開催が決定している。こんなに近い間隔で同都市開催など本来は有り得なかったが、今度のオリンピックは日米共同開催という太平洋を跨《また》いだ一大イベントであり、戦争当事者同士が手を組んで完全に安全で平和なスポーツ大会を主催するという歴史的記念行事ということになっているのだ。

だが神化一五年の東京オリンピックはそうではなかった。既に南方や大陸に対して野心を剝き出しにし侵攻作戦を展開させていた当時の日本政府にとって、あのオリンピックこそ国民の一致団結を高らかに謳い上げる国家事業であり、実際、閉幕宣言に登場した当時の総理大臣は英米への宣戦布告をその場で高らかに行ない、それらの国の選手団は怒声をあげたちまち競技場をあとにするという騒動まで引き起こした。

そしてもう一つ重要な意味として、このときのオリンピックから本格的に〈超人〉の参加が認められたという点がある。それまでは〈超人〉の規定が国によってまちまちであったために、あくまで能力が突出した選手が出場するにとどまっていたが、日本のオリンピック委員会は『もっともすぐれた能力を持つものが出場権を持つのは当然』として、積極的に超人の参加を呼びかけた。出場した全ての選手が〈超人〉だったのか、そもそも運動能力が優れている人間と〈超人〉の数値的な差異が明らかになっていない以上意味のないことでもあった。

しかし――もしあの神化一五年のオリンピックが開催されていなかったら、と嘉津馬は考え続けていた。実際に軍国主義に傾きつつあった日本での開催には諸外国からの批判があり、いくつかの国は不参加を表明した。その中で国力を示すためか米英が参加、またナチスドイツとその占領下にあった諸国が参加したことで開催は強行された経緯があった。しかしそのために日本の財政は一気に逼迫《ひっぱく》、結果として早期に戦争を終結する道を探らなければいけなくなったのは皮肉というしかないだろう。だからもう少しのところであのオリンピックは中止になっていた可能性もあったのだ。

（もしそうなれば超人＝《イコール》国力のような国家的な宣伝はできなくなる。あのまま一気に戦争に向かうこともなくなっていたかもしれない。いや、そもそも超人と呼ばれた人々のほとんどがそのあと徴兵された、あんなことは起きなかったかもしれない）

だが結局オリンピックは開催され、多くの〈超人〉たちは戦場に向かい、そして日本は戦争に負けた。

(負けた……？)

その言葉が不意に大きく胸の中で鳴り響いた。そのとき嘉津馬は自分がさっき明美に云えなかった言葉がなんであったかに気づいたのだ。

『負けたくない』

そうだ、そう云いたかった。だが何にだろう。明美が漫画の道をあきらめてしまうことが、嘉津馬が何に負けたことになるというのか。――わからない。だが確かなのは、自分が負けたままではいたくないという気持ちであり、〈超人〉について描かれた漫画や小説やドラマが普通に人の目に触れ、人気を得るようになるまでは戦わなければいけないという根拠のない決意だった。

『オレは、オレたちは、このまま負けたままでいていいわけがない』

何に、か。

部屋に戻るとコップや皿はそのままだったが尾上丈司の姿はなかった。普段なら放っておけば昼まで寝ている尾上だったが、部屋の主である嘉津馬が不在のままなので遠慮して引き上げたのかも知れなかった。見ると机の上にメモがあり、『名古屋から電話、折り返させると返事』とある。尾上が電話を受けてくれたのだろう。あれだけ酔っていた割には字によれたところはない。メモの端には尾上が署名の代わりによく記す狼のキャラクターが添えられていた。

尾上は今は現代を舞台としたバイオレンス小説を書いている。腐敗を暴く孤高の刑事に人気がある。だが彼が本当に書きたいものもやはり〈超人〉だと聞いている。日本の古代神話の世界を舞台に、狼の血を引く超人たちが記紀を覆すような活躍をする物語の構想があるそうで、このキャラクターはそのアピールとしてよく用いているものだった。

せっかく残してくれたメモだが嘉津馬はダイヤルを回す気にはなれなかった。名古屋から、というだけで相手はわかっている。それは尾上も承知しているから『名古屋』としか書いていないのだ。となれば用件もわかりきっていた。

渋谷でのりかえ新橋で降り田村町のTTH局舎まで歩く。この時間は府電を使うよりも徒歩の方が圧倒的に早い。午後になったらすぐに今日の放送の準備が始まるからそれまでに雑用は済ませておかなければならない。一番緊急なのは目の前にある『忍びの時丸　第四五回』の台本にカット割りを書きこむことと、まだ上がっていない来週分の台本を書き終えることとなのだが（明日の土曜日には役者を集めて録音が行なわれてしまう）昨日からの出来事について考え始めると手が止まってしまう。

自分が目撃したのは、明美が云うドゥマだったのだろうか。何かの事情で十六年前にアメリカに引き渡されたはずのドゥマが今の世に現われたのだとしよう、しかしその後嘉津馬に起こった現象はなんだったというのか。確かに尾上の云うようにタイムトリップしたとでもしなければ、とても説明はできない。しかしそんな馬鹿なことはない。しかもCスタジオのセットの下にいたはずのドゥマが見つからなかったのはどういうわけか。だったら最初からすべて白昼夢だったと考えたほうがいい。いや、しかしそれならばフランクリン・千田と謎の男たちはいったいなにをしに現われたのだ。彼らが何かを探してCスタジオに現われたのは確かな事実だ。

(そして――これだ)

そっと右の額より少し上の辺りに触れる。明らかにそこには深めの傷があり、かさぶたに覆われてはいるもののその下には生々しい痛みの感触が刻まれている。ドゥマの左前肢が横殴りに叩き付けられた、その瞬間を嘉津馬ははっきりと思い出すことができた。

どんなに考えても、すべてを説明することができる理屈を考え付くことはできなかった。

しかしもしもドゥマが存在するのならなんとかもう一度目にしたい、と嘉津馬は思い始めていた。明美がドゥマと猟豹部隊に興味を持っているのだから、ドゥマに実際に会ったことを伝えれば彼女はまた自分に会いにきてくれるのではないか、という下心がまずある。

しかしそれだけではない。

あの傲慢なフランクリン・千田の態度。もし彼らが探していたのが本当にドゥマならば、その鼻を明かしてやりたいという気持ちが芽生えはじめていた。そのためなら傷付けられた恐怖感にも耐えられる。

では、嘉津馬の中から溢れようとしていた『負けたくない』という言葉の向いた相手とは千田と、彼が象徴する元占領軍という存在、特に長く新聞や放送を支配していたＣＩＥなのだろうか。

その答えはやはり判然としなかった。

「おい、電話だ、お父さんから」

外線電話に出た上司が、声をかけてきた。本来なら私用電話は嫌われるものだが、この場合は違っている。上司は嘉津馬の父と言葉を交わしたことで明らかに上気しているのが見て取れた。その理由も嘉津馬は承知しているので、『そのまま切ってください』などというサインを送ることもできない。

嘉津馬から折り返しがなかったため、出社時間をみはからって直接局にかけてきたのだろう。嘉津馬は上司に軽く頭を下げると、手元の受話器を上げた。

十五

父の電話は特に急用でもなんでもなかった。嘉津馬がちっとも帰省しないことを責める一方で、長々と『市電裏ばなし』の感想を聞かせる。週に五本放送している帯番組なのだから一つ一つ感想を云いだしたらきりがないのだが、生真面目で論理的な父はとにかく頭の中にあることを語らないと気が済まないのだ。

「父さん、オレはいま『市電裏』をやっていないから」

と、何度も口を挟むのだが、父は意に介さない。実際嘉津馬は『市電裏』の立ち上げには関与したものの、今年になって『忍びの時丸』をスタートさせてからは放送をチェックするどころか、ロクに台本に目を通すこともない。ときおりこうして父から聞かされる『市電裏』情報が最近では嘉津馬にとって全てになっていて、こちらから父に話せることはなにもない。だが父にとってはこの『市電裏』が多くの人の目に触れているということが何よりも嬉しいらしく、家を訪ねてくる人たちには未だに、「息子がこの番組の監督をしている」と吹聴しているのだ。自分はもう関わっていないし、そもそも監督ではなく局所属のディレクターでしかなかったのだが、いくら説明してもわかってくれようとしない。

月に一度か二度この電話を受けるようになってわかったことがある。要は父は「いつ『市電裏』に戻るのか」と云いたいのだ。最初の頃は「『忍びの時丸』という新しい番組を始めるから観てほしい」と何度も伝えた。実際自分にとって、少女探偵推理劇というジャンルに挑戦するはずだった『市電裏ばなし』が何気ない日常のちょっと心温まる話になってしまったことは痛恨の一事で、SF的で冒険に満ちた『忍びの時丸』こそが自分がTHに入って初めてやりたいことが自由にできている作品だ、という自信があった。父を若い頃から失望させ続けてきたという思いがあったから『時丸』を観て自分という人間を今度こそ理解してくれるのではないか、という子どもじみた甘えもあったのだ。

だが父から『忍びの時丸』について感想が出たことは、一度もない。

否定的な発言でもなんでも口にしてくれるならまだ観てくれているのだな、と知ることができる。だが父はまるで『時丸』という番組がないように振る舞う。嘉津馬が電話口で人形劇であることや、時代劇だから父にも懐かしい題材であるのだといくら説明しても、父はすぐに黙り込んでしまい反応すらしない。そしてまた『市電裏』をいかに自分の周囲の人間が褒めているか、それに関わっている嘉津馬のことを自慢しているか、という話を始める。

子どもの頃から嘉津馬の好むものを父は嫌っていた。特に〈超人〉に関するものを嘉津馬が見たりしているとバカバカしい、と怒った。そして家に隣接した道場に連れて行き、柔道の稽古をつけ始める。父は多分実力の十分の一も出さずに、押さえ込んだ嘉津馬の背中に体重をかけ、『どうした。抜け出してみろ。簡単だろう』とささやいた。嘉津馬にとってそれは拷問に等しい時間だった。

視界いっぱいに青畳。

汗とイグサの匂いが鼻腔を暴力的に攻め立てる。

背骨に押し当てられた膝の、ゴリゴリという感触。手首を摑まれて背中に回された自分の腕が肩関節をきしませる。

そして首筋の後ろに水を少しずつ垂らすように聞こえている父の声。

「動いてみろ、どうした、抜け出してみろ。できないわけがないだろう。お前は私の息子なんだから。ほら、どうした、さあ隙を作ってやったぞ、ここだ、ここから抜けてみろ」

だがどこに隙なんてあるのか、嘉津馬にはわからない。背骨も肩も手首も痛いがそもそも全身を包んだ道着のゴワゴワとした感触がたまらなく痛い。まるで全身をやすりで傷つけられているようで、皮膚という皮膚が敏感な傷口になったように感じる。唯一道着に触れていないのが顔だが、奥歯が頬の内側に食い込むほどに畳に押し付けられている。身体全体をひたすら痛みが支配していて、どこか痛くない部位を知覚しようとしても逃げ場がない。この苦しみから脱するには父を押しのければいいのだとわかっている。柔道に人生を賭けてきた父にしてみれば本気で息子を痛めつける気などなく、ただ全力で抵抗する息子のやる気を確認したいだけなのだ。嘉津馬もそんなことはわかっている。わかっているからこそ父の思惑に乗りたくないと思う。ここで抵抗すれば、父は次には関節をとって絞めにかかる。もちろん立ち上がることなど許されるはずもない。それをなんとか脱しても身体をぐるぐると何度も上下入れ替わるほどに回転させられ、技を受け続けなければいけない。それが父の嘉津馬への教育である。しかし嘉津馬はそんなものは望んでいない。

嘉津馬はただ一刻も早く部屋に戻りたいだけだ。父に取り上げられそうになった雑誌を開いて、虚実取り混ぜた超人たちの物語の世界に耽溺したい。そしてこれだけは父からも母からも隠し通しているが、自分で考えた超人たちの活躍する漫画の続きを描きたい。父がどんなに望んでも、自分は父のような柔道家になどなれようはずもない。才能の問題ではない、そもそも自分の中にそんな欲求がないのだ。

抵抗をやめ全身の力を抜く。

体重をすべて畳に預け、背骨や肩関節があげる悲鳴も無視する。流れ続ける汗を避けて目を閉じる。

そんな嘉津馬の様子に、父はようやく身体をどかし、しかし手をとって起こしてくれるようなことはしない。

「なんでお前はそんなに情けないんだ。〈超人〉なんてものに憧れているようだが、そんなことでなれると思うのか」

嘉津馬は〈超人〉の物語に惹かれているだけだ。自身が〈超人〉になりたいわけじゃない。だが父にはそれがわからない。

この世には二種類の人間がいる。

壁に外国映画のポスターを貼っていたからといって、その外人スターのようになりたいとか、ヒロインに求婚したいとか思っているわけではない。ただその世界を夢想し遊んでいたいだけなのだ、そういう人間もいるのだということを父は理解しない。

なぜなら父はずっと昔から道場に、自分の師と、自分の若い頃の写真を掲げている。それは乗り越えるべき目標であり、自分への戒《いまし》めである。徹底的な現実的用途として、それはある。だから父は嘉津馬が〈超人〉を思うとき、それになりたいのだ、そんな風に強くなって戦いたいのだ、と勝手に解釈する。それ以外の発想は父にはない。

「いいか。人間は日々の努力と鍛錬でのみ己を〈超人〉に変えることができる。お前もそうなるのだ」

父の言葉は嘉津馬を傷つけるだけだった。

（あの頃となにも変わっていない……）

受話器から聞こえる父の声を聞き流しながら、嘉津馬は思う。父は〈超人〉という存在を自分とはかけ離れたものとしている嘉津馬の考え方を、逃避だと決めつけていた。最初から自分が〈超人〉になることなどできないと決めてかかっている、安易にあきらめて、それを憧れという感情で誤魔化しているのだ、と。

そして父には確かにそう云う資格がある。さっきの上司の態度にも明らかなように嘉津馬の父を知る者にとって彼は確かに特別な存在なのだ。

父は『市電裏ばなし』というドラマを取り立てて面白いと思っているわけではないだろう。そもそも小説や映画というフィクションにほとんど縁がなかった人なのだ。だが少なくともあのドラマは平凡な人々の毎日の何気ない出来事を描いている。それは〈超人〉に憧れていた嘉津馬の少年時代とはまるで逆だ。だから父は『市電裏』は認めるが、『時丸』は存在しないかのように振る舞うのだ。

そうとわかっていても嘉津馬は電話を切ったりはしない。かつてその名を全国に知らしめ、嘉津馬にとっても誇りであった父が、今はこうして離れて暮らす息子に電話することぐらいしか楽しみがない。

かつて自分にのしかかり圧倒的な力を示していた父、そして全世界初の都市間テレビ中継で名古屋の体育館の受像器に映し出されていたあのぼやけた映像の中の父。現在の父とそれはあまりにも落差があり、嘉津馬はいまだにそれをどう受け止めていいのかわからないままでいる。父がいまも権威と暴力性の塊であってくれれば嘉津馬はただ反発し否定していればいい。だがそうできないのが歯がゆいし、いつまでも電話の相手をしていなければならない理由でもあるのだ。

そのとき嘉津馬はふと思い出したことがあった。父は戦時中、マレー半島で従軍していた時期があるのだ。だとすれば——今朝まで明美と話していた話題が頭によぎる。そして自分から雑誌を取り上げたときの父の顔、もしかしたらあれは。

そろそろ父の話を聞き流すのも限界にきていた嘉津馬は、強引に話題を遮った。

「父さん、訊きたいことがあるんだけど」

「なんだ、人が話しているのに」父は明らかに不機嫌な声になる。

「猟豹部隊って、知らないかな」

父は黙り込んだ。『時丸』の話題を出したときは、まるでなにも聞いていないかのように強引に自分のペースで話し続けたものだが、それとは違ってこちらの様子を電話線越しにうかがっているような長い沈黙だった。

「昔、オレが中学生のときだったかな。戦時中の雑誌を引っ張り出して読んでいたら、猟豹部隊のことが載っていた。父さん、それを取り上げて破ったんだ」

「——なんでそんなことを訊く」

やはり父は知っているのだ、嘉津馬は確信した。

「猟豹部隊のリーダーはドゥマと呼ばれていたんだって」

「ドゥマか。ああ、そのようだな」

父の声に懐かしさのようなものはない。むしろ吐き捨てるような調子が滲んでいるように感じられた。

「実は新しい番組を企画しようと思っているんだ。戦争中の〈超人〉について。そのあたりのこと父さんにも訊いてみたいと思ってさ」

「くだらない、なにが〈超人〉だ」

嘉津馬はますます不機嫌度を増す父の声音を無視して続けた。

「綺能秘密法に抵触しない形でうまくフィクションにできると思うんだ。猟豹部隊って本当はどんなだったのかな、まさか本当に動物みたいな姿をしていたわけじゃ」

「やめろっ」父の怒声が嘉津馬の言葉を止めた。「あいつらのことなんかテレビの番組になどできるわけがないだろう。第一あいつらは〈超人〉なんかじゃない、ただの獣だ」

「獣……どういう意味だい」

「意味もなにもあるか。元々奴等はどこかの島で、そこの住民といさかいを起こし獣の姿にされたと言われている。神田さんが連れてくる前は盗賊団だったんだ」

「神田。神田光という軍属だね。諜報員だったという」

「あの人も、普通の人間じゃなかった。世界中を旅して、死なない薬を見つけたとか云っていた。エジプトのファラオの墓から盗み出したとかという」

「父さんは神田光にも会ったんだ、猟豹部隊にも」

「こんな話はもうしたくない。いいか。お前がどんなくだらない番組を作ろうと知ったことじゃない。だがあんな奴等のことをテレビになどかけてみろ。この足を引きずってでも東京に出て、お前を殺すぞ」

絶句した。実の父に『殺す』などと云われたのは、もちろんこれが初めてだった。

「あいつらは〈超人〉なんかじゃなかった。獣となると敵味方の見境もつかなくなる。血の匂いを嗅ぐと昂奮して止まらなくなるんだ。連絡を受けて我々が向かったときには神田さんは殺され、F機関の人間が甚大な被害を出しながら奴等を捕獲したあとだった。その後どこかに移動させられたと聞いたが。いいか、あんな奴等は〈超人〉なんかじゃない。本当の〈超人〉というのは……」

と、そのとき部屋に入ってきた金子の姿に気づいた。スイッチャーとしてその日のカメラの切り替えなどを把握しておくために、嘉津馬が台本にコンテを書きこみ終えたか確認に来たのだろう。

「わかった、父さん、もういいよ」

嘉津馬はそう云って電話を切った。そして金子を手招きする。

「いいんですか、電話、お父さんからなんでしょ」

金子も嘉津馬の父が何者であるかは承知していて、遠慮する素振りを見せた。

「大丈夫です。金子さん、それより昨日のこと、なにか思い出しましたか」

「昨日って」

「ほら、撮影前のセットの下から変な音が聞こえていて。そうしたら金子さん『この音、どっかで聞いたことがあるような』って」

と云いかけて、言葉を呑んだ。最初にTDが異音に気づいて、それを嘉津馬に注意をうながし、金子が『俺にも聞かせてよ』と云ってきたように記憶していた。だがそれは一度目のときに起きたことだ。

そうしたやりとりのあと、フランクリン・千田たちの乱入があり、ドゥマが現われ、フロア・ディレクターの船村たちが殺され——しかし、そこで嘉津馬の意識は四十分前に戻っていた。そこからは二度目の記憶だ。

そこでは嘉津馬は異音が聞こえることを知っていたから、自ら異音に気づいたふりをしてTDに伝え、すぐにスタジオからスタッフ全員を追い出して事無きを得た。そのときは金子が『音』に言及したこともなかったはずだから、当然そんな発言をしたおぼえもないだろう。金子は困惑した様子で鼻を掻いていた。

「あれえ、俺、そんなこと云いましたっけ」

「あ、いや、オレの勘違いだったかもしれません」

「いや、でも聞き覚えがあったのは確かですよ」

思いがけない返事に、嘉津馬は金子を見つめた。

「木更ちゃんが、セットから変な音がするって云って、すぐに副調整室《サブ》を出ていっちゃったじゃないですか。あのあとトシマル君が『聞かせろ聞かせろ』ってうるさくて、スピーカーから流したのよ。確かにセットの方から風が吹き抜けるような、動物の鼻息のような気味悪い音がしていましたね」

「でもあのあとセットの下をくまなく調べたけど、なにもいなかったし、そんな音を出すような仕掛けもなかった」

「それでずっと気になってて、家に帰ってから思い出したんだけど、俺、確かに前にもあんな音を聞いたことがあったのよ。もう七年ぐらい前かな、それもこの建物の中でさ」

　嘉津馬は思わず身を乗り出していた。

「一体、どこで聞いたんです、あの音を」

十六

前にも記したように戦前から建て増し建て増しで広げていったTTHの局舎は、曲がりくねった廊下や階段が入りまじりまさに迷路と呼ぶにふさわしい構造になっていた。

戦前から働いている金子は道に迷う様子もなく、早足で嘉津馬を案内していた。ときおり、こんなところに、と思うような場所にあったほとんど壁と一体化しているような扉をくぐったり、てっきり継ぎ足しの際に生じた壁と壁の隙間だと思っていたところを通り抜けたりと、東京局に来て七年近く経つ嘉津馬がこれまでまったく使ったことがない道筋を辿り、いまや嘉津馬は自分が何階にいるのか、どのあたりなのかという見当を完全に失っていた。

「電話してきたってことは、お父さんは最近はお元気なんですか」

金子が訊いてきた。嘉津馬にとってこの質問も珍しいものではない。父の名を知る者ならば、彼になにが起きたかも知っているからだ。

「家から出ることはめったにないけど、昔の教え子とか、名前だけ知っている人とか、とにかく来客が多いので退屈はしてないんじゃないかな」

「俺は金メダルをとったときは見ていないんですよ」

金子の声に悔しさがにじんだ。

神化一五年、東京で開催されたオリンピックのことだ。オープン競技ではあったものの柔道の人気は一、二を争い、入場券はすぐに完売した。TTHがこの日のために間に合わせたテレビ放送も、大阪と名古屋に映像を送るという目的が第一とされ、東京府内では数カ所の映画館で生中継されたが、どこも人で溢れて実際に見ることができたという人は少なかった。

嘉津馬があの日、体育館の受像機のすぐ近くで、父が試合場に立っていたのを見ることができたのは、周囲の大人たちが前を開けてくれたからだった。

あのとき嘉津馬は本物の〈超人〉を見た、と思った。

父が東京でオリンピックに出場していることは、八歳になっていた嘉津馬にもわかっていた。そしてその父の試合が目の前で見られるのは科学技術のおかげなのだ、と。だが頭では理解しているつもりでも、実際にそれを目にすればあたかも不思議な能力で引き起こされた奇跡のようにも見えた。

日本政府が推奨したこともあって、試合には〈超人〉と呼ばれる人々が多く参加していた。正体を知られたくない場合は仮面をつけての参加すら許可された。だが例えば柔道であれば、そこでは従来の講道館ルールが厳密に適用された。その超人の能力が火を噴くというものであったとしても、試合でそれを用いれば凶器を持ち込んだのと同じ扱いで失格となる。

そんな中で嘉津馬の父は見事に無差別級で優勝した。熊並の腕力を持ち、倍以上の体重差があるイギリスの選手を相手に、一本を決めてみせた。父は自分を〈超人〉であるとは宣言していなかったが、機械のように正確に研ぎ澄まされたその技は、嘉津馬だけでなく誰から見ても〈超人〉と呼ぶにふさわしいものだったろう。

「しかしオリンピックで金メダルまでとった人間を引っ張っていっちゃったんだから、当時のお国のやり方はメチャクチャだよねえ」と金子は同情するように云った。

「父だけじゃありませんから、あのオリンピックで注目を集めた人たちはほとんど兵士として戦場に送られた。いやもともとあのオリンピックは、そうした〈超人兵士〉のお披露目の場所でもあった——そんな気がします」

資源も土地もない日本がその国力を示すのにもっとも有効的に使われたのが〈超人〉だった。もちろん西欧諸国でも〈超人〉は古くから活躍していたが、国家規模でその存在を認め活用したのは日本が嚆矢《こうし》といわれている。アメリカでは個人個人がその正体を隠しながらひそかに正義の活動を行なうというスタイルが一般的だったのに対して、日本ではそもそも人と異なる力を持つことを恥じる文化があり、〈超人〉であることを自ら喧伝する人間も自警団的にふるまう者もそれまではほとんどいなかった。だがオリンピックに〈超人〉の参加が奨励されたことでそれまで隠れていた人々も表に出るようになった。これは日本人の特徴でもあろうが、いつの間にか能力を持つことを隠していることはお国のためにならないみたいな世論が醸成され、本人にその気はなくても知人や周囲の者に説得されて出場するというようなこともままあったようだ。

嘉津馬の父は市井の柔道家として知られた存在であり、講道館に所属こそしていないもののそこからも一目置かれている存在だった。父は自分が〈超人〉だなどとは思っておらず、ただただ柔道家の誇りをかけて出場した。だからこそと言うべきか、あれほど父がつけてくる柔道の稽古を嫌っていた嘉津馬なのに、その目には受像機に映る父の姿が生まれて初めて見る動く〈超人〉として焼き付き、それは日本政府関係者にとっても同じだったのだろう。

閉幕式典での総理に於ける宣戦布告は、同時にその場にいる日本の〈超人〉たちに軍への参加を呼びかけるものでもあった。その場で否やを云える者がいただろうか。父をはじめその場にいたほとんどの〈超人〉はそのまま入営を言い渡され、階級を与えられた。同時に施行された綺能秘密法によって、父たちのその後の活動は諸外国からも国民からも一切隠されることになる。

神化二〇年に日本が降伏し、それから数カ月経ってようやく嘉津馬たちは父の消息を知ることができた。南方で無謀な突撃作戦に参加させられたという父の両足は、米軍の戦車に踏みつぶされ、膝から下は応急手当で切断されていた。

『柔道超人だろう、大和超人だろう、だったらあんな戦車ぐらい投げ飛ばしてみせろ』

その命令に従い父は、上陸してくる戦車の砲塔を掴み、一本背負いをかけたのだという。そのしばらく後の写真と思われるものが戦後、アメリカの雑誌に掲載されていて、嘉津馬は偶然目にしたことがある。砲塔が半ばから折れ曲がった戦車を、米兵が取り囲んでいる光景だった。父は確かに一本背負いをかけた。だが戦車の全重量を支えるには砲塔はあまりに脆弱で、それが折れ曲がるのと同時に下半身はキャタピラに巻き込まれていったのだ。

父には義足が与えられた。

精巧な義肢の研究は戦前から行なわれていて、それは同時に機械人、ロボットの研究開発もうながした。だが人間の手によって完全なロボットが実用化されるのを待たずにこの世界は意思を持つロボットを迎え入れることになった。人間衛星《ヒューマンサテライト》アースだ。日本の上空を巡る軌道にいつからか住み着いたその機械の人形は、自らの意思を持ち、気まぐれに紛争や騒動に介入しているというが、もちろん報道されることは滅多にない。地球のどこかの国の科学者が死んだ娘に似せて作ったという話もあれば、星から星に旅するさなか地球の重力に捕まったのだという説を唱える者もいる。正体不明なのだ。

アースが最初に観測されたのは神化二六年だったが、彼／彼女は悪意を持たない人間には大変協力的で自分の体内を調べさせることにも抵抗がなかった。そこから得た知識が共有されることで義肢の研究は飛躍的に進化した。だから父も今ではほとんど以前と変わらないように振る舞うことができる。

しかし柔道に関しては別だ。鍛え上げられた肉体を精神で制御することによって、超人的な力を発揮していた父だが、今は年相応な平凡な力を持つ老人に過ぎない。指導者として様々な方面から乞われたが父はそれも拒否、こうしてその存在は伝説的になった。

「あんたのお父さんは本当に超人だよ。金メダルをとったというだけじゃない。戦争に行って最後まで戦い抜いた。実際多くの〈超人〉が戦争に行ったが、あんたのお父さんほど活躍したものはほとんどいない、戦後になってから知らされたことだけどさ」

「オレもそう思いますよ。父は——子どもの頃に想像した〈超人〉そのものだ」

だから嘉津馬にとってテレビは特別なものだった。父が〈超人〉として映し出されていたものだからだ。遠くにいる超人であってもテレビならそこにいるように映し出すことができる。そしてその素晴らしい存在に自分はなれないとしても、それに憧れる気持ちだけでも人を前向きにしたり、良い方向へと導くことができるんじゃないか。それが嘉津馬がテレビを一生の仕事に選んだ理由だった。

戦場から帰った父は怒りっぽくなり、嘉津馬のすること一つ一つが気に入らない様子で、乱暴にしかりつけた。時には弟子が一人もいなくなって久しい道場に嘉津馬を連れ込み、義足のハンディなどまるで感じさせない力で激しく押さえこみ制裁をくわえることもあった。しかしどんな理不尽な真似をされても嘉津馬は父を否定したり、腹を立てるようなことはなくなっていた。

もしかしたら嘉津馬がテレビを通して〈超人〉を届けたい相手は父なのかもしれない。だが父はそんな嘉津馬の気持ちに気づく様子もなかった。

「しかし俺から見ればあんたも相当に超人ですね」

金子が突然なにを云いだしたのかわからず、嘉津馬は大げさに首を振った。

「やめてくださいよ。オレには父の能力はなにも受け継がれていないんです。子どもの頃からむしろ柔道に関する才能だけが人並み外れてなかったといっていい、そういう意味では逆に超人的かもしれませんけどね」

「いやいやそういう意味じゃないんですよ。『時丸』の台本全部書いてるんですよね」

ＴＴＨの局員演出でプロデューサーも兼任している嘉津馬が、その上脚本まで書くのは内規に触れる可能性があるので、ペンネームを使っていたが、もちろん親しいスタッフはみんな知っていた。

「いくら人形劇だっていっても月曜から金曜まで毎週五本、それも毎回の演出をやりながら、いつ書いてるんだって不思議ですよ」

「まあなんとかやりくりしてますよ」

別にとりたてて秘密があるわけではない。単に嘉津馬の筆が早いというだけだ。子どもの頃から文章を書くのは好きだった。一時期は漫画に興味がいったが、早々に才能に見切りをつけた。特に明美の漫画を見てからは、二度と漫画を描きたいなどと思ったことはない。今の嘉津馬にとって、『忍びの時丸』の脚本を書くのはそうした昔ながらの遊びの延長で、元々明美と二人で考えたアイデアが尽きたあとも次から次にストーリーがわいてきて、それが頭から溢れ出すのを原稿用紙で受け止めているような作業なのだ。局から帰るタクシーの車中や、家のトイレの中でも常に原稿を書いている、それが苦労だと思ったことはないし、まして冗談にも超人的な能力だなどとは思えない。

「超人だなんて、そんなことない。仕事だから。超人ってのはオレみたいななんの取り柄もない人間とは全然違うんです、なんていうのかな、もっとすごい……」

話しながら金子のあとをついて階段を降りて、とあるフロアに出た。そこで思わず息を呑む。

「ここです、もう何年前になるかな、ここであの声を聞いたんだ」

そう云って金子が示したのは、左右に扉ひとつない長く続く廊下だった。

(間違いない。ここはあそこだ)

白昼夢のようだった新人時代のあの日。突然現われたフランクリン・千田に嘉津馬は強く威圧されそのままここを後にした。だが千田はすべてを見透かしているように、嘉津馬が探していた撮影用の拳銃の代わりに本物の拳銃を寄越したのだ。

　あれから何度かこの廊下を探してみたが、どういうわけか二度と辿りつくことはできなかった。だから建て増し工事の影響でとっくに取り壊されたと思っていたのだが、あの七年前とまったく変わらない様子で廊下が嘉津馬を待ち受けていた。

　金子は青ざめた嘉津馬の様子に気づかず、廊下をどんどん進んで行く。

「知ってるかな。この放送会館には戦後ＧＨＱのＣＩＥ（民間情報教育局）とＣＣＤ（民間検閲支隊）が入っていた。向こうは本当は全館接収しようとしていたんだけど、それでは俺たちが放送できなくなるって抵抗して、共存することになったんだ。四階はＣＩＥの情報局、六階はＣＣＤ、二階には渉外局が入って、俺たちは残った一階、三階、五階を使うことになった。スタジオは三階にあったからそれで不便はなかったしね」

　片側の壁に指をあてて金子は歩き続ける。指が触れた部分からモルタルが細かく剝がれて床に落ちていくのが見えた。

　いつもはディレクターである嘉津馬には敬語だが、昔話をしているせいか、普通に年上の話し方になっている。

「ＣＩＥもＣＣＤも我々のテレビやラジオ放送の内容を事前に検閲し指導するのがその目的だった。実際あのフランクリン・千田が目を通していない台本は放送直前でも差し止められたものでさ。こんなことは木更ちゃんもご存知か。ただ実はそこには検閲以外の目的もあったんじゃないか、って噂があった」

金子の足が止まった。なにかを確かめるように何度も壁の同じ場所に指を這わせている。

「四階のCIEのフロアではしょっちゅう工事が行なわれていた。手狭だから間取りを直したりしているんだろうと話していたんだが、やがておかしなことに気づく奴が出始めた。四階に台本を持っていっても、ちっとも間取りが変わっていないというんだ。だが工事の職人の出入りは止まない。それも日本人の大工じゃない。わざわざ米軍の工兵が招かれている。それで、もしかしたら隠し部屋でも作っているんじゃないかと、ある日いろいろと探検して、二階から鉄扉を抜けて出たところにある階段を上るとそれまで見たこともないフロアに出ることがわかった。それがここだ。俺たちは当時四・五階《よんてんご》と呼んでいた」

「隠し部屋ではなく、隠しフロア……だと」

「もちろんまるまる一フロアを作り上げたというんじゃない。いわば四階の天井裏を拡張して、細い空間を作り出した。だからここには廊下しかない、ように見える。思い出したんだよ、俺があの声を聞いたのは確かにここだった」

「声？　昨日Cスタジオのセットから聞こえた音のことを云ってるんですか」

「ああ、そうだ。確かに人の声とは思えないような、風が洞窟を抜けるような恐ろしい音だ。だがあれは声なんだよ。当時俺たちは噂していた、ここで鹿野《かの》事件のようなことが行なわれているんじゃないかって。そうでなけりゃこんな隠しフロアを作る理由がわからない」

（鹿野――！）

金子の言葉にようやくその名前と、入局の頃世間を騒がせていたニュースが繋がった。

昨日フランクリン・千田とともにCスタジオに現われた、中折れ帽にトレンチコートという男たち。大半は外国人のようだったが、ずば抜けて背が高く、サングラスとマフラーで顔を完全に覆っていた一人だけは日本語で千田と喋っていた。

『鹿野の場合とは違う、デュマは絶対に』

男はそう云った。デュマとはあの獣のような人間、ドゥマのことだとして、鹿野というのがずっと引っかかっていた。だが鹿野事件のことだとすれば説明が通る。

「鹿野学《まなぶ》。ソ連との関係が疑われる文学者であり、超人だという噂だった」

「あれは神化二七年の冬。前年、神奈川の鵠沼《くげぬま》海岸で消息を絶った鹿野学が、突如青山の神宮外苑で発見された。失踪していたおよそ一年間、彼はGHQが抱えている対諜報部隊CICの関係者に拉致され、茅ヶ崎、代官山、さらには沖縄まで転々と移動させられ、二重スパイとなるよう説得されたがついに解放されたと証言したから大事件となった。それまでもGHQが日本国民を拉致したり、不法に監禁しているのではないかという噂はあったが、初めて証言者が登場したのが『鹿野事件』だった。結局あの事件は曖昧なまま解決した。綺能秘密法が戦後も有効であるという最高裁判断が出て、超人の可能性があった鹿野に関する報道は一切なくなったんでしたね」

金子は嘉津馬に頷いて見せた。

「何しろ大事件だったから俺のようにロクに新聞も読まない男でもよく憶えていた。そんなニュースがあった直後に、ここに入りこんであの声を聞いたんだ」

「そうか、ＣＩＣははっきり敵対国に対するスパイ組織だったといわれているが、ＣＩＥやＣＣＤも検閲組織だというのは隠れ蓑で、鹿野事件のように人を拉致する真似をやっていたというんですか」

「そこまではっきり断言はできませんがね。ただ昨日のあの声を聞いて思い出したんだ。それにしても七年以上前のことだ。いまになって監禁されていた男がさ迷い出たとも思えないが」

嘉津馬はその金子の言葉に引っかかるものを感じた。

「しかし金子さんがこの廊下にきたとき、どこから声がしたっていうんです。ここはただ長い通路が続いているだけで、人を監禁するような場所は……」

そこまで云って嘉津馬は気づいた。さっきから金子が触れている壁の一部にうっすらと線が走っている。その線に沿って壁の一部が浮き上がっているように見える。扉だ。壁に偽装されてはいるが、この通路には隠し扉があったのだ。

「ここに部屋がある。中を確かめたことはないがね。おや？」

金子の呟きとともに壁の一部がどんどん浮き上がり、線に見えたものはいまやはっきりと裂け目となった。隠し扉に鍵がかかっていなかったのか、金子がいじるうちに開いてしまったのだ。

途中から金子が手をかけて、扉を完全に開いた。中から黴にまみれた古い空気の匂いが溢れ出す。

そこに、人影があった。

小さく悲鳴をあげて金子が後ずさる。嘉津馬も緊張で身構えることすらできなかった。まさか扉の向こうに人がいるなど想像もしていなかったのだ。

金子の話は何年も前のことだし、その後CIEはGHQが占領を終えると同時にこの建物から出ていった。それ以来この四・五階は誰からも忘れられた存在であったはずだ。

だが金子が知らない一つの可能性があった。それはドゥマがここにいた、ということだ。鹿野が超人であったがためにCICに監禁されたのだとしたら、同じように終戦時南方で日本軍から米軍に引き渡されたドゥマが、ひそかにここに監禁されていたとしても不思議ではない。

当時GHQ関連の組織はほとんど丸の内や数寄屋橋付近のビルに集中していた。このTHの目と鼻の先である。鹿野は冬場は人気《ひとけ》がない海岸の別荘に監禁されていたそうだが、逆にこの東京の中心部に捕らえておけば決して逃すことなどなく、また逆説的に誰にも疑われない、と考えたものがいたのではないだろうか。嘉津馬の脳裏にかつてここで出会ったときの千田の姿が思い浮かんだ。袖をまくった千田の手や指に付着していたもの。あれは血ではなかったか。今から思えばあれはこの隠し扉の向こうでドゥマを拷問し、自分の意志に従わせようとしていたために付いたのではないのか。あのとき千田が突然現われたり、姿が消えたように見えたのも……。

金子はドゥマを知らない。ドゥマが大暴れしたあと時間は戻った。そして二度目はドゥマが現われないまま『忍びの時丸』第四四回の放送は終了している。もしドゥマがあのときセットの下から、ここに移動していたのだとしたら。いつの間にか嘉津馬はドゥマが実在すると信じきっていた。右側頭部に受けた傷の痛みが信じろと訴えかけるようだった。

もしドゥマだとしたら、逃げるしかない。

そう決心したとき、人影は自ら通路へと歩み出てきた。それも一人ではなく、二人。それはあまりにも意外な組み合わせだった。

十七

「なんでここにいるんだよっ」

　全身から力が抜けた嘉津馬は、我ながら迫力に欠けた情けない高い声を出した。金子は呆気にとられて口をポカンとあけたままだ。

「なんでって、見りゃアわかるだろう」

　尾上丈司はそう云ってズボンからはみ出たシャツを中に戻した。その半歩後ろに立った女はとくに乱れているとも思えないスカートの裾をわかりやすく直して見せた。池袋恵子だ。

「わからないから聞いてるんです。あなた、池袋さんも、どうして尾上なんかと一緒にいるんです」

「なんか、はひどいじゃないか木更氏」

　尾上はニヤニヤとはぐらかそうとしていた。

「あなた、昨日来てた雑誌の記者だったよね」と、恵子の顔に気づいた金子が訊いた。恵子は小さく頷く。

「いくらテレビジョン専門誌の記者さんだからって、二日連続でうちの局にいらっしゃる御用でもあったんですか」

嘉津馬の言葉が強くなる。正直にいえば混乱していた。恵子とは昨日が初対面ではない。雑誌の創刊はまだ先だと聞いているがそのための取材ということで何度か話をしている。しかしその際彼女の口から尾上の名が出たことは一度もないし、それは尾上の方も同様だ。

「実は彼女とは大学の先輩後輩でね、昨夜木更氏から名前が出て懐かしくなったんで、呼び出して会うことにしたんだ」と尾上が云った。それにかぶせるようにして恵子が「大事な話だというので呼び出しに応じたんですが、そうしたらこんなところに連れ込まれて」と云いだした。明らかに尾上に乱暴されたとほのめかしている。その場にいた中でもっとも驚いたのは尾上のようで、ニヤニヤ笑いが一瞬に消し飛んだ。

「おい、連れ込んだとはなんだ」と怒鳴り、嘉津馬の方を向くと「友人として証言してくれるだろうな。私はこれまでTTHを訪れたことはない。当然ながらこんな廊下の存在も知らなかった」と慌てて云う。

「私だってこんな場所のこと知りません。きっと前にも別の女の人にこんなことしたんじゃないんですか。男が女を暴力でなんとかしたりするいやらしい小説をお書きになっているから」

どうにもチグハグな会話だった。嘉津馬は友人として尾上の言動が少々過激であることは認めるが、女性に関してはむしろ紳士的だと感じていた。明美が最初に尾上の方に電話したのが気になっていたのも、そんな尾上の態度が明美にとって魅力的に見えているのではないか、と考えていたからだ。

「池袋さん、オレには尾上氏の云うことの方が正しいように思える」

「ああ、男同士ってすぐにそうやってかばうんですね。だったら私がこのケダモノになにをされたのか、事細かに説明いたしましょうか」

「ケダモノ、そうだケダモノの話はまだ終わってないからな」尾上は突然嘉津馬たちを無視して恵子の肩を摑んだ。「一体どこにいる。どこに隠したんだ」

「やめてください」恵子がその手を振りほどき、小さな声で応じる。「どうしたら納得してくれるんですか。最初からここには誰もいなかった。みんなが聞いてますよ」

「どうも妙だなあ」

話に入れずにいた金子が不思議そうに口を挟んだ。

「そもそもこのフロアはわざわざ下の階から別の通路に入らないと上がってこられないようになっているんですよ。それを知らない人間はまず見つけることができない場所なんだ。四・五階といってね」

この指摘に、恵子と尾上は黙り込んだ。

「どちらが連れ込んだにせよ、たまたま入りこんだとは思えない。ここのことをどうして知っていたのかな。それにこの部屋のことも」

「「それは」」

二人同時に話しかけて、また黙る。あからさまに怪しい態度だった。

「すいませんでした、道に迷ってそしたらこんなところに迷い込んじゃって」

恵子が突然媚びを売る態度でそう云いだした。

「尾上さんに乱暴されたなんて嘘なんです。二人でいるところを見られたから恥ずかしくなって。ほんとは尾上さんと二人きりになれるところを探していて、そうしたら」

「いや私のほうが彼女を誘ったんだ、それでこの部屋を見つけて入ったんだが、外から君たちの声がしだしたので出るに出られなくてね」

相変わらず話はチグハグなままだが、二人はそれで説明は終わったと考えたのかそのまま立ち去ろうとした。

「おい、尾上氏、まだ話がある。もしかして君が探しているのは――」

尾上が歩きながらチラッと嘉津馬を見た。

その間に恵子はどんどん先に行ってしまう。ついさっきまで二人きりになりたかったと云っていたとはとても思えない冷たい態度だ。

尾上はそれに気づくとなにも云わずに恵子を追っかけて階段へと消えていった。

隠し扉の向こうにあった部屋に金子と足を踏み入れた。まるで引っ越し後に掃き清められたようなそこは清潔で、なんの痕跡も残されてはいなかった。ただ、壁の一ヵ所だけが崩れたようになっており、半畳ほどの奥行きもない狭い空間が暗く口を開いていた。

ここで昔鹿野事件のようなことが起きていたとしても、昨日のCスタジオでの音とは無関係だろう、と金子は云った。確かにこの部屋をCIEが使っていたとしてもそれは七年以上も前のことだ。単に似た音がしていたというだけで二つの出来事を結び付けるほうが不自然だろう。

だが嘉津馬はそう簡単に割り切れなかった。Cスタジオのセットの下から二足で立つ獣が現われ、FDの船村はじめスタッフや劇団員たちを次々と襲った、その光景は忘れることができない。二度目の記憶でも塗り消されてしまうことはない、あの惨劇。今ではそれと、この四・五階が無関係とは思えなくなっている。同じく七年ぶりに嘉津馬の前に現われたフランクリン・千田の存在がその二つをはっきり結んでいるのではないか。

あの獣が明美のいうドゥマであり、鹿野事件のようにこのTTHの幻のフロアで監禁されていたのだとしても、それを証明するものはいまはなにもない。

嘉津馬はまた自分の右側頭の傷に触れて、痛みを確かめた。

（確実に残されたのはこの傷だけだ）

軽演劇課の自分の席に戻り、来週分の脚本を仕上げようとした途端、それを待っていたかのように上司が来て会議室へと連行された。既に芸能局文芸部の部長が構えている。この顔触れなら褒められるような話ではないことは明らかだった。

「千田顧問と揉めたんだって」

上司が感情を表に出さずに云った。最初は嘉津馬も含め三人だけだと思っていたが、気づくと、子役の島田俊之、『時丸』の主役の声を演じている通称トシマル君《ぎみ》の付け人である芳村も部屋の隅に立っていた。ということは、これは『忍びの時丸』という番組の命運に関する話し合いということになる。雑誌にテレビに引っ張りだこのトシマル君だ、もしもこの番組がなくなるということにでもなればすぐに次のコマーシャル仕事でも入れたいところだろう、そのために芳村も会議に参加していると想像できた。

「わかっていると思うけど顧問はいま重大な仕事についておられる」

「聞いてますよ、局の移転の裏工作でしょう」

「裏工作なんてものはない」上司が苦笑する。「だがいろいろとお手伝いいただいているんだ」

現在ここ日比谷は田村町にあるＴＴＨの局舎を、渋谷区代々木方面に移転する計画は公式に発表済みだ。代々木には陸軍の練兵場があったが、戦後GHQが駐留するようになってその広大な土地は、連合軍の軍人と家族などが居住するための住宅地にとってかわられた。所謂《いわゆる》ワシントンハイツである。

神化二七年、講和条約の発効により連合軍は撤退したが、そのまま在日米軍が残留することとなり、ワシントンハイツもその住宅地として引き続き使用が許可されて現在に至っていた。それがようやく三年後の東京オリンピックのために選手村予定地として日本に返還されることが決定。TTHは東京オリンピックを全世界に中継するための国際放送センターが新競技場のそばにある必要性を訴え、完成すればそれをそのまま新しい局舎にしようと交渉を続けていた。当然そこには在日米軍との政治交渉が必要であり、それをサポートするために再雇用されたのがフランクリン・千田であることは嘉津馬も承知していた。

「昨日顧問がCスタジオにいらっしゃいました、ずいぶんと胡乱《うろん》なご様子で」

「承知している。だが、昨日来た集団は顧問の部下ではなく、米本国から送られてきた人間たちらしい。それも元は千田顧問とは別の組織に属していた、ほらあの、キャノン少佐の配下だった連中だというんだな」

「キャノン……、てあのキャノンですか」

その名前には覚えがあった、というよりついさっき思い出したばかりだった。金子が例としてだした鹿野学事件、それを直接指揮したのが当時GHQの中で諜報活動を行なっていた組織であり、それはリーダーの名をとってキャノン機関と呼ばれていた——と当時大きく報道されたのだ。諜報機関の責任者の名前が出るなど前代未聞のことだったので、嘉津馬もよく記憶していた。

「知ってのとおり、キャノン少佐は占領中に少々やりすぎた。様々な非合法工作を行なったとも言われており、任期をまっとうしないまま本国に戻され、以後はCIA（中央情報局）に迎え入れられたとも聞いている」

「CIA？　キャノンの部下ということは、昨日の連中はCIAだったということになるんですか」

アメリカ最大の諜報機関であるCIAについて、この当時それほど多くのことが知られていたわけではない。連邦警察であるFBIとの区別がついている日本人のほうがまだまだまれだった時代だ。だがCIAは戦前からあったTTHとは別の民間放送局を作るという際に積極的に動いた経緯があり、嘉津馬たち放送に関わる者にとっては、ある意味よく話題にのぼる組織といえた。

「CIAが民間のTV局だけでなく、またうちにもなにか仕掛けてこようとしているってことに」

と嘉津馬が云いかけると、これまで黙っていた文芸部長が、即座に異を唱えた。

「そんなことは云ってない。TTHは米国政府の干渉など受けることはないからな。そのためにも千田顧問に間に入って折衝していただいている」

「間に入って……ああ、そうか」

ようやく嘉津馬は自分の勘違いに気づいた。

昨日、千田とコートに中折れ帽の集団がスタジオに乱入してきたとき、高圧的に交渉してきたのが千田だったから、てっきりあの集団を率いていたのも千田だと思ってしまっていた。だが今の部長の言葉を借りれば、もしかしたら千田はあの集団が勝手に乱暴なことをしないよう、『間に入って』立ち回っていたのではないか。そういえばドゥマが現れたときの記憶でも、千田が嘉津馬と話している最中に男たちは許可もとらずにセットの方へ向かったようだったし、そのあと嘉津馬の時間が巻き戻されて再び彼らがやってきたときも、千田は英語でなにか指示しているのに男たちの方でそれに従わなかった様子だった。そして中でももっとも大柄で、サングラスとマフラーで顔を隠した男だけは日本語で千田に抗議しデュマや鹿野の名前を口にしたのではなかったか。つまり彼らはかつて鹿野事件に関わっており、今はドゥマを追っている。

千田は鹿野事件のように強行策をとろうとする男たちに対して、穏便に済ませようとしている――そういうことなのだろうか。

「それで部長たちは、あのガイジンさんたちの目的をどう聞いているんですか」

「どうも彼らの狙いは人形劇団らしい」と部長は、うろ覚えの様子で口にした。「なんといったか、ひと……ひとり座か」

「ひとがた座ですね」嘉津馬の上司がすかさず合いの手を入れた。

それは嘉津馬にとって予想外の返答だ。

「ひとがた座が、どうかしたんですか」

「どこの劇団もそうだろうが、最近暴力学生などの隠れ蓑に使われることがあるそうだ。特に人形劇の場合、演者はセットの下にいるわけで、他の劇団のように顔をさらす必要がない。そこで警察に目をつけられている学生などがバイトとして潜り込み、そこでオルグして細胞を広げていくということがある。アメリカ側はひとがた座にそういう疑いを抱いているとのことだ」

「そんな馬鹿な。ひとがた座は戦前から続く児童向け人形劇の老舗ですよ。確かに若い団員が多いがほとんどは女性だし、そんな危険な人たちとは思えません」

「それと池袋恵子という雑誌記者だが、彼女の素性について君はちゃんと確認してスタジオに出入りさせていたのかね」

さらに意外な名前が部長の口から飛び出してきた。

「池袋さんは今度創刊されるテレビ専門雑誌の記者じゃないんですか、私にもそう紹介されましたよね」

助けを求めて上司を見たが、横を向いて聞こえないふりをしている。

「千田顧問が出版社に確認したところ、そんな名前の社員はいないそうだ。そもそも女性の記者そのものがおらんという」

「それじゃ彼女は何者なんですか」

部長は嘉津馬を睨みつけるばかりだ。思わず後ろに立つ芳村を見ると、彼は相変わらず不潔そうな髪をがりがりと掻き、

「そうなるとうちの俊之の記事はいったいどこに載るんでしょうねえ。あんなに彼女にバシャバシャ撮ってもらったっていうのに」

と、場違いな感想を口にした。

「それにしてもわかりません。多少危険な学生が劇団にまぎれこんでいたり、正体不明の雑誌記者がいたとして、それがアメリカが人を送ってくるほどの大問題なんですか」

「わからないか、彼らにはとんでもない武器があるということが」

「武器って」思わず嘉津馬は苦笑したが、部長も上司も顔が固い。

「テレビ番組はほとんどが生放送だ。『忍びの時丸』もしかり。その場で突然おかしなことがはじまっても、放送が中断できるとは限らない。『しばらくお待ちください』のボードを出すタイミングはフロア・ディレクターに任されているが、いままでだって妙なものが映ったことはいくらでもあった」

確かに生放送では、服がチグハグだったり台詞がうろ覚えだったりしても、とにかく放

送は続けるのが当たり前だった。歌手が突然予定になかった歌をアカペラで歌い始めたことだってなかったわけではない。

「それを政治的に利用しようと考える者がこれまでなかったのは、単に幸運だったに過ぎない、わかるか」

「政治的――」

部長の言葉で瞬間的に閃いたのは、昨日の光景だった。二本脚の獣、ドゥマによって次々と殺されていく人々。嘉津馬があのとき思ったのは『これもテレビで放送されているのだろうか』ということだった。

もしあのようなことが実際に起こったとする。テレビを見た世間は、さすがに大騒ぎになるだろう。しかもその犯人である怪物が、GHQの下部組織によって長い間監禁されていたものだ、などということが発表されれば……反米意識の高まりどころではない。日米共同で開催される東京オリンピックなどにも暗雲が立ちこめることになる。鹿野事件が明るみに出たときにはキャノン機関が実質的に崩壊させられたわけだが、今回の場合はそれ以上の影響が出るだろう。

確かにこれは政治的に有効な手段かも知れない。

だがそんなことを、あのひとがた座の若者たちが考えるだろうかとどうしても思ってしまう。

彼らとは長い付き合いではないが、『忍びの時丸』が始まるとき、嘉津馬自身が見つけてきた。子ども相手の人形劇を得意にしていたが決して手を抜くことなく、表情にも動きにも乏しい人形を台詞に合わせて巧みに動かすその様は、時に人形が生きていると錯覚させられるほどだった。彼らは人形劇を愛し、それがTTHで毎日流れるということに感激もしていた。第一、嘉津馬の記憶ではドゥマに最初に襲われていたのはあの劇団員たちではなかったか。生死のほどは不明だが、明らかに血を流したり、噛みつかれたりした者たちがいたはずだ。彼らがドゥマを連れ込んだのだとしたら、そんなことは有り得ないのではないか。

部長は考え込んでしまった嘉津馬の沈黙を了解と受け取ったのか、局の原稿用紙を紐で綴じたものを取り出し机に置いた。表紙には嘉津馬自身の字で『怪盗博士』とある。

「あの、これは」

部長に代わって上司が答えた。

「去年、君が提出した企画案じゃないか、憶えてないのかい」

「いやもちろん憶えてますけど、どうしてそれがここに出てくるんですか」

「さっきからの話、聞いてたのかよ。千田顧問としては、そういう危険性を持つひとがた座が出演する『忍びの時丸』をこのまま放送するのは、TTHとしてよろしくないのではないか、と示唆してくださったわけだ」

「じゃあ『時丸』は終了ですか？」

「三月いっぱい、全十二週ということならキリもいいんじゃない？　そして四月からの企画もこうして用意されていると。今回は人形劇じゃない、君が希望してたドラマだよ、役者も各映画会社に交渉してあげる」

咄嗟に言葉が出なかった。もちろんこんな唐突に番組終了の宣言がされて受け入れられるはずもない。『忍びの時丸』は評判も悪くないし、最初から一年放送ということで出演者にもスタッフにも契約してもらっている。まだ物語も序盤にさしかかったところなのだ。なのに嘉津馬がすぐに文句を口にしなかったのは、突き付けられた『怪盗博士』の企画書のせいだった。戦前の東京を舞台に、謎の大怪盗と、政府に雇われた名探偵が丁々発止の戦いをするこの企画も、『時丸』と同じく明美と二人で考えたものだった。結局企画としては『時丸』が採用されたから、明美は『怪盗博士』の方を元にいまは自分の漫画を描いている。それが昨夜見せてもらった『怪盗鉤博士』という漫画だ。

もしここで『怪盗博士』のドラマをスタートさせることができれば明美の漫画を出版社に売り込む理由ができるし、なにより彼女に漫画をあきらめさせなくて済む。そういう計算が頭の中ではたらくのと同時にそんな理由で『時丸』という作品やスタッフを切り捨ててしまおうとしている自分の思考回路が情けなくて、それで言葉が出なくなってしまったというのが本当のところだった。

よくよく考えればあらぬ疑いをかけられたぐらいでひとがた座の若者たちを犯罪集団のように決めつけることなどできないし、千田やあのコートの男たちがひとがた座ではなくドゥマを探していることはこの場で嘉津馬だけが知っていることだった。おそらく千田はドゥマのことを隠して、ひとがた座のせいにしたに違いない。ドゥマとひとがた座は無関係だ、と嘉津馬は確信した。そして、

『時丸をやめるわけにはいかない』

と云おうとした刹那、横から、

「『時丸』をやめてもらっては困りますね」

という声がした。芳村だった。

『怪盗博士』の企画書をパラパラとめくった彼は、いつもの人の好さそうなそれではなく、強い怒りをにじませた表情で眼鏡の奥から部長を睨んだ。

「うちとTTHさんの契約は一年間です、島田俊之はいま日本で一番忙しい小学生といわれている売れっ子ですよ。それを毎週土曜日『時丸』のために空けて、それ以外にも雑誌の撮影や取材など全面的に協力しています」

「そ、それはもちろん感謝しております」と部長は芳村の豹変に驚きながら、原稿を指さした。「お読みになっていただいたならおわかりでしょうが、その企画に登場する名探偵には優秀な少年弟子がいることになっております。なにしろ放映時間からして子どもたち

に引き続き見てもらいたいですから、その少年弟子の出番を増やすよう、これからこの木更に云うつもりでした」

「もちろんその少年弟子を演じるのが、俊之くん、というわけですね」と上司が調子よくうなずく。

だが芳村の表情が和らぐことはなかった。

「大人が主人公で、その横にいるアシスタントの子ども。そんな役は俊之は山ほどやっているんです」

それは確かにそうだ。昨日もCスタジオで話していた通り、先日撮影所で事故死した人気スターとの共演シリーズでも、俊之はたしか生意気な口を利く少年アシスタントみたいな役柄で、小学生という設定なのに車を乗りまわし、拳銃を撃ちまくっていたはずだ。

「なのにどうしてテレビでまたそんなことやらなくちゃいけないんですか。『時丸』は人形劇ではありますが、島田俊之が主役です。だから無理な予定をやりくりして出演させていただいたんです」

「そうですね、その通りです」と上司は嘉津馬に目配せした。「ですからその少年弟子を主人公の形に書き直していこうと考えていたところで。できるよな、木更くん」

嘉津馬はわざと困った顔をして見せた。

「いやあそれは無理というものですよ。なにしろ謎の怪盗と、国民的名探偵の対決は実際にあったことですからね。私の世代ならだれでも聞いたことがあるような有名な話です。でも少年弟子は話を面白くするために創作した人物ですから、その役柄をあまり大きくすることは」

上司と部長が嘉津馬の反乱に遭って、今にも怒鳴りだしそうな顔になる。嘉津馬はようやく逆襲の機会を得た、と思った。

「とにかくひとがた座の人たちと話をさせてもらえませんか。千田顧問が間違っているとは思いませんが、彼らが生放送中にそんなおかしなことをしようとしている暴力学生だなんて、どうしても考えられないんです」

どちらにしても今日はもう『時丸』を放送するしかない。部長も芳村の手前それ以上強硬な態度をとることはできず、すべてを嘉津馬に預けることを承知した。

そのとき嘉津馬は昨夜の尾上の言葉を思い出していた。

『なら、獣は、どこに行った』

そうだ。嘉津馬が千田たちが現われる前にドゥマを見つけようとスタジオから全員を退去させたとき、団員たちに紛れ込んでいれば、ドゥマは簡単にスタジオの外に抜け出せたのではなかったか——。

十八

ひとがた座の面々はとっくにTTHに入り、リハーサル室で音に動きを合わせていることだと思ったが、この日に限って一人も現われていなかった。リハ室で待ちぼうけにあっていたスタジオ・ディレクターの柳瀬久子によれば、電話をしても誰も出ないのだという。嘉津馬は悪い予感がした。

「もしかしたら部長のやつが、電話して余計なこと云ったんじゃないかな。『時丸』の終了が決まったとか、デモ学生扱いとか。それで臍《へそ》を曲げてストライキでもしているんじゃ」

「だったらすぐに連れてこないと。このままじゃリハーサルなしで放送することになるわよ」

「とにかくみんなで迎えに行きましょう」

ということになり、芳村が車で来ていたので嘉津馬と久子はそれに同乗させてもらった。

ひとがた座の稽古場は代々木にあり、嘉津馬は何度も通ったことがある。明治神宮の森にほど近い住宅地の中に三階建ての小さな箱のような建物がある。

そのひとがた座の直前で、狭い道を銀色のアメリカ車が斜めに停まって塞いでいた。ワシントンハイツに近いこの辺りでは、珍しくない光景だ。運転者の姿はない。アメリカ人には往来が駐車場にでも見えているのか、どこかに用足しに行ってしまっているようだった。

仕方なく嘉津馬と久子は車から降りて、徒歩で通り抜けようとした。と、誰も乗っていないように見えたそのアメ車が突然バンッと音を発した。そして、なにかをこするような音が続く。二人は顔を見合わせ、すぐに察した。音は車の後部トランクからだった。

「子どもが遊んでて閉じ込められちゃう、なんてたまに聞くわよね」

という久子の言葉を無視するわけにもいかなかった。嘉津馬は一刻も早くひとがた座に向かいたかったが、仕方なくアメリカ車のトランクに手を掛けてみる。

トランクは完全にはロックされておらず、力をこめると開くことができた。中には子どもではなく、服を奪われた下着姿で、粘着テープで口や手首を縛られた男性が閉じ込められていた。

手足にも、胸や腹にも赤黒いまだら模様ができており、元の肌色を保っている割合の方が少ないぐらいだった。まぶたは腫れ上がり、指先が真っ赤に染まっているのは爪をどうにかされたからだろう。明らかに拷問された痕だった。

変わり果てた友人の姿に、嘉津馬は激しく叫んですがりついた。

「尾上！」

久子が驚いて「お知り合い、ですか」と訊いてくるのにも応えず、トランクから引っ張り出そうとしたが、自分では力を入れることができない尾上丈司の身体を持ち上げるのは困難で、上半身だけをトランクの外に出すのが精いっぱいだった。

「剝がすぞ」と声をかけて粘着テープを取り去った。かなりの痛みだろうが、尾上は僅かに呻いただけだった。外見以上に激しく傷つけられており、もはや痛みに反応する気力もないように見えた。

「尾上！　しっかりしてくれ。なにがあったんだ、どうしてお前がここにいるんだっ」

「どういうお知り合いなんですか」

久子がどうしていいかわからず、尾上の口元をハンカチでぬぐってやりながらもう一度訊いてきた。

尾上の口の両端は不自然に裂けており、ナイフを差し込まれてそのまま切断された傷のように見える。そこからの出血はまだ止まっていなかった。

「友人なんだ。ほんの何時間か前、ＴＨで見かけたんだが」

嘉津馬は混乱する頭で、何とか答えようとした。尾上についての最後の記憶は、数時間前、池袋恵子と共に去っていった姿だ。

尾上はなぜ四・五階にいたのか。そしてあの場を離れてから今までの間になにがあったのか。考えれば考えるほどわからなくなる。そして——一緒にいた人間はどうなったのか、という新しい疑問が浮かぶ。

「あの記者さんはどうした、池袋恵子、一緒にいたはずだろう」

その名前に久子も反応する。昨日取材にきていたから覚えがあったのだろう。

尾上はようやく声を出した。だがそれは耳を唇に近づけてかすかに聞きとるのがやっとであり、しかも粘ついた音を伴っていた。喉に高温の液体を流し込まれて食道や気管が焼けただれているのかも知れない、と嘉津馬は思った。尾上が書いているバイオレンス小説には、他国の諜報機関に捕らえられた主人公が過酷な拷問を受ける描写がある。それを逆に試されたとでもいうように。

「……恵子と別れてすぐあいつらに……った」

「あいつら、あいつらとは誰だ」

「お前が話し……コートの……」

コートに中折れ帽の男たち。彼らが尾上をこんな目に遭わせたというのか、なんのために。

「尾上、お前もしかして」

嘉津馬は思い切って訊ねた。

「ドゥマを探してTTHに来たんじゃないのか」

――そうとしか考えられない。嘉津馬は既に確信していた。恵子と尾上の関係はよくわからないままだが、尾上が突然TTHに現われた理由はほかに有り得なかった。昨夜嘉津馬から話を聞いたとき、尾上はドゥマという言葉を知らないふりをして、わざと酔っぱらっているふりをして見せた。だが実際には彼はドゥマについて、嘉津馬よりずっと多くを知っていたのだとしたら。

「わたし、救急車を呼んできます」

久子がようやくそのことに気づいたというように、その場を離れていったが、嘉津馬は尾上の言葉に神経を集中させていた。

「ドゥマ……ああ。お前の話ですぐ……気づいた、それで恵子に電話して……」

唇が震えるように動いた。それはときおり尾上の見せる照れたような笑いであることに、嘉津馬は気づいた。口が裂かれているために、唇が上がらないのだ。

やはりそうなのか、と嘉津馬は思う。昨夜以前から尾上はドゥマを知っていた。そして嘉津馬の話がヒントになって――その考えを遮って、背後から声がかかった。

「彼はここ数年何度も『猟豹部隊』に関する資料の公開請求を、直接我が国《ステイツ》に出しています」

突然の声だったが、もはや驚くこともなかった。当然のような顔をしてそこに千田が現われている。すぐ前には車から降ろされたらしい芳村と、怯えた顔の久子が立たされている。嘉津馬からは見えないが、千田が二人の背に銃口を向けているのは確かだと思われた。

「当然日本における関係者としてマークされていたでしょう。それが監視中のＴＴＨにのこのこ現われたのだから、飛んで火にいる……というところだね。こういうことにはならないように気をつけていたつもりなんだが」

千田は残念そうな口ぶりで云った。尾上がなにか云おうとしたが、泥水を掻きまわしたような音しか発せられない。

「千田顧問。つまり尾上は、昨日あなたが連れていたあの男たちに捕まって、こんな目に遭わされたとおっしゃっているんですか」

「私がその場にいなかったことは、誓ってもいい。さてその人から離れてください。あとは私たちが」

嘉津馬はいまにも全身から炎となって噴き出しそうな怒りを、抑え込んだ。千田は紳士ぶっているが、その手には拳銃がある。ここで暴力に訴えても勝ち目はない。一刻も早く尾上を病院に連れていくためにはどうすればいいのか、嘉津馬は必死に言葉を探していた。

「猟豹部隊と云いましたね。昨日からオレもいろいろと勉強しました。あなたたちが探しているのは、ドゥマだ」

「ああ、そうか、昨日のスタジオで聞いていたのですね、その名を」

「ドゥマとは南方で活躍した超人でしょう」

千田はまともに答える気配も見せずただ一言「活躍、ね」と皮肉な調子で云った。嘉津馬にとってはそれで十分だった。

「その口調の意味もわかりますよ。ドゥマは実戦で役に立ったかどうかは不明だ、あくまで日本軍に強力な超人がいると宣伝するのに使われただけなのかも知れない。現地にいた日本兵は『敵味方見境なく襲う』と彼らを嫌っていたとも聞きましたから」

「そうか」千田は面白そうに嘉津馬を見た。いつの間にかいかにも二世じみたあのカタカナ喋りはなりをひそめている。あくまであれは自分を米軍関係者として威圧感を与えるための演出に過ぎなかったのだろう。そうしなければならないようなアメリカと日本の間で苦しんだ過去が、この男なりにあったのだろうか。そう思えばこれまでの怪紳士じみた印象は薄まり、一人の平凡な中年の日本人がそこに立っているようにも感じられた。

「君の御父君は南方で名誉の負傷だったたな、柔道超人と呼ばれていたか。そちらから聞いたとみえる」

尾上の身元が知られていたのだから、自分の父親のことが隠しおおせるなどとは期待していなかった。それでもこうあっさりと云われてしまうと、背筋に冷たいものが走る。

「御父君の記憶は正しい、ドゥマの戦闘能力は非常に高く、さらに彼の血を輸血した部下たちも彼ほどではないが常人に倍する力を有したという記録がある。だが彼らを制御するのは大変困難だったとも」

「その記録とは——ビヤボム41」

嘉津馬はとっさに明美から聞いた、十六粍映画の箱に書かれていたという文字を口にした。千田の眉が一瞬動いた。どうやらこれは予想外の反撃だったらしい。嘉津馬は千田に一矢を報いたことを確信して言葉をつないだ。

「その名前のフィルムに記録されていたんですよね。ドゥマと猟豹部隊の姿が。だがいまは一巻を残して処分されている、なぜです」

千田が口を噤んだ。嘉津馬を強く見つめる。

「オレが云いましょうか。戦後ドゥマはCIEかCCDか或いは別の機関か知らないが、そこで拘禁されていた。彼だけではない。戦時中日本軍が利用した〈超人〉の多くは戦後報道されることなく姿を消した。我々日本人はそれを綺能秘密法が継続したせいだと考えていた、みだりに〈超人〉に関して報道することを規制するあの法律があるから、超人のその後が報道されることはないのだと。だがむしろそれは逆だったのではないか、といまなら思えます。戦後、日本軍に関わった〈超人〉の多くは米軍に引き渡されたり、拘禁されたりした。米軍の中にも様々な部署がある。おそらく自分たちの部署で、より役に立つ〈超人〉を得ようと、奪い合いになったのでしょう。だからすぐに日本から連れ出すことなく、むしろ日本のあちこちで〈超人〉を隠匿し、その能力の研究を進めていた。『鹿野事件』はその一つのケースがたまたま露見したにすぎず、実際にはＧＨＱが接収した様々な建物の中で同じようなことが行なわれていた。我々のＴＴＨ内でも」

千田は一言も発さなくなっていた。なによりそれ自体が嘉津馬の推理を裏付けている、と感じられた。嘉津馬の中ですべてが判然としていたわけではない。明美や父から聞いたことと、自分の断片的な経験、そして実際に友人の尾上が傷つけられたことで、それらすべてが一つに繋がり始めていたのだ。

「そして超人が拘禁されているという事実を隠すのに綺能秘密法が使われ続けた、そういうことなんでしょう。理由なんかいまさら聞くまでもない。あなたたちは〈超人〉を独占して、次の戦争ではそれを主役にしようとでも考えているんでしょう。だとしたら――」

「木更さん、その人が」

芳村が叫んだ。嘉津馬が振り向くと、尾上が激しく身体をよじらせ、目を思いっきりむきだしていた。下水管から水が溢れるような音が喉から響いている。肺が破れていたのか、どこか別の内臓から出血したのか、血が気管に流れ込み尾上の呼吸を止めている。

嘉津馬は尾上を抱き起こしたが、彼の知識ではどうすることもできない。

「おい、尾上、しっかりしてくれ。お前、ドゥマのこと調べていたって、なんでオレに話してくれなかったんだ。もしかして彼女のためか。彼女にたのまれてそれで……」

自分でも支離滅裂なことを云いながら、尾上の身体をトランクから引きずり下ろそうとする。彼の口から溢れる気泡まじりの血液が足元を濡らしていく。

どうしてこんなことになってしまったのか。嘉津馬はいま目の前で起こっていることがどうしても受け入れられなかった。

尾上がドゥマのことを嘉津馬に隠していたのは、明美と一緒に調べ物をしていると嘉津馬に云えなかったためか。だとしたらこうなってしまったのは全部嘉津馬のせいなのか。

そもそもTTHで尾上と恵子を行かせてしまったのが失敗だったのではないか。あのとき尾上も恵子も明らかにおかしかった。あの場で二人を引き留め、ドゥマを探していたのだろうことを話させておけば。いや、人目のある所にさえおいていれば、あのコートの男たちに見つかり、こんな目に遭わされることもなかったはずだ。

こんなことがあっていいわけがない。戦争にも行かないで済み、戦後の食糧難もなんとか切り抜けてきた自分たちが、なぜこんな唐突な暴力にさらされて死ななければいけないというのか。これが現実だというなら、現実のほうが間違っている。

この世には〈超人〉がいるというのに——

(そうだ、時丸なら)

嘉津馬の脳裏で閃くものがあった。

『忍びの時丸』でもこんな危機は何度もあった。目の前で大切な江戸の大殿が暗殺されてしまった時丸は、例の時計を使って時間を戻り、暗殺される前の大殿を無事に救出させようとするのだ。

時間を戻して人の命を救うなど、現実と物語を取り違えて混乱している？　いや、そうではない。現に嘉津馬は昨日、一度目とは違う行動をとることでスタジオで惨劇を起こさせることなく、無事に放送を終えることができた。ＦＤの船村も、劇団員たちも一人も死なせずに済んだ。ここにいる久子だってあのときは逃げ惑っていたのが、なにごともなくこうしてぴんぴんしている。それはすべてあのとき嘉津馬が時を遡った結果ではないのか。

妄想ではない、オレは時間を超えた、タイムトリップをして歴史を変えたのだ。

『もはやこれは〈超人〉の所業だよっ！』

そう断言したのは昨夜の尾上ではないか。その尾上を救うために、自分のあの力をもう一度使うことができるなら、それこそ神が嘉津馬に与えた使命、とでもいうべきではないのか。

これまでの人生で嘉津馬は自分が〈超人〉だなどと一度だって考えたことはなかった。〈超人〉とは雑誌の中にいるものであり、それが神化一五年のオリンピック中継を見たとき、テレビの中にいる者に変わり、そして父がまたその代表ともなった。嘉津馬にとって〈超人〉とは父だった。自分は決してそうはなれないもの。しかし、父が云っていたように、もしかしたら自分はずっと〈超人〉になりたいと願っていたのではないか。

金子に〈超人〉だと云われてあのときは否定したが、内心ではそう云われることに誇りを感じていなかったか。

『負けたくない』とは、〈超人〉になることをあきらめてしまいたくない、という内心の秘密が言葉になったものではなかったのか。

嘉津馬は決意した。なによりも目の前で顔を青黒く変色させて悶絶する友人を見捨てることなどできなかった。

尾上の手を摑み、祈る。どうやればいいかわからないから、とにかく頭の中で〈時丸〉を真似て叫んだ。

(時よ……戻れっ！)

十九

(時よ、戻れ。午前中のTTHへ、あの四・五階で尾上と恵子と出会ったときまで戻ってくれ。そうすればオレは二人を引き留める。あのときはお互いに『ドゥマ』のことを調べているという情報交換をしなかった。なぜ恵子がそこに絡んでいるのかはわからないが、それも話し合えばわかるだろう)

とにかく今は尾上の命を救いたかった。そのためには数時間前に戻り、尾上がさらわれるのを避けるのが最適だと思われた。

(時よ、戻れ、戻ってくれ)

嘉津馬は念じた。念じ続けた。だが目の前の風景はいつまで経っても変わらない。いや尾上の喉から響く、下水が溢れるような音がどんどん弱々しくなり、腫れあがったまぶたの下からわずかに見えているその瞳は光を失いつつあった。

芳村も久子も嘉津馬の横にきて、この状況をただ見つめている。一度や二度は目の前で人が死んでいくのを見てきた世代だ。だからこそもう尾上に手の施しようがないのはわかっているのだろう。尾上の手をさするようにしてなにかを念じている嘉津馬の姿が彼らには、無事に極楽浄土にたどりつけるよう末期《まつご》の念仏を唱えてやっているように見えているのかも知れない。

だが嘉津馬は一心不乱に昨日のCスタジオでの光景を思い浮かべていた。あのとき、目の前にドゥマが立ち、その左前肢が嘉津馬の額を横殴りに叩き付けようとした瞬間、頭がもぎ取られたと覚悟したまさにそのとき嘉津馬の意識は一瞬途絶え、そして何ごともない四十分前のスタジオフロアに立っていたのだ。

どうすればいいのかわからない。念じるだけではだめなのか。では、たとえば頭に強いショックを与えるとか。

嘉津馬はもはや正常な判断力などなくしていた。大きく首をのけぞらせ、思いっきり額をトランクの端に叩き付ける。かけていた眼鏡が地面に落ちた。なにも起きない。もう一度、嘉津馬が試みようとすると、久子が抱きついてきた。

「なにしてるの、木更くん」

突然頭をぶつけ始めたのだ。止めるのが普通だろう。だが嘉津馬はその手を振りほどく。

「やめてくれ、時間を戻すんだ、そうしなければ尾上は。尾上は」

そう叫ぶ嘉津馬を久子は怯えた目で見た。友人の死を前にして正気を失ったか、と思ったのだろう。どう思われても構わない。嘉津馬はもう一度首を大きくのけぞらせた。

「……御臨終、みたいです」

尾上の首筋に手をやっていた芳村が、そう呟いた。もうとっくに尾上の喉の奥からなんの音もしなくなっており、眼は閉じられ、全身から力は抜けてトランクの床に横たわっている。吐き出された血は車の周囲いっぱいに広がり、その場にいる全員の靴を濡らしていた。

近づいてきた千田が医師のような手つきで尾上の眼を開き、瞳孔の散大を確認した。

「確かに、死んでいる。バトラたちめ、なんということを」

そう云うと千田はまっすぐひとがた座に向かって歩き出した。

(バトラとはなんだ)

という質問が出かかったが、それがあのコートに中折れ帽の男たちの名前であることは想像がついた。あるいはその中心にいたひときわ身体が大きく、顔をサングラスとマフラーで覆っていたあの男がバトラなのかも知れない。

尾上の死を前に、冷静に行動を起こした千田への怒りよりも、嘉津馬にはいま目の前の現実を受け入れることが必要だった。尾上は呼吸を止めている。握りしめた嘉津馬の手の中で、生の名残りが失われていくのが感じられた。

友人が死に、嘉津馬はその前で無力だった。自分が〈超人〉ではないか、と一瞬でも信じた愚かしさが許せなかった。

いまの嘉津馬にできること、それは——

「どこに行くんですか、木更さん。この人はどうするんです」

芳村がそう声をかけたが、嘉津馬は千田の後を追ってひとがた座へ向かっていた。

ひとがた座の若者たちが政治活動をしているのか、嘉津馬は知らない。

だがいまはっきりとわかるのは、ドゥマと彼らは繋がっているということだ。尾上や千田がここに現われたのがなによりの理由だ。

いやそもそも昨日のCスタジオでマイクが収音した洞窟に風が吹き抜けるような音、それはかつて金子が四・五階で聞いた、おそらくはあの隠し部屋に監禁されていたドゥマの息遣いと同じものだったに違いない。同じセットの中にいてそれにひとがた座の演者たちが気づかないわけがない。彼らは最初からドゥマがそこにいるのを知っていた、もっと言えばドゥマをそこに導き入れていたのだ。理由などわからない。もはやどうでもいい。彼らのせいであのバトラという男たちが現われた。同じくドゥマを追っていた尾上がTTHに来て、バトラに捕まることになった。

理不尽とはわかっていても、嘉津馬の怒りはひとがた座に向いていた。すべてはそこから起こったことのように思えた。

しかも昨日のスタジオで、暴れ狂うドゥマに団員たちが殺されるのを見ていられず、一度時が戻ったあと嘉津馬は彼らの命を救うために知恵をめぐらしたのだ。結果として一人の犠牲も出すことなく、自分は時間の流れを変えることができたのかも知れない、とまでうぬぼれていた。いま嘉津馬は自分が為した選択によって昨日の惨劇を阻止した代償として、尾上が死んだように感じていた。だとしたら自分は〈超人〉どころか、間接的な殺人者ではないか。

とにかくひとがた座の若者たちに会わねば。

嘉津馬は稽古場に飛び込んでいた。

戦時中、名古屋は空襲にも、大型の地震にも襲われ、多くの犠牲者を出した。運びきれない亡骸《なきがら》の多くが道端に積み上げられている光景に、小学生だった嘉津馬は遭遇したことがある。

そのときと同じ匂いが、板張りの稽古場の中に充満していた。

人形たちが、散乱している。『時丸』の棒操り人形たちだ。普段ひとがた座の演者たちは『主役は私たちではなく、この人形です』と云い、人形をとても大事にしていた。持ち運びではかならず手で抱え、高く持ち上げる。決して床に置いたりしない。しかしいまはそれが床のあちこちにバラバラに倒れ、手足や棒が飛び散っていた。

時丸が、その兄弟子の飛丸が、支配頭の大丸が、江戸の大殿と言われる着物を何枚も着込んだ恰幅のいい人形も、まともな姿のものは一つもなかった。

その周囲に、ひとがた座の若者たちが同じように倒れていた。まるで人形と対になっているように、若者たちは人形と同じポーズをとって床に倒れ、苦悶の顔を天井に向けている。手足の千切れた人形の横では、人間の手足も千切れていた。

そこに生きているものは一人もない。ひとがた座は全滅させられていた。

ある者は首を折られ、ある者は手足を引き抜かれ、またある者は胸や腹に巨大な穴をあけられていた。彼らの周囲には血の海が生まれ、それはまだ凝固していなかった。

呆然とその場に膝をついた嘉津馬を追って、芳村と久子が飛び込んできたが、久子は一声悲鳴をあげて、建物の外に逃げ出した。芳村はそれでも嘉津馬の横に擦り膝で近づいた、腰が抜けて立って歩けないらしい。

「いったい誰がこんなことを」

「あいつらだ、昨日スタジオにきた、コートに帽子の——バトラとかいう」

「いいや、そうではない」嘉津馬の声を遮り、千田が現われていた。左手でハンカチを口と鼻に当てている。右手はスーツのポケットに突っ込まれたままだった。

「傷を見ればわかる、これはドゥマの仕業だ」

「ドゥマ……あの怪物がここにいたというんですか」

「あの怪物？　まるで見たことがあるように云う。まさか知ってるのか、いまドゥマがどこにいるか」

千田が眉をひそめた。

「ひとがた座の中にドゥマがまぎれこんでいることは情報を得ていた。だが私はそれをバトラたちには伝えなかった。彼らは日本の民間人だろうと容赦しない、どんなことをしてでもドゥマを見つけようとするだろう。私は穏便に解決しようとしていたんだ」

「だがバトラたちは尾上を拷問し、ここにドゥマが隠されていることを聞き出したんだろう」

「番組打ち切りの形でひとがた座とTTHの関係をなかったことにして、その上で穏便にドゥマの引き渡しを迫るつもりだった。そうすれば少なくともドゥマの姿を生中継するという、池袋恵子の馬鹿げた企みは阻止できると考えた」

「恵子さん、そうだ、彼女はどこにいる」

「あっちにいるよ」と千田は奥の扉を指した。「さっきまで息はあったが、いまはもうない」

千田が右手を出すと、そこには拳銃が握られていた。それは何年か前、千田からだといってスタジオに届けられたあの拳銃と同じものに見えた。

「さて、私はバトラたちとドゥマを追いかけなければいけない。おそらくバトラたちがここに乱入し、それでドゥマが刺激され正気を失い、このようなことになったのだろう。だがもちろんそんな形で報じられるわけにはいかない。すべては暴力学生たちの内紛ということでかたをつけるしかないだろう」

千田がなにを云わんとしているのか、嘉津馬には明瞭に理解できた。

「劇団に暴力学生が潜伏していることがわかり、番組の打ち切りが決まり、ディレクターがそれを伝えにきた。そこで騒動が起こり、団員たちはお互いに殺し合い、ディレクターも巻き添えをくって……死亡する。そんな筋書のニュースになるんだろうな」

「やはりあなたの台本は素晴らしい、惜しいな」

千田の銃口が嘉津馬に向いた。

嘉津馬は無意識に芳村をかばった。彼は関係ない、ただ運転手がわりにここについてきてもらっただけだ。

「芳村さん、あなたは久子を連れて逃げてください。何も見てない、あなたは何も見てないんだ」

嘉津馬の声をかき消して銃声が響いた。

「木更くん、そこに立たれちゃ邪魔」

久子が背中にぶつかってきた。

(莫迦っ、なんで戻ってきたんだ)

と怒鳴りかけて、嘉津馬は目の前の光景に言葉を失う。

天井からのライトが、江戸時代の森を模したセットを照らしている。

大勢のスタッフたちが行きかうなか、時丸の人形を抱いた島田俊之が、池袋恵子の構えるカメラにおさまってご満悦だ。

ひとがた座の若者たちがセットの中で中腰になって、人形の操作の段取りを確認していた。

そこは確かにCスタジオだった。

「なんで放送の直前に、雑誌の取材なんて入れるわけ」

と久子が怒りの声をあげる。だが嘉津馬はそちらを振り向く余裕もなかった。

すべては同じだった。Cスタジオ、それも昨日の夕方とまったく同じ光景だ。

時計を見ると五時五十五分。

もしこれが金曜日のCスタジオならば、俊之が来ているはずがないし、セットも城が用意されていなければならない。

それでも念のため、久子の抱える台本の表紙を見る。そこには確かに第四四回、とある。

間もなく『忍びの時丸』第四四回の生放送が始まるのだ。嘉津馬にとってはそれは三度目の繰り返しということになる。

(なんだ――なんだ、これは)

立ち尽くす嘉津馬をもはや誰も気にすることなく、スタッフの準備が淡々と進められていた。

二十

『忍びの時丸』第四四回の生放送まであと四十分。嘉津馬にとってはそれは三度目の体験だが、ここにいるスタッフや劇団員たちにとってはそうではない。

このままなにもしなければ、放送開始直前に千田とコートに中折れ帽の男たちが乱入してきて、セットの下から現われた怪物ドゥマによる虐殺が開始されることを嘉津馬は知っている。

先にスタッフや団員を一度外に出せば、虐殺は回避される。だがドゥマはどこかに消えてしまう。そして翌日になって尾上も劇団員たちも殺されてしまうのだ。そして多分千田によって久子も、芳村も、嘉津馬自身も殺されるはずだ。

では、どうすればいいのか。

(どういうことなんだ、なぜオレだけが時間を繰り返している。いや——繰り返させられているんだ)

既に自分が〈超人〉などではないことは、思い知っている。尾上の死を前にして、時間を遡る力を発揮しようとしたが、なにごとも起こらなかった。だからいま起きている現象が自分の力によるものだとはどうしても思えなかった。

ならばこれは自然現象なのか。突如気まぐれに吹き寄せた突風が帽子を飛ばすように、嘉津馬だけが時間の落とし穴のようなところにはまりこんでしまい、そこを何度も何度も往復しているとでもいうのだろうか。

それにしてはあまりに偶然が過ぎるのではないだろうか。一度目はドゥマに殺されかけたときであり、二度目は千田の銃がいままさに発射されようとしたとき。まさに運命が尽きようとしたとき、まったく同じ、この木曜の午後五時五十五分のCスタジオに戻された。そして嘉津馬以外は誰もそれに気づいた様子はない。

（これではまるで、ふりだしにもどる、だ）

と思った瞬間、閃くものがあった。そうだ、これは双六の〈ふりだし〉なのではないか。最初はドゥマがスタジオで暴れ、二度目はうまくいったように見えたが結局もっと多くの人々が殺された。これは〈あがり〉とは縁遠い結果だ。

だから嘉津馬は戻された。もう一度〈ふりだし〉からやり直すために。

初期の『忍びの時丸』にこんな話があった。時丸は江戸の大殿がつり天井で殺される現場に立ち会い、時間を戻して大殿を危険な部屋から連れ出す。これで大殿はつり天井で暗

丸はそれでももう一度時間を遡り、大殿を刺客からも守ることに成功。だが敵の動きを知っていたことから、時丸は逆に疑いの目を向けられてしまう。『まるでこれからなにが起こるかすべて知っていたようではないか。忍びの時丸、お前こそが大殿の命を狙っていたに相違ない！』

と、いうわけだ。

時丸の持つ時計は、同じ場所で三回まで時間を戻すことができる。そのとき時丸は二回まで使っていたから、もう一度だけチャンスがあった。それを使って自分にかけられた疑惑を晴らせないか、と考える時丸。このとき嘉津馬も作者として解決法に散々頭を悩ませた。たとえば大殿たちに見つからないよう先回りして刺客を倒すとか。しかしそのためにはつり天井の間から大殿を助け出すことができない。時丸はあれやこれやと悩んだ挙句、裏切り者の汚名を着せられたまま、抜け忍となる道を選択するのである。

このエピソードは、嘉津馬と明美が時丸に与えた不思議なカラクリ時計が、どこまでの力を持っているのか、を示すために作ったものだった。時丸は敵に待ち伏せされようと、落とし穴があろうと、大切な密書を盗まれようと、時を遡ればそれを回避することができる。テレビの前の子どもたちにとって自分もそんな時計が欲しくなるような憧れの能力として描いた。だがそのうちに「この時計があれば人の命も救えるのだろうか」と嘉津馬は思うようになった。時丸が危機一髪で自分自身を救うのはいい。だがその力で他人の命まで簡単に救うことができたら、時丸は本当に無敵の超人だということになってしまう。その力はほとんど神に近い。

実は放送されたエピソードの中ではまだ明らかにしていないが『忍びの時丸』は単なる時代劇でもSFでもなく、嘉津馬と明美が仕掛けたある謎を秘めている。それは時丸にカラクリ時計を渡した少女の存在だ。島原の乱で少女から託された時計、それは歴史を変える力すらもっている。そして実はそれが少女の目的だったとしたら。未来からきた少女が、歴史を改変させるためにわざと時丸に、未来の技術であるタイムマシンを与えたのだとしたら。そのことを時丸が知ったらどう思うだろうか。

年末に予定されている最終回では、そんな物語を展開させるつもりでいた。だからこそ時丸の力で人の命を救ってしまうことについて、嘉津馬は慎重に描こうと考えた。一つ間違えば時丸が時計の力によって運命や歴史を変えてしまうことを肯定的に描くことになってしまうからだ。

『木更氏は考えすぎですよ。これはSFなんですから、できることはできる、人の命を救えるならそう描いてしまってもかまわないはずです。科学なんですから』

と明美はクールに手紙に書いてきたが、嘉津馬は単純に割り切ることができなかった。悩んだ挙句に何度も何度も命を助けようとしては失敗し、最後にはなんとか助けることには成功するものの、それによって感謝されるどころか時丸は裏切り者扱いされてしまうという物語にした。明美だけでなく、周囲のスタッフにもあまり評判がよかったとはいえない。そのエピソードは第一五回、放送ではわずか三週目だ。まだ子どもたちが時丸がどんな活躍をするのかわくわくしている段階で見せるには、内容が暗すぎると思われたのだ。それでも嘉津馬は脚本と演出を兼ねていることで無理を押し通した。

嘉津馬にとって〈超人〉は子どものころからの憧れの存在であることは既に何度も記した通りだ。だから本来なら彼が率先して時丸を無敵に描いても不思議ではない。だがそのとき嘉津馬の頭に警報のように鳴り響いていたのは、父からの電話だった。

嘉津馬が人気ドラマを作り続けていると思い込もうとし、それで周囲に対する権威が維持できると思っている父。それをかつて自分が持っていた力の代替としている父。そんな父に違和感を感じながら、決して拒否したり拒絶したりするわけではない自分。

嘉津馬にとっての〈超人〉は、戦後の父の姿によって複雑に変容していた。嘉津馬は時丸にそれを反映させないではいられなかったのだ。だから嘉津馬は時丸の時計を完璧なものにはしなかった。人の命を救えたとしても、そこには多大な犠牲が生じる、と描くことがどうしても必要に思えたのだ。

その時丸が何度も江戸の大殿の命を救う試行錯誤をしたように、嘉津馬はいま自分が、何かの目的のために繰り返し同じ時間に引き戻されているのだ、と考え始めていた。

それが、嘉津馬自身の能力でないとすれば——。

嘉津馬は思わず周囲をうかがった。

そうだ、誰かが嘉津馬をこの時間に引き戻している。そんな〈超人〉がすぐ傍にいるとしたら。それは前回も、その前も嘉津馬のすぐ近くにいた人物に違いない。ドゥマが惨劇を繰り広げたとき、そしてひとがた座、その両方にいた人物はおのずと限られる。さっき嘉津馬に声をかけてきたスタジオ・ディレクターの柳瀬久子もその一人だ。そしてフランクリン・千田。それに池袋恵子。いまスタジオの隅でトシマル君の取材をしている彼女、ひとがた座で千田は彼女が死んでいると云ったが、嘉津馬はそれを見たわけではない。そして——。

「申し訳ありません、あいつまだまだ本当に子どもで」

そう声をかけてきたのはトシマル君の付け人である芳村だ。彼もまたひとがた座とCスタジオ、嘉津馬の二度のタイムトリップのときすぐ近くにいた。だがそのうちの誰にしても〈超人〉のイメージには程遠い。

だがこれ以上考えている時間は嘉津馬には与えられていなかった。既に時計は六時を指そうとしている。このままなにもしなければ、千田とバトラたちが現われスタジオは大混乱となる。かといって先にスタジオを無人にしてもそれでは翌日の尾上とひとがた座の惨劇を食い止めることはできない。

時丸は同じ時を三回遡ることができる。嘉津馬にあと一度が許されているのかはわからない。

だが明らかに何者かが嘉津馬に『何か』をさせようとしている。

その真の狙いが何であるにせよ、嘉津馬はそれに従うしかなかった。Cスタジオでも、ひとがた座でも、一人の死者も出すことはできない。それはプロデューサー/ディレクターとしての責任感というよりも、人間として当たり前の感情だった。

(よし、わかった。何度繰り返したとしても、オレは必ず無事に番組を送り届けてやる)

そのとき、視界に再び池袋恵子が入ってきた。朗《ほが》らかにトシマル君にカメラを向けている。

(――尾上はオレの話を聞いて、一番に池袋恵子に接触した。本当に昔からの知り合いだったかどうかはわからないが。オレの話のどこで恵子とドゥマがつながると気づいたんだ)

そこまで考えて嘉津馬は、ようやく自分が見落としていたことに気づいた。推理劇を書こうとしていた者としては失格だ。

(なんだ、単純なことじゃないか)

と、小さな悲鳴のような声が聞こえた。振り向くと久子がいて、嘉津馬の足元を指さしている。

「き、木更君、あなた、なにやってんの」

ひきつったその視線の先には、真っ赤に染まった嘉津馬自身のズボンと靴があった。もちろん尾上が残した痕跡だ。思わず嘉津馬は久子、そして芳村の足元を見た。記憶では二人とも血だまりに足を突っ込んでいたはずだが、まるで奇麗なままだった。やはりタイムトリップしてきたのは嘉津馬一人なのだろうか。

「ああ、すまない、ジュースをこぼしたんだ」

「トマトジュース？　そんなもの食堂にあったっけ」

「それより今から全員スタジオの外に出てください」

嘉津馬は突然、声を張り上げた。久子も芳村も目を丸くする。恵子がこちらを見るのがわかった。セットから顔を出したひとがた座の若者たちの顔色も悪い。いまでは嘉津馬はそれらの理由をすべて理解することができた。

「スタジオの安全を確認します、全員外に出てください」

二十一

このころの映画館は一度入ってしまえば、終映まで何度でも同じ映画を見続けることができた。明美はアメリカから輸入されるアニメ映画を朝から晩まで何度も繰り返し観たことを自慢していたが、そこまでではないものの嘉津馬も気に入った西部劇などはそのまま二回三回と観ることがたまにあった。

（同じ映画をもう一度観ている、あの感覚だな）

嘉津馬は目前の光景を眺めながら、そう考えていた。

すべては一度経験した通りなのだ。嘉津馬は不審人物がスタジオに入りこんだという情報が上からあり、間もなく顧問のフランクリン・千田が現われることも一同に告げた。既にＧＨＱが去って九年が経っているとはいえ、米軍関係者の名前はここで働く者たちにそれなりに影響力を持つ。そしてこの場合質問してもムダだということも感じ取らせることができた。

ひとがた座の劇団員たちが率先してスタジオを出ていく。手には高くそれぞれの担当の人形を掲げている。その中には、ひとがた座の稽古場で嘉津馬が目撃した死体の顔が多く含まれていたが、嘉津馬は必死に思い出すまいとした。あれは確かに起こったことかも知れないが、しかしいまはまだ起こっていないことなのだ。それを知っているのは嘉津馬と――おそらくは嘉津馬の時間を巻き戻している〈超人〉だけだ。

リハーサルの時間が一秒でも惜しいはずの彼らが、スタジオから退去することに文句を言わない理由もいまならばわかる。彼らは『不審人物』という言葉に、自分たちが企んでいたことが露見したと悟ったのだ。嘉津馬の上司たちが云っていたように、生放送中に混乱を起こすのが目的だったかどうかはわからない。だがセットの中にいたドゥマのことを彼らが知らずにいたとは、もう嘉津馬には思えなくなっていた。

若い座員たちにうながされ、不満顔だったスタッフたちも退去していく。前回の記憶では嘉津馬はそれらの光景をスタジオの中で見ていた。全員を無事に出したあとで、自分の責任でセットの下を調べるつもりだったからだ。だがいまの嘉津馬はそんなことをしても何も見つからないことはわかっている。

だから嘉津馬はスタジオの扉のすぐ外側に黙って立っていた。

ようやく待望の人物が外に出てきた。緊張した顔の恵子だ。その横には首からカメラを提げた男性がいる、野球帽で顔はよくわからないがかなりの長身だ。

二人はスタッフや団員たちでごった返している廊下を抜けて、そのままエレベーターに向かおうとしていた。嘉津馬はすぐ後を追い、静かに声をかけた。

「池袋さん」

　恵子が振り向く。男性は無言で背を向けたままだ。

「今日はどうもありがとうございました」作り笑いで恵子が頭を下げた。「なんだか大変そうなので、部外者はそろそろ失礼します」

「こちらこそありがとうございました、ところで記事はいつ頃掲載の予定でしたっけ」

「え」予想外の質問だったのか、恵子の表情が強張《こわば》った。だがすぐにまた笑顔を取り戻すと「雑誌の創刊は五月を予定しています。その巻頭のグラビアで」

「大変ですね、女性記者というだけでもいろいろと珍しがられるでしょうに、写真撮影までお一人でこなされるなんて」

　今度こそ恵子の顔から笑いが消えた。一瞬、あの音が聞こえた。洞窟の中を吹き抜ける風のような、七年前、金子が四・五階の廊下で耳にし、嘉津馬たちが副調整室《サブ》のヘッドフォンで聞き取った、あの不気味な。

　嘉津馬は恐怖に耐えて、言葉をつづけた。

「雑誌記者とカメラマン、二人が一緒に行動しているのはTTHでも見慣れた光景です。そもそも一人で取材に来られる方のほうが珍しいかも知れない。だからあなたが、そちらのカメラを提げた男性と二人でスタジオを出ていくときも一度目はあまりに自然で、つい見逃してしまったんですよ」

「一度目？」恵子が不思議そうな声を出したが、無視してさらに畳み込むように話を続ける。

「あなたはトシマル君、いや島田俊之くんにインタビューしながら自分で撮影していましたよね」

そうだ、恵子はトシマル君が時丸の人形を抱えて機嫌よく話す様子に自らカメラを向けていた。嘉津馬はそれを目にしていたのだ。

そういえばこの話をしたとき尾上は『その女性記者もスタジオを出ていったんだな、カメラマンと一緒に』とわざわざ口を挟んだ記憶がある。そのときCスタジオが無人になったということを確認したにすぎないと聞き流していたが、いま思えば嘉津馬の断片的な話の中から、彼は真実を見抜いていた。だからこそおそらくは寝たふりをして話を誤魔化し、そのあと恵子に連絡をとったのだ。

それは嘉津馬にとっては過去のことだが、恵子や尾上にとっては今夜これから起こることだ——いや、それを起こさせないために、いま嘉津馬は自分の持つ唯一の能力を使っている。言葉、という武器を。

「最初からずっとお一人だった、それがいまCスタジオから退去するときになって突然、その人がどこからか現われた」

嘉津馬は男性を見た。男性もようやく嘉津馬に身体を向ける。ガッシリとした肩幅、それとは不似合いな細い下半身が印象的だ。野球帽で影になった目は、嘉津馬を真っ直ぐ射抜くようだ。

「ああ、やだなあ木更さん、勘違いしてますよ、この人は」

恵子が言い訳をしようとしたが、それも遮る。

「カメラを持ってもらっただけで、たまたまそこにいた劇団員さん、ですか。それとも撮影には間に合わなかった編集部の人があとから来た、とか。そんな言い訳は聞きたくありません。オレはスタジオからみなさんに出ていくように云ったときからずっと、恵子さん、あなたの動きだけを見ていたんです、気づきませんでしたか」

それだけで十分だったのだろう。恵子は観念した顔になってうなだれた。

さきほど恵子は取材相手だったトシマル君をさりげなく芳村の元に帰すと、なぜか出口とは逆のセットへと向かったのだ。セットの間にしゃがみこんで、三十秒ほどだったろうか、次に彼女が姿を見せたとき、この男が後ろに付き従っていた。男が恵子から受け取ったカメラを首から提げる場面を、おそらく嘉津馬だけがはっきり目撃していた。

嘉津馬は少し腰をかがめて、野球帽の下を覗き込むようにして云った。

「あなたがドゥマですね」

あの異音が、はじめて直接嘉津馬の耳に響いた。男の唇の間から、それははっきりと漏れだしていた。

「おいおい、木更氏、驚いたな、君とその話をした記憶はないんだが」

局の廊下の赤電話から聞こえる尾上の声は、いつもと同じで明るく、どこか芝居がかった諧謔味も漂わせていた。ときには鼻について聞こえることもあるその声が、いまはとても懐かしく、安心させてくれるものだった。

ひとがた座で千田に銃を突き付けられた金曜日の昼過ぎから、前日である木曜の夕方にタイムトリップしたと気づいたとき、一番に確認したかったのは尾上の安否だった。

既に一度目のタイムトリップ（だというのも尾上の断定でしかなかったが、いまとなってはそうとしか考えられなくなっている）で、ドゥマの犠牲になったはずの船村や団員たちが、遡った時間では無事でありそのまま何ごともなく生放送を開始できたことを経験しているとはいえ、自分の手の中で壮絶に息を引き取った尾上が、この時間の中で無事に存在しているのか、やはり確かめるまでは不安で仕方なかった。

恵子と野球帽の男を四・五階のあの隠し部屋に送り届け、もしここから勝手に動いたりすればフランクリン・千田たちがすぐにやってくると、我ながら慣れない脅迫じみた言辞を弄した嘉津馬は、生放送開始まであと十五分というギリギリのタイミングでありながら、どうしても尾上に電話せずにはおれなかったのだ。

そしてもう一つ、尾上の口から聞きたいことがあった。

隠し部屋に入ってからのことだった。野球帽の男は、意外なことに普通の日本人の顔をしていた。帽子はてっきりあの毛むくじゃらの獣の顔を隠すためだと思ったのだが、そうではなかった。思わずまじまじと見つめてしまった嘉津馬に、だが男はいきなり手を伸ばすと髪の毛を摑み、そのまま嘉津馬の全身を高く持ち上げたのだ。驚くべき狂暴性、そして腕力。そしてその瞳が変化していた。人間のものではない。あのとき嘉津馬が見た獣、ドゥマのものに。

この男は〈変身〉するのだ、と嘉津馬は悟った。父も云っていたではないか。『獣になると見境がなくなる』。こうも云っていた、『獣の姿にされた』と。これこそが日本陸軍がひそかに組織した〈猟豹部隊〉の真の姿。普段は人間の姿でありながら、ひとたび必要にかられれば二本脚で立つ獣へと変身する。元々腕力は通常の人間より優れているが、変身することで骨格や筋組織が変形し、より強力な力が引き出せるようになるのだろう。牙や爪といった鋭利な武器も体内から出現し、なによりおそらくは脳の『人間』の部分が抑制されて、原始的で本能的な部位の活動が優先されるため、反射神経などが鋭敏になり、攻撃には邪魔となる理性的な判断力などは鈍化するのではないか。〈変身〉は単に姿を変えて相手に畏怖を感じさせるためではなく、人間を超人化するのに必要なプロセスなのだ。

持ち前のSFの知識を動員してそこまで推理することはできたが、髪の毛を摑まれて吊り上げられた体勢から脱出する術はまったく思い浮かばない。やはりなんの用意もないまま恵子と男を呼び止めたのは無謀だったのか。だがあのまま二人を見逃せば、恵子はドゥマを翌日ひとがた座に連れていき、そして惨劇が起きる。それを止めるためには……。

「やめて、兄さん」

恵子の声が響いた。と、男の力が抜け、嘉津馬は床に落下する。男の指にからみついた何本かの髪の毛が引き抜かれて、鋭い痛みが頭頂と、尾骶骨に同時に響いた。

「落ち着いて、兄さん、大丈夫だから」

恵子は、そう繰り返し、男に語りかけた。

「池袋ってのは母方の姓だそうだ。彼女の本名は谺《こだま》というんだよ」

尾上は電話の向こうで、明るく話し続けていた。自分の好きな超人やSFや漫画の話になると、聞かれてもいないことまで話し続けてしまうのは、明美も嘉津馬も変わらない。普段の生活で滅多に話すこともない話題だから、ついつい思いつくままに語りたくなってしまうのだ。

「彼女は大学の後輩でね。そうか、木更氏のところに取材にね。雑誌記者になったなんて初耳だが」

実際には尾上と恵子が知り合いであったと知ったのは、彼らがTTHに入りこんでいるのに遭遇したときのことだ。それは金曜日の午前中に起きたことだから、いまの時点では嘉津馬はそんなことはなにも知らないはずだ。だが『明日の君から聞いたんだが』などと話してもまともに取り合ってはくれまい。

だから嘉津馬は話の前後を入れ替えて、雑誌記者の恵子と話していたら、尾上と知り合いだとわかり、しかも戦時中の猟豹部隊について二人で調べているらしいがそうなのか、という質問をぶつけてみたのだ。尾上は驚くほどあっさりとそれを認めた。

「ドゥマと猟豹部隊については、子どものころから興味があってね。いつか小説の題材にしたいと思っていた。どうやら、戦後彼らは米軍に引き渡されたというのがわかったので、苦労して英語で情報を請求しているんだが、こちらはなしのつぶてなんだ」

「小説――、漫画のためじゃないのか」

「漫画？　どういう意味だ。漫画雑誌はどこも超人ものなんてやらせちゃくれないのは木更氏もよく知っているじゃないか」

嘉津馬は自分の勘違いに気づいて、一人赤面した。尾上がドゥマに興味をもっていると知って以来、それが明美との関係によるものだと思い込んでしまっていた。明美がドゥマのことを調べている、と聞いたばかりに、尾上もそれに協力していると勝手につなげて考えていたのだ。だからこそ尾上は昨夜、いや正確には今夜これからだが、嘉津馬から二本脚の獣の話を聞いたとき、わざとドゥマも鹿野の名前も知らないふりをして、寝たふりをして恵子に連絡をとったのではないか、と。もちろんそれは嘉津馬に黙って明美と深い関係になっているために、そのことを隠すためにしたのだ——だがそれはまさしく下種《げす》の勘繰りだったのか。

いまの尾上の口調に嘘は感じられなかった。むしろ嘘をついていたのは嘉津馬の方だ。明美から電話があったとき、すぐそばに尾上もいたにもかかわらず二人にそれを告げず、深夜の公園で二人きりで明美に会うことを望んだ。自分がそんな嘘をつくからといって、親友の尾上もまた嘘をつくとは限らない。いや、自分と同じように嘘をついていてほしいという願望が、勝手に考えを捻じ曲げていたのではないだろうか。嘉津馬はこれが電話だったことに深く感謝していた。いま自分の頬はこの赤電話よりもはるかに真っ赤に染まっているはずだった。

「それで日本でいろいろと関係者を探すうちに、なんとドゥマの親族に行きあたったんだよ。そりゃドゥマだ超人だといっても元は立派な日本人だ。彼の父は海外の鉱山開発を行なう会社の社員で、戦前、南方のビヤボムとかいう島に息子と共に赴きそこで未知の鉱物を発見した。しかし原住民とトラブルを起こし……父親は死亡、まだ幼かった息子は呪いをかけられたというんだな。すぐには信じられない話だが、実際呪いによって生まれた超人という例はいくつもあるから否定することもできない」

「呪い。つまり二本脚の獣に変わる呪いということなのか」

「そういうことになるんだろうな。人間が獣に変わる伝承は世界中に多い、狼男とかね。私が以前から書きたいと思っている小説も日本古代に実在したと思われる獣人をモチーフにしたものだから、動物の力を兼ね備えた超人というのは一定の数いたんじゃないかと思う。ああ、ドゥマの本名は谺勲《いさお》、偶然にもその歳の離れた妹が大学の後輩だということを知り、私は何度も話を聞かせてくれるように頼みこんでいたというわけさ」

嘉津馬はさきほどの恵子の言葉に嘘がなかったことを知った。彼女は男に『兄さん』と呼びかけた。彼女の元の名は谺恵子、そしてあの野球帽の男は谺勲、ドゥマなのだ。

「事情はわかった、しかし少しはオレに話してくれてもよかったんじゃないか」

「アイデアを盗まれると思って隠していたとでも思ったのかい、木更氏にかぎってそんなことはしないと知っているよ。君に話さなかったのは、危険だからだ」

「危険？」

「猟豹部隊のことを調べ始めてから、何度も脅迫めいた手紙を受け取っている。どうも彼らは軍属だったというものの、獣の姿に変わるということで、軍隊の中で虐待を受けていたようなんだな。いまになってそれらが明るみに出るのではないか、と考えている連中もいるようなんだ」

それはいかにもありそうなことだった。父の声からもドゥマたちをどこか下に置いているような空気は感じられた。旧軍では普通の人間同士であっても階級差や、出身地などによって上下のいじめが簡単に生まれたと聞いている。それが獣のような人間となればなおさらだろう。しかしドゥマたちから復讐されることを恐れるならともかく、自分たちがいじめに加担していたことがばれるのを恐れて、尾上に脅迫文を送り付けてくるとは。戦後十六年経っても、変わったのは外見ばかりということか。

「衙恵子に話を聞いたときも、軍隊時代に兄を知っていたという人間が戦後になって何人も訪ねてきては、仏壇にも向かわず、いかに兄が役立たずで酷い行ないをしていたかということだけを話していったそうでね。要は兄について一切語るな、と口止めしていったわけだ。だから私が話を訊こうとしても、彼女は兄のことをすっかり恥だと思っていて」

放っておけばまだまだ話してくれそうだったが、放送開始時刻が迫っていた。嘉津馬は尾上にいくつかの頼み事をして電話を切った。振り向くと芳村と久子、それにフランクリン・千田が緊張した顔でこちらに向かってくるところだった。

「木更君」最初に怒鳴りつけたのは久子だった。「誰に電話？　スタッフ全員スタジオから追い出しておいて、どうするつもりなの。それにこの人が突然スタジオにきて」

そう指さされた千田は、冷たく嘉津馬を見た。

「昔、会いましたネ、ミーを憶えてマスか」

またあのわざとらしい二世訛りが戻っている。だがそれを全て消し去ったときの冷酷さを知ったいまとなっては、ややおどけたその口調の方がまだ親しみがわいた。

「ええ、千田顧問。上から話は聞いています」

「おや、そうですか、極秘にしておいたんだが、仕方ないネ」

以前にも聞いた台詞を千田は繰り返した。

「不審人物を探しておられるんですよね。実は雑誌記者を騙《かた》ってスタジオに入りこんでいた女がいたんです」

「それは、うちの俊之の写真を撮っていた人のことですか」

芳村が驚いた顔になる。

「はい、池袋恵子と名乗っていますが、本名は彁というようです」

千田の眼がさらに鋭さを増した。

「その女はどこに行きましたカ」

「見たことのない男と二人で、スタジオを出て行きました。後を追ったんですが、楽屋口のあたりで見失ってしまって。多分、車を待たせてあったのだと思います」

千田は頷くとすぐに廊下を駆け戻っていった。Cスタジオのセットの下を探し回っているあのバトラという男たちに嘉津馬の言葉を伝え、恵子と勲の二人を追いかけることになるのだろう。

これで少なくともしばらくは、四・五階に疑いの目が向けられることはないだろう。嘉津馬の予想通りだった。おそらくCスタジオに来るまでに千田たちは四・五階を調べつくしていたはずだ。ドゥマは元々そこにいたのだから。彼らがどこでドゥマが再びTTHに現われるという情報を摑んだのかはわからない。だが彼らがもう一度四・五階を調べるよりは、嘉津馬の言葉を信じて恵子たちのあとを追う確率の方が高い、と考えたのだ。

(それにしても――)

嘉津馬は改めて久子と芳村、そして去って行ったばかりの千田を思った。

嘉津馬がタイムトリップをしたとき、二度ともそばにいたのは偶然にもこの三人である。

(偶然――なのか?)

もう一人、恵子も近くにいたといえなくはないが、彼女がタイムトリップ能力をもっていたなら、兄・勲をあんなに苦労して隠す必要もなかっただろう。

嘉津馬はいま自分の目の前に現われた三人の中に〈超人〉がいる、と考えていた。嘉津馬を二度にわたってタイムトリップさせ、木曜日の午後五時五十五分を三度も繰り返させている犯人だ。

一度目も二度目も、結局ドゥマによる惨劇が繰り返された。それはどうやら〈超人〉にとってお望みの結末ではなかったらしい。彼/彼女は嘉津馬を将棋の駒のように操って、満足のいく方向へ事態を向かわせようとしているのだ。だがその結論がなんであるか、嘉津馬には明かされていない。

嘉津馬も、目の前で起きた虐殺にも等しい光景や、尾上やひとがた座の若者たちの死が、あたかも消しゴムをかけたように取り消され、もう一度それが起こらないように違う道筋を見付けることに異論はない。いわば一つの部屋にいくつもドアがあって、一つ目のドアを出ても、二つ目のドアを出ても恐ろしいことが起きる。だからいまは三つ目のドアをこわごわと開こうとしている状態なのだ。

そのチャンスを与えてくれている正体不明の〈超人〉には、むしろ感謝するべきなのかも知れない。だが、嘉津馬はどうしてもそんな気持ちにはなれなかった。

それは嘉津馬も一人の『物語作家』だからなのだろう。

木曜と金曜を何度か繰り返す中で、一度は自分が〈超人〉なのかと錯覚し、そしてそうではないことを思い知らされた。自分はあくまでも平凡な人間だ。〈超人〉は嘉津馬を利用して、自分にとって理想の結論へと誘導しようとしている。嘉津馬が平凡な弱い人間だからこそ、惨劇が起こらない方向へと進む道を必死に探し続ける、〈超人〉はそこまで計算して嘉津馬を選んだような気がするのだ。

それはいい。尾上や仲間たちが死なないことは歓迎する。

だが――物語の結末だけは、自分で決めたい。それだけは譲れない。もしそれをゆだねてしまったら、『市電裏ばなし』を離れて『忍びの時丸』を始めたこと。いや、自分が〈超人〉でないことは承知で〈超人〉の物語を書こうとした少年時代からいまに至るまでの自分のすべて、誰にも認めてもらえないまま抱えてきた思いを否定することになってしまうのではないか。

（負けたくない）

またあの言葉を呟いて、嘉津馬はCスタジオに急いだ。彼にとっては三度目となる第四回の生放送が、もう間も無くに迫っていた。

二十二

谺勲が、その変わり果てた姿を自宅に現わしたのはこれより二週間前、神化三六年二月の半ばのことだったという。

大学卒業後、家で翻訳のアシスタントをしていた恵子が、玄関戸を叩く音に気づいて開けると、そこに上半身裸の勲が立っていた。

恵子と勲は十歳ほど歳が離れていた。父が南方のビヤボム島に仕事で行くことになったときはまだ恵子は二歳になったばかり、そこで勲の小学校卒業を待って父は彼だけを連れてはるか海をわたり、そして消息を絶ったのだ。

やがて戦争が始まり、突然陸軍司令部から来たという軍人が、勲からの手紙と写真を持って現われた。そこには父の死と、自分が軍属として陸軍に所属することになった経緯が端的に記され、写真にはもはや小学生の面影などない立派な若者の姿があった。使いの軍人は勲が〈超人〉になったのだ、名誉に思いなさいと小声で告げた。

だが戦争が終わっても、勲は帰ってこなかった。母は伝手《つて》をたどり旧軍関係者に問い合わせを続けたが、なぜか誰も口が重く、そもそも最終的にどこの部隊に所属していたのかもわからなかったため、南方からの引き揚げ船を待とうにも何の手がかりもない状態だった。

恵子も、友達の父親が南方に従軍していたと聞くと、会いに行って兄のことを尋ねてみたりしたが、実になる答えは返ってこなかった。GHQが撤退し戦争から十年近く経ってから、突然ちらほらと家を訪ねてくる者たちが現われるようになった。彼らはいずれも暗い目をした元軍人たちで、数名ずつのグループで、鴒勲を知っていたと口にした。母も恵子も既に勲の生存はあきらめかけていて、それでも戦時中の彼の様子だけでも聞ければと歓待するのだが、彼らは一様に『忘れろ』と冷たい言葉を投げかけてきた。

『鴒勲は南方に於いて、多数の同胞を苦しめた、森の悪魔と呼ばれた存在である。日本軍の恥だ。彼のことがおおやけになれば、あなたがた家族も、もっとひどい辱《はずかし》めを受けることになるだろう。このまま忘れてしまったほうがいい』

元より十数年会っていない兄である、恵子には直接目にした想い出よりも、仏壇に飾られた一葉の青年軍属の写真によって形作られたイメージのほうがはるかに大きい。それでも兄はどのような事情でか命を失った父に代わり、立派に国のために戦ったのだということが恵子と母にとっては誇りであり、支えとなっていた。しかし来訪する元軍人の男たちの言葉はそうした二人の思いを打ち砕くものだった。

中でも一人、顔に引き攣《つ》れた傷をもち、片腕を失ったまだ若い元軍人は、恵子に衝撃的な言葉を放った。

『この傷も、この腕も、あんたの兄さんにやられちまったんだよ』

そしてもしも兄が生きて戻って来ることがあったとしても、決して家に入れてはならない。こんな目に遭いたくなかったら、と言い残して二度と姿を見せることはなかった。

同じ頃、大学の先輩だという尾上という作家が、教授の紹介で訪ねてきた。この饒舌なやや自尊心が高そうな男は、『綺能秘密法』の存在などまったく意に介さないが如くに〈超人〉という言葉を一分おきに挟みながら、恵子の兄の消息について聞き出そうとした。そこではじめて恵子は、兄が戦時中『猟豹部隊』という特殊部隊に所属しており、そこではドゥマと呼ばれていたということを知らされたのだった。だが尾上のいう『獣のような姿』とか『無敵の戦闘能力』とかいった説明は荒唐無稽としか思えず、これまでの来訪者たちとはまた違った胡乱さを感じて、あまり詳しい話はしないままお帰りを願うことになった。

古本屋などをまわり戦時中の子ども雑誌を読んでみると、尾上が云っていたようにわずかだがドゥマに触れている記事があった。そこには二本脚のネコ科の獣人が陸軍の制服を着て機関銃を構えている姿が描かれていた。だが別のページには『これが米英の鬼人部隊だ』として、頭から角を生やしたアメリカの〈超人〉たちが輸送機から降下する光景が描かれていたり、『超人機関員大活躍』として戦前から知られる秘境冒険家がチベットの奥地で不思議な少女から不思議な宝石を授かったなどという、空想小説としか思えない内容が次々に描かれていた。ドゥマの活躍もそこに混じるとそれらと大差ない当時の政府による虚偽広告のようにしか見えなかった。

荒々しいタッチで描かれた獣の姿と、写真の中の恥ずかしそうに軍服を着た兄の姿がどうしても重ならないまま過ごすうちに、母が風邪をこじらせてあっという間に亡くなり、とうとう一人になった恵子の家に、突然勲が現われたのだ。

上半身裸で、下半身もどうにかズボンに見えるものをまとっているだけで、夜の住宅地には明らかに異常な姿だったが、恵子には一目で勲だとわかった。長く伸びた髪も、削り取られたようにこけた頰も、写真の中の勲とはまるで違っていたが、それでも彼女がずっと頭の中で思い描いていた兄に、その顔が重なって見えたのだ。

勲を連れてきたのは数人の若者たちで、あとでわかったことだが人形劇団ひとがた座の団員だった。彼らはTTHの局舎内でさ迷い歩いていた勲を偶然見つけ、彼の正体に気づいて保護したのだという。

家に迎え入れられた勲だったが、その記憶は断片的なものでしかなかった。戦時中のことはほとんど話さず、戦後についても米軍に引き渡され、自分がどこにいるかもわからないほど各地を転々とさせられ、最後には窓のない一室に長く監禁されていたことしか憶えていなかった。そこでは定期的に採血されたり、身体に電気を流されるなど目的がよくわからない拷問が繰り返され、そしてある日、唐突に彼の意識は途絶え——気が付いたら、真っ暗な狭い空間にいた。驚いて暴れると目の前を塞いでいた壁が崩れ、外に出られたのだという。彼は自分が監禁されていた部屋の壁の中に閉じ込められていたのだ。TTHの四・五階と呼ばれたフロアにあったあの隠し部屋、嘉津馬と金子が発見した崩れた壁の奥に、勲は塗りこめられていたのだ。おそらく何年にもわたって。

ひとがた座の若者たちは当時の多くの学生たちと同様に反米意識を持っており、勲がかつてTTHに置かれていたGHQの組織の一つによって監禁され、さまざまな実験に使われていたのだろう、と推理していた。そしてそのことに対して恵子以上に怒ってくれた。『このままにしておいてはいけない、あなたのお兄さんは日本軍の、そして連合軍の犠牲者なんです。戦争の犠牲というだけじゃない。いまも綺能秘密法によってその存在をないものにされている〈超人〉たちの象徴ともいえる存在なんです』

そして、勲の存在を大々的に世に知らしめる方法がある、と云ってきたのだ。テレビの生放送というシステムを利用して、警察にも法律にも邪魔されずに真実を直接お茶の間に届けようという企み。

突然現われた兄、その体験、すべてに驚くばかりだった恵子は、当初そんな計画に協力する気にはならなかった。これから兄と二人で暮らしていくことを決意するだけでも精一杯だったのだ。

だが勲はもはや普通の精神状態ではなかった。落ち着いているときは普通に会話もできるのだが、相手が実の妹だと理解しているのかどうかは判然とせず、そもそも自分がどこにいるのかも正確にはわかっていないようだった。そして突如として激昂すると暴力的になり、目の前にあるものを机だろうと障子だろうとあっさりと破壊してしまう。そして突然家を飛び出したかと思うと、えんえんと歩いて田村町のTTH局舎を目指した。恵子が追いかけて引き留めようとしたが、兄はかたくなに歩き続けようとして、あきらめさせるのは一苦労だった。それも一度ではなく、何度も繰り返される。ひとがた座の団員たちによれば、これは帰巣本能に近いものなのではないかということだった。長い間監禁されていたTTHに自然に足が向いてしまうのだと。もはや勲の脳内では帰るべき場所は恵子の住む実家ではなくなっていたのだ。そのことが恵子を絶望させた。

ときおり勲は問われもせずに話し出すことがあった。大抵は真夜中、どこか遠くから野良犬の遠吠えが響いたときだ。

『オレはドゥマだ、獣の王だ、神田さんがそう言った。オレは〈超人〉を超えたものなのだ。神田さんはオレに殺せと命じた。だからオレは殺した。全てを。殺し続けて、気づいたときには全てが死んでいた。神田さんも死んでいた。オレは喰っていた、くちいっぱいに頬張っていたのは神田さんのはらわただった。それに気づいてもオレは、喰うことをやめられなかった。美味かった、美味かった、たまらなく美味かったんだ』
恵子は、かわるがわる訪ねてきたあの元軍人たちの話が、決して虚偽ではなかったと知った。古本屋で見つけた子ども雑誌の記事にも真実がまぎれていたと理解した。だがあの来訪者たちが云うような恐怖を兄に感じることはなかった。確かに兄の昂奮が頂点に達したとき、もしかしたら戦場で起こったことが繰り返されるのかも知れない。しかしそれよりも憎んだのは、兄をこのようにしてしまったものだった。それはビヤボムという島の人々の呪いだろうか。いや、違う。兄は獣と化した、だがそれは同時に人を超えた〈超人〉になるということだった。もしかしたらドゥマは超人として人々のために活躍することができたのかも、せめて恵子や家族を守るという小さな目的のためにだけでも生きることはできたかも知れない。
だが兄は囚われたままだった。神田という上官か、属していたもっと大きな軍組織か、戦後兄を実験材料にしていたという占領軍か。
恵子がもっとも憎むのは兄のような存在が戦後十六年、ずっと忘れられていたということ。今も忘れられ続けているということだった。元軍人たちは云った。『このまま忘れてしまったほうがいい』と。本当に忘れたかったのは多分彼ら自身なのだろう。兄の存在は、彼らに戦場を思い出させる。兄は確かに獣と化して同胞すら手にかけたのかも知れない、だが血に飢えて理性を失い殺人の狂気に耽溺したのは兄一人か、そうではあるまい。彼らが本当に忘れたいのは、彼ら自身の行ないなのではないか。

ならば思い出すべきだ。

恵子はそう考えるようになった。元軍人たちだけに限らない。この国に住むすべての人たちがあの戦争で少なからず傷を負い、そこから立ち直りつつある。そのためには見たくないものを忘れ去ることも必要なのだろうか。恵子はそう思わなかった。兄が、谺勲がかつてドゥマと呼ばれて戦場に駆り出され、そしていまもなおここに存在しているということ。それをすべての人間は知るべきだ、と彼女は信じた。

〈超人〉はどこにも消えてはいない。綺能秘密法によって新聞にもテレビにも扱われることがなくても、空には人間衛星アースという謎の機械生命が周回し、街には天弓《てんきゅう》ナイトを名乗るバイクに乗った仮面の怪人が出没しているという。彼らと兄は何が違うというのか。

ひとがた座に連絡をとると彼らはすぐにＴＴＨに出入りできるよう、新創刊されるテレビ雑誌の記者という身分を捏造してくれた。ひとがた座が参加している月曜から金曜まで帯枠で放送している人形劇のプロデューサー／ディレクターと知り合いになり、テレビカメラの操作法や副調整室での作業などをひそかに観察した。

ひとがた座はさまざまな反政府活動に関わっているようだった。詳しくはわからないが、彼らの最終的な狙いは米国の諜報機関が日本国内で行なっていた様々な超人拉致事件などを明るみにだし、超人を戦争の道具などにはさせないことにあるようだった。九年以上前の鹿野事件が明るみにでた件も、実は彼らが一役買っていたという話も単なる噂ではないと思われた。彼らによれば生放送といえども、カメラマンやスタジオ・ディレクターの判断ですぐに『しばらくお待ちください』や『終わり』などの文字が書かれたボードを出すことで強制的に放送が中断されてしまうことがある。だが恵子や仲間たちがカメラの操作を奪い、副調整室に立てこもれば、少なくとも数分間は放送を続けさせられる。

兄をスタジオのセットの下に隠し、何ごともないように生放送を開始させる。頃合いを見計らって、兄をカメラの前に立たせて、その場で〈変身〉させる。恵子はまだ兄が獣となる様子を目にしたことはなかったが、ひとがた座の人たちはそのことも心得ており、何らかの刺激を与えれば兄は容易に変身すると保証した。

そして兄と、場合によっては恵子自身がカメラに直接訴える。かつて、そしていまも〈超人〉が存在することを。〈超人〉とは誰もが期待するような人々を救う無償の救済者などでは決してなく、ただ人とは違う力をもってしまった平凡な人間の一人であり、我々はただ見ないふりをしているだけであって、本当はそのことにとっくに気づいているのではないか。

そうしてわずかな時間であっても、テレビに兄の姿を映し、彼が戦時中から戦後にかけて様々な思惑で虐待を受けたことを伝えれば、必ず世論が動きこうした問題が顕在化する。その先の社会がどうなるかはわからない。だが兄のようなものの存在を無視することは二度とできなくなるはずだ。誰も忘れられなくなる。
それが恵子の願いだった。

二十三

二度目となる三月二日木曜日の夜を嘉津馬は迎えていた。一度目はタイムトリップについて友人と語り合ったが、今回も自室にコーラとウイスキーを用意し、迎え入れた珍客をもてなしていた。客は随分前から毛布を頭からかぶり、横になってしまっている。

だが、嘉津馬は一滴もアルコールを口にすることなく、窓際の仕事机で鉛筆を走らせていた。

第四四回の生放送が無事に終了した後、ひそかに四・五階に戻り恵子から聞き出した話が、まだ未消化のままで腹にもたれていた。

㚖勲、ドゥマに起きた出来事は嘉津馬にとって決して他人事ではない。嘉津馬の父もまた超人として戦争に赴き、帰ってきたときにはそのすべてを失っていた。過去の栄光まで失われたわけではないかも知れないが、嘉津馬にとって〈超人〉そのものを意味していた父は、いまはもういないと言っていい。父にはなんの罪もない、彼は超人になることを望んだわけですらなかった。彼の存在がもしも忘れられるようなことがあれば、嘉津馬もまたその名誉の回復を望んだろうか。

（だが、皮肉だな）

ふと鉛筆を止めて、そう呟いた。

父はドゥマのことを毛嫌いしていた。そのことを電話で聞いたのは実際にはまだ来ていない明日の午前中のことになるが、嘉津馬の耳にははっきりと残っている。

父はドゥマが敵味方の見境なく兵士を殺したと言っていた。おそらくそれは事実なのだろう。子どものころに南方の未開の島に一人取り残され、原住民の秘術によって獣に変わる能力を与えられた。そのときから袮勲は精神のバランスを欠いてしまっていたのではないか。彼を発見した神田光という人物がかろうじてそのギリギリの精神をコントロールして戦場に引っ張り出したのだろうが、やがてドゥマは神田すら手にかけてしまった。

柔道に関して世界一の技量を持ち、自分に倍する相手すらも破壊せしめた父は、まさに超人だったが、ドゥマもまた超人だろうか。人間を超える能力を持つことは疑い得ないが、しかしその行動はあまりにも邪悪だ。どんな事情があったにせよ、むしろ彼は正義の超人によって滅ぼされるべき、悪の怪人と呼ぶにふさわしい存在になり果てている。少なくとも嘉津馬が物語として描くなら、そういうことになるだろう。

しかし嘉津馬の父だってもしも戦場で追い詰められ、あるいは仲間に虐待を受けていれば、同じような存在になった可能性はある。そもそも恵子が言いたいのは、戦争に於いて同胞を襲ったから罪なのか、敵兵を殺していれば正常なのか、ということだろう。

人は勝手に〈超人〉に特定のイメージを求める。幼いころの嘉津馬がそうであったように、明美や尾上が自分の作品で表現しているように、人間よりも優れた力を持つものが、世界をよりよく変えていく、そんな明るく正しい存在として超人を規定してしまいがちだ。ドゥマはそこからは外れている。ではドゥマは否定されるべき悪なのか。何度考えても嘉津馬の中で答えは出なかった。

そしてもう一人――。嘉津馬に二度までもタイムトリップをさせた存在。その超人もまたドゥマが巻き起こす惨劇を回避させるために嘉津馬に何度も（大げさに言えば）歴史を改変させているのだとすれば、それは善意の存在といえなくはない。しかしそのために翻弄される嘉津馬にとってみればどうか。

嘉津馬はもはや謎の〈超人〉に翻弄されるままになっているつもりはなかった。相手の最終的な目的がなんであれ、それに唯々諾々と従うのではなく、一つの戦いを決意していたのだ。ならば〈超人〉を敵とする嘉津馬はもはや〈悪〉なのだろうか。

恵子は嘉津馬にすべてを知られたことで、兄を生放送に登場させることはあきらめていた。フランクリン・千田たちが彼女たちの行動に気づいていることを告げたことで、彼女の中でなにかが折れたようだった。もし米軍関係者が動けば彼女とドゥマだけでなく、ひとがた座にまで被害が及ぶ。現に嘉津馬はその状況を目撃してきたのだ。

うちひしがれ、兄を心から案じる彼女を見るうちに、嘉津馬は、

（オレにとって、いま一番大切なものはなんだろうか）

と考え始めたのだ。

千田たちにCスタジオに乱入されたときは、ただ『忍びの時丸』の生放送を守ることしか考えていなかった。

『オレたちを舐めるな、オレたちは本気だ』

そう千田に言い放ったのは、あれは一度目の木曜日のことだったか。

もちろんその気持ちは今も変わっていない。だがドゥマという超人を間近に見、さらに自分の近くにいる何者かが時を繰り返す力を持つ〈超人〉ではないかと気づいたとき、これまでの超人への憧れ、理想、そんなものが揺らぐのを感じたのだ。

そう、一度目の木曜日の深夜、明美と二人で近所の五輪公園にいたとき、そのシンボルである五輪塔が揺らいで消えるのを見た。もちろんあれは酒と疲れが見せた妄想であったに違いない。だがあんな風に嘉津馬の中に確《しっか》りとそびえたっていたはずの〈超人〉という存在が急速に揺らぎ、あやふやに姿を変えようとしている。

だから嘉津馬は、これまでだったら決してしなかったであろう、ある選択を行なった。

生放送が終わった六時五十分、解散するスタッフたちに向けて嘉津馬はこう告げた。

「すまないけど、明日の第四五回の内容を急遽変更することにしました」

もちろんスタッフも劇団員たちもざわついた。生放送とはいえ、俳優たちが演じる芝居、それに効果音や音楽は前週に収録して編集してある。本番ではその録音を流しながら人形が演技する姿が放送されているのだ。内容を変更するとは、そのテープ自体を録り直すことになるが、そのためには役者や演奏家を集めなければならない。それは時間的に不可能と思えた。

「さっき収録前に千田さんというちの顧問が、外国人の人たちとスタジオに来たでしょう。どうもこの『時丸』をアメリカ向けにアニメーション、テレビまんがだね、としてリメイクできるんじゃないかという話があって、内容に興味をもっているんだ」

もちろん大嘘だ。しかし一度目のときのように千田たちはスタジオを荒らしまわったわけではない、彼らがなんのためにやってきたのか、ここにいる者は誰も知らないのだから、嘉津馬はいくらでも出鱈目を口にすることができた。

「それで本来なら明日の放送では、時丸が兄弟子の飛丸と直接対決することになっていたんだけど、もっとアメリカのテレビも意識した大きな展開にできないか、ということで急遽内容を差し替えることになった。明日しか千田顧問たちが番組の収録をチェックする時間がないということなんだ。苦肉の策だと思ってくれ。十五分のうち真ん中の五分程度を新しく録音して、前後はいまあるテープを繋げることにする。そこの登場人物は時丸だけにするから、芳村さん」

嘉津馬は、トシマル君の側にいた付け人の芳村に直接声をかけた。

「俊之くんのスケジュールがいっぱいなのはわかっているんですが、なんとか明日の午前中、三十分だけ時間をいただいて、台詞録りさせてもらえませんか」

「いや、しかし」

「主役の俊之君がいないことにはどうにもなりませんので。なんとかお願いしますよ。台本は夜中までに必ず届けさせますから」

主役という言葉に芳村以上にトシマル君が反応した。彼が領けば芳村はなにも反論することはできないのも計算のうちだ。

「ええと、もうすぐ七時ですね。いまから修整分の原稿《さしこみ》を書いて印刷所にもっていきますので、印刷があがるのは九時半ぐらいかな。それから順次皆さんのところに修整の台本が届くようにしますので。遅くとも十二時《てっぺん》をまわることはないようにします、ひとつよろしく！」

そしていま、時計は十時を指そうとしていた。嘉津馬は局を出ると神保町にある印刷所に入り、そこで修整原稿を仕上げた。このころの原稿はまだ活字でも和文タイプでもなく、印刷所の職人が直筆でガリ版を切り、それを印刷にまわすのが普通だった。そこでテスト刷りを一部受け取って部屋に戻ってきていたのだ。

嘉津馬は待っていた。本来なら机上で書きかけの、もう一つの原稿を進めなければいけないのだが、時計の音が気になってなかなか筆を進めることができない。必ず現われる――と思っているのだが、それでももしかしたら自分はとんでもない勘違いをしていたのではないかという不安にかられる。そしてこうしている間にまたあのタイムトリップ現象が起こり、また木曜日の午後五時五十五分に引き戻されるのではないかとも考えたりする。ちゃぶ台の上に置きっぱなしになっているウィスキーに何度手を伸ばしかけたことか。

そのとき、アパートの外から車のブレーキ音が響いた。やや咳き込み気味のエンジン音は型落ちの国産車だ。嘉津馬はその音に聞き覚えがあった。

やがて足音が響き、ノックへと変わる。嘉津馬は仕事机の前から動かずに「どうぞ、開いてますから」と声を出した。

ドアが開くとそこには、芳村の姿があった。相変わらず髪はぼさぼさでセル眼鏡にくたびれた背広姿だが、いつもは如才なく笑みを絶やさないその顔に、珍しく焦りが見てとれた。

「芳村さん、よくわかりましたね、私の家」

「あ、ああ、木更さん。これはいったい何ですか」

芳村は靴を脱ぐのももどかしそうに上がりこむと、背広のポケットから取り出した紙の束を机に叩き付けた。

　そこではじめて毛布をかぶって横になった客の存在に気づく。

「木更さん、独身、でしたよね」

「あ、そいつはオレの友達です、作家の尾上、話したことありませんでしたっけ」

「聞いてますよ、S……Mだかなんだか書いている小説家の」

　そして置かれたままのウイスキーの瓶に目をとめる。

「呑んでるんですか、道理でね」

「ずいぶんトゲトゲしいじゃないですか。そりゃトシマル君のスケジュールを強引に確保してもらったことはすまないと思っていますが」

「それはなんとかしましたよ。でもね、木更さん、これはどういうことですか」

　芳村は机の上に置いた紙の束を何度も指先でつついた。改めて見るまでもなく、それが第四五回の修整台本だということはわかっていた。

「それを読んで、誰かが訪ねてくると思っていました、それも多分あなたじゃないかという気がしていた」

「そりゃあそうでしょうよ。アメリカさんになにを云われたのか知りませんがこれは酷い、あんまりだ。こんなものにうちの俊之を出させるわけにはいきません」

　芳村はそう云って、折れ曲がった台本を嘉津馬の膝に放り投げた。

二十四

＊忍びの時丸　第九週第四五回　差し込み分

（ＴＴＨ放送アーカイブには保存されておらず、著作者が個人的に所有していたものより復刻。一部欠落アリ）

画面	音（声）
山の中	

怪我をした時丸、山中をさ迷っている。

時　丸　（背後を気にしながら）はあはあ、飛

と叫んでから、誰かに聞かれたのではないかと不安になり、そっと背後をうかがう。

小声で歌う時丸。

懐から時計を取り出して見る。

丸のやつ、なんてしつこいんだ。名前はトビ丸のくせに、あのしつこさはちっとも飛んでない。ねばねばとからみつくみたいだ、そうだ、もうあいつは今日からネバ丸だ！　こらネバ丸！

時丸　聞かれなかったかな、なにしろあいつはネバ丸だからな。ネバネバネバネバねばってくっつく、あいつは納豆あいつはチューインガムあいつは真夏のゴム草履～

時丸　それにしてもネバ丸、いや飛丸のやつもこのカラクリをもっているなんて

時　丸　オレのカラクリは時を三度まで巻き戻すことができるもの。だが飛丸のカラクリは違った

前回の回想（ビデオで挿入）

樹上の飛丸、時丸のものとよく似た時計を取り出すと。

飛　丸　時よ、伸びろ！

すると突然飛丸の動きが速くなる。時丸の元に飛び降りると、くるくるとそのまわりを回り始める。

時丸の声（新録）突然飛丸の動きが何倍にも速くなったんだ、あれはいったいどういうことだろう

山の中

飛丸との戦いを思い出して、その場でグルグルと回っている時丸。

時計をジッと見つめる時丸。

片手で刀を抜いて、空を突き刺す。うなだれる時丸。

時　丸　ああ、目が回る～ばたり（倒れて）、こんなことをしている場合じゃない。どうやったら飛丸を倒せるか考えないと。そうだ、カラクリだ、オレもこれを使うんだ

時　丸　飛丸がカラクリを取り出したとき、時を戻す、そうして飛丸の手からカラクリを奪う。それから……それから飛丸を

時　丸　できるわけ……ないじゃないか。子どものときから支配頭さまの元で、兄のように、いやあいつ生意気だから弟の

刀を鞘におさめる。

時丸、時計の文字盤に手を掛ける。

時計の針を指でグルグルグルグルと出鱈目にまわしはじめる。どんどん速くなる。

するといつもの渦巻きパターンとは

ように、いやでも歳は上だからやっぱり兄のように、ええいどっちでもいい、兄弟みたいに育った飛丸を、オレは

時丸　だけど、このままじゃあいつはまた追ってくる、ねばねばねばねば追ってくる～。このカラクリを支配頭さまのもとに持ち帰ることを命じられているのだから

時丸　こんなもの、こんなものがあるから

時丸　わああああああ

別に、放射状の光が画面いっぱいに広がって。

南のジャングル

一転してまばゆい太陽の下、砂浜に倒れている時丸。少し離れたところに転がっている時計。

と砂浜の向こうのジャングルが揺れて……突然ヌッと獣の顔が現われる。それは時丸をはるかにしのぐ身長だ(人間が恐竜に出会ったような対比)。

獣、ジャングルからのっしのっしと現われる。それは人間のように二本脚で立っているが、顔はライオンか

時丸　う、ううん、ここは一体……

豹のようであり、また手には鋭い爪が生えている。

すると獣が返事をする。

時丸　なんだ、こいつは……なんて大きいんだ。でも言葉は通じるかも知れない。おーい、話を聞いてくれ、おーい

獣　おーい、時丸

二十五

嘉津馬は台本をゆっくりとめくっていった。確かにいつもの印刷所の職人の字だ。

「なにを興味深そうに読んでいるんですか、ついさっきあなたが書いて印刷所にいれた原稿だ、そうなんでしょう。あなたのペンネーム、木更嘉津馬と書いてある」

芳村はいらだち、嘉津馬から台本を奪い取った。

「いったいなにを考えてこんなものを書いたんですか」

「安心して下さい。撮影方法ならちゃんと考えてあります。これがコロンブスの卵でして。時丸たちの人形はどれも一尺か一尺五寸ぐらいしかないでしょう。だからもしも普通の人間が一緒に立ったら、それは凄い巨人に見えるんですよ」

「じゃああなたはこの台本の『獣』を、人間にやらせるつもりなんですか」

「もちろんただの人間じゃありませんよ。ばっちり獣に見えるような仕掛けがありますから」

芳村はちょっと言葉をのんで、嘉津馬を見つめた。相手の考えを推しはかっているのが

わかる。やがて沈黙を破ると、

「ねえ木更さん、やめましょうよ、こんなの」

これまでの怒りやいらだちは鳴りをひそめて、いつもの芳村らしい温和な口調に戻っていた。だが眼鏡の奥の目は笑っていない。

「そうか、人間と人形を同じセットでね。そりゃあ一度はみんな驚くかも知れないが、アメリカさんだって馬鹿じゃない、そんなの人形劇としては邪道だって気づきますよ。アニメ……テレビまんがか、それでリメイクするといったって、こんな、それこそ子どもだましの内容で喜ぶほどあちらも素人じゃないでしょう」

言葉だけ聞いていれば、芳村は真剣に番組のことを案じ、突然提示された嘉津馬の突拍子もない台本を、理屈で否定しようとしていると感じられた。

「悪いことは云わない、書き替えましょうよ、木更さん。なんたってあんたの筆は早い。いままでだって一週間分の『時丸』の台本を一晩か二晩で書いちまったっていうじゃないですか。なんでも移動中のタクシーの中や、会社のソファに寝っ転がりながらでも書けるんでしょ。だったらもう一本、この修整分《さしかえ》を書くぐらいすぐでしょう。なんなら私が今から車で印刷所まで送りますから、その車内で書き直しちまう、なんてのはどうですか、うん、こりゃあ名案だ」

今から印刷所まで飛ばせば三十分、それからまた新しくガリを切って印刷、十二時《てっぺん》は越えてしまうかも知れないが、明日の収録にはなんとか間に合う時間といえた。もちろん芳村はその辺の計算をすべてしたうえで話しているのだ。

嘉津馬は、芳村を見つめ返す。そしてある確信を持つと、まるで違う話題を不意に持ち出した。

「芳村さん、それにしても随分早く台本を手にされましたね」

芳村がキョトンとした顔で、手元の修整台本を見下ろした。

「ああ、だって木更さんが、印刷が上がるのは九時半だって云ってたじゃないですか。だからさすが時間通りピッタリに届きましたよ」

「いや、九時半に印刷が上がっても、この時間ですから台本はアシスタントの子が配ってまわるしかないんです。最初にまとめて局に搬入、そこから手分けしてひとがた座や、もう帰宅している局員の自宅まで届けてもらうことになる。多分芳村さんの会社に届くのは十二時ぎりぎりになるんじゃないかと思っていたんですよ」

芳村の笑顔が少し引きつった。

「そういう意味ですか。うちの事務所は横浜ですから、大人しく配達を待ってりゃそりゃそうなりますよ。でもなにしろこんな緊急事態だ、俊之のスケジュールはおさえましたが、少しでも早く台本を読みたかったので、印刷所の近くで待たせてもらっていたんです。それで刷り上がり立てを」

「——すぐに目を通して、うちに駆け付けた。だから印刷上がりから三十分ほどか。良い頃合ですね」

「良い頃合、てどういう意味ですか。それじゃまるで私が」

「ええ、そうですよ。そういう意味で云ったんです。もしもあなたが印刷所で刷り上がりを手にして、すぐにうちに来られたとしたら確かにいま時分になるでしょう。逆に云えばそう見せかけるために、わざとこの時間を選んだ……」

「なんですか、それは。私がなんであなたに嘘をつかないといけないんですか」

「それは、芳村さん、あなたが時間を遡ってここに現われた、オレはそう考えているからですよ」

一瞬真顔になった芳村だったが、すぐに髪を掻きむしると、大きく口をあけて『ハッ？』と呆れたような声を出した。

「木更さん。台本の中身だけじゃない。頭までどうかしちまったんですか。いまなんて云いました？」

「芳村さん、あなたは印刷所からここにきたんじゃない。今から数時間後の未来、多分夜中の十二時かもう少しあと、その修整台本を受け取って初めて目にしたあなたは、絶対にそれを書き直させなければならない、と考えた。だがその時間にオレのところにきても捕まえられるかどうかわからないし、印刷所の職人も都合よく待っていてくれるとは限らない。だから——台本が刷り上がってすぐに手に入れたことにして、タイムトリップし、この時間に現われたんだ」

嘉津馬の断言にも芳村は怯《ひる》まなかった。たしかにもしこの会話を横で聞いている者がいたら、どう考えてもおかしなことを云っているのは嘉津馬の方だと思うだろう。

「タイムトリップ？　本当におかしなことを云うなあ。なんでわざわざそんなしちめんどくさく考えるんです。私のさっきの説明のほうがよっぽど理にかなっている」

「オレはこの二日……いや一日かな。とにかく木曜日の、午後五時五十五分をもう三回も繰り返しているんですよ。誰に云っても信じちゃもらえないでしょうが、あなたなら別だ」

「時間を繰り返している……って」

「もちろんオレの意思や、能力じゃありません。それはいやってほど思い知ってますから。誰かがオレの時間を巻き戻しているんです。ほら、小さい子に徒競走をさせると、コースを外れて観客席とかに飛び込んでしまう子どもが必ずいるでしょう。すると先生がその子を捕まえてもう一度スタート地点に戻して、正しく走らせようとする。それと一緒ですよ。誰かがオレを思う通りの方向に正しく走らせようとして、同じ時間を繰り返させているんです」

だが、それが嘉津馬にとって正しいとは限らない、その意味もこめたつもりだった。芳村は眉をひそめ、嘉津馬から目をそらす。

「木更さん、いや、いくらなんでもそれは想像にしても、妄想にしても、度が過ぎてますよ。前にデジャヴについて話しましたよね、夢の記憶に過ぎないって。仕事で疲れて夢と現実がごっちゃになっているんじゃないですか」

確かに既視感《デジャヴ》について、芳村と会話した記憶がある。だが、あれは——

「その会話をしたのは、一度目のタイムトリップの直後だった。Cスタジオで、本番四十分前。だが二度目のタイムトリップのあとは、あんたとはそんな話はしなかった。憶えているか。オレのズボンの裾が真っ赤に染まっていて、そのことに久子が驚いて、オレはすぐにスタジオからの退去命令を出した。つまりいまの時間の流れの中では、オレとあんたはデジャヴについて言葉をかわしたりしていないんだ」

芳村は一瞬虚をつかれたようになったが、すぐに笑顔を取り戻す。

「それこそデジャヴだったかな、話したような気がしてただけかも知れない」

「あくまで否定するんですね」

「否定もなにも、まさか木更さんは私がその……あなたを時間移動《タイムトリップ》、いや時間円環《タイムループ》かな、それをさせている張本人だとでも云いたいのかい」

「ああ、間違いない」

「本当にどうかしている。もし仮にそんな力を持っていたとして、なんであなたにそれをさせる必要がある。なにか成し遂げたいなら、自分でやったほうがよほど簡単じゃないか」

「簡単じゃないから、オレを使っているんだろう。例えば……ドゥマを誰の目にも触れずに、歴史から消し去りたいとか」

芳村の目が細まった。

「ドゥマってなんだい、とは訊かないんですね」

「訊いたら答えてくれるのかな」

「だったらまずあなたが、時間移動の能力をもっていることを認めるのが先だ」

「しつこいな、いいかい、私は」

嘉津馬は、手元に置いてあった試し刷りを、芳村の前に置いた。芳村は手にとって、落胆した声を出す。

「これは、さっきのと同じ、修整台本じゃないか」

「そう。明日の朝、急遽録音からやり直すことになっている、『忍びの時丸』四五回の修整分です。オレは八時前にそれを印刷所に入れて、最初の試し刷りを持ち帰っておきました、それがそうです」

「つまり、私たちのところに配られたのと同じ、台本の試し刷りなんだろ？　これがなんだと……」

芳村は嘉津馬の視線につられるように、手の中の修整台本を開いた。見る見る表情が変わっていく。

「それが、なによりの証拠なんですよ。芳村さん。あなたが時を超える超人だというね」

二十六

＊忍びの時丸　第九週第四五回　差し込み分

（ＴＴＨ放送アーカイブの台本に挟まれていた冊子より抜粋）

画面	音（声）
山の中 怪我をした時丸、山中をさ迷っている。	時　丸（背後を気にしながら）はあはあ、飛丸のやつ、なんてわからずやなんだ。

と叫んでから、誰かに聞かれたのではないかと不安になり、そっと背後をうかがう。

懐から時計を取り出して見る。

時丸の時計、文字盤のデザインが違っている。波ガラス処理で回想シー

名前はトビ丸のくせに、あの頭の固さはちっとも飛んでない。漬物石みたいに頑固で重い！　重すぎる！　あいつは今日からオモ丸だ！　やいオモ丸！

時丸　聞かれなかったかな、まあオモ丸だから歩くのも遅いだろ。いやだけどさっきあいつはオレの何倍も速く動いていた。いったいあれは……

時丸　あいつもこれと同じようなカラクリを持っていた……もしかして……って、あれえ、これなんか違うぞ！

ンへ。

前回の回想（＋新作シーン）

樹上の飛丸、よく似た時計（いま時丸が持っているもの）を取り出すと。

ここからが新規場面で。

飛び降りてきた飛丸と時丸が、ごっつんこして、両者の時計が地面に転がる。

それぞれの時計を拾い上げるが、実は入れ替わっていることに気づかな

飛　丸　時よ、伸びろ！

時　丸　（慌てて）時よ、戻れ！

時　丸　あわわわわ、大切なカラクリが

飛　丸　い、いかん、どこだどこだ

い。

山の中

時丸　そうか、あのとき飛丸とオレのカラクリが入れ替わったんだ！　確かにこれはあいつの……

時丸　変なことを云っていたな、伸びろだって。時が伸びたり縮んだりするものか。ええと……時よ、伸びろ！

と時計をいじくり。

と、時丸の周囲の時間がゆっくりになる。

いま枝から飛び立とうとしていた小鳥が、スローモーションになって飛ぶ。

木から落ちたばかりの木の葉が空中

で止まったようになっている。
その中で時丸だけが、今までと変わらぬ普通のスピードで動いている。
木の葉の側で手をサッサッと動かす。木の葉が少しずつ落ちていることに気づく。

時丸　(見回して) え？　え？　え？　どうなっているんだ。まわりがみんな止まっている

時丸　止まっているんじゃない。止まっているように見えるぐらい遅く動いているんだ。そうか、これがこのカラクリの力なんだな。自分以外の周りの時の流れをゆっくりゆーーーーっくり、引き伸ばしてしまうんだ！　よし、今度は負けないぞ、飛丸

二十七

芳村は嘉津馬から受け取った台本を途中まで読むと、慌てて自分が持ってきた方を取り上げて開いたページを凝視するということを繰り返した。やがて二冊の同じページを開いて畳に並べ、首を突き出して何度も何度も見比べる。

「違う。ところどころ同じようなト書きもあるが、基本的にはまるで違う内容だ」

「その通り。オレが印刷所に入れた台本では、時丸と飛丸の時計が入れ替わる。そこで今度は相手の時計を使って戦うことになるが、それぞれ使い慣れてないので、ちっともまともな戦いにならない。そうこうするうちに、やはり兄弟弟子で戦うなんてバカバカしいと解り合う展開になっています」

そしてそこには、時丸が異世界に行ってしまうような展開はなく、もちろん突然巨大な『獣』が現われるようなこともない。

「じゃあ私が読んだ、この台本はなんなんだ」

芳村が、自分が持ってきた冊子を摑んで振り回した。

「ああ、そうか、二種類の台本を作ったんだな、いや、いくらなんでもそんな時間があったわけない、それじゃあ」
「ええだから、二種類の台本を作った……んじゃなくて、これから作るんですよ」
嘉津馬は、仕事机の上でさっきまで鉛筆を走らせていた、ＴＴＨのロゴが入った放送台本用原稿用紙のひと綴りを、そのまま芳村に差し出した。これまで書いた部分も糊で綴じられたままになっている。
開かれていた用紙の、特徴的な左下がりの字で書かれている最後の文節は──

時丸　う、ううん、ここは一体……

一転してまばゆい太陽の下、砂浜に倒れている時丸。少し離れたところに転がっている時計。

と砂浜の向こうのジャングルが揺れて……！

そこで文字は途切れている。

「書きかけ……？」

何枚か用紙をめくり、それより後にはなにも書かれていないことを確認した芳村が、かすれた声で問うた。

「そうです。オレはまず『獣』が出てこない内容の修整台本を印刷所に入れ、帰宅した。そしてもう一種類、今度はあなたが最初に読んだ方の原稿を書き上げてもう一度印刷所に行き、少部数だけ刷ってもらう予定だった。そしてその、後から刷った台本は、あなたの事務所と、あと二人のところにだけ、十二時過ぎに届けるよう、もうアシスタントに手配してあります。もちろん彼はそれが違う台本だとは知らない、単に部数を間違えていて、あとから刷り足した分だと思って配達するはずでした」

「十二時過ぎ……」

そう云って芳村は腕時計を見た。時刻はまだ十時半にもなっていない。

「違う台本を二種類書いて、しかも別々の時間に印刷が上がるよう仕組むだって――。そんな芸当が。そうか、そうだった、あんたは」

「筆が早いんですよ」

嘉津馬の言葉に、芳村は思わず笑みを漏らし「つまり――こういうことかい」と、持ってきた冊子をバンッ、と畳に叩き付けた。

「この台本は、まだこの世に、存在していない」

「そうです、なにせ原稿が書きかけなんですから」

嘉津馬が改めて原稿用紙を示す。

「じゃあ私がこの台本を持っているということは」

「オレがこの原稿を書き上げ、無事に印刷所にいれて、アシスタントがあなたの横浜の事務所まで配達した……そんな、数時間後の未来から、あなたはやってきた。そう考えるしかないと思いませんか」

「いや、ちょっと待てよ、うーん」芳村はしばし腕組みして目を閉じた。なにかほかの論理的な説明が思い浮かばないか考えている様子だったが、やがて観念したように目を開き、歯を見せて大きく笑った。「うん、それよりほかの説明はすぐには思いつかないようだ」

「つまり、認めるんですね。あなたが、その……時間を操る〈超人〉だと」

「お前がそう云ったんだろうが」

芳村はいきなり二人称を『お前』に変えると、髪をかきあげ眼鏡を外した。すると意外に若く見える、整った素顔がのぞいた。涼やかな双眸《そうぼう》は、普通の日本人よりずっと淡い色をしていた。

「だがなぜわかった。一度ちゃんとした台本を印刷しておいて、わざと別の台本を少し遅らせて届ける。——そこまで計算してたってことは、ボクが〈超人〉だと気づいてたってことだ」

一人称もいつの間にか『ボク』になっている。

「実をいうとさっき云った通り、あなただけじゃなく、三人にこの『獣』バージョンの台本を届けました。あとはスタジオ・ディレクターの柳瀬久子と、アメリカ大使館付けでフランクリン・千田にも」

「意外な組み合わせ……でもないか。Cスタジオとひとがた座、二度のタイムトリップのとき立ち会っていたのはボクも含めてその三人だ。つまりタイムトリップが起きたとき、常に〈超人〉は近くにいたと推理したというわけか。いいぞいいぞ、さすが木更嘉津馬、ミステリーの名手だよ」

「名手なんかじゃないですよ。立ち上げた少女推理劇は、いまじゃ日常のなんでもない話をだらだらと楽しむドラマにとってかわって」

「まあまあ、しかしその三人が怪しいとして、この台本を送って、それでどうやって真の〈超人〉を見つけるつもりだったんだ」

「見つけに行く必要はありませんでした。もし〈超人〉の目的がオレの考えている通りなら、あの『獣』が出てくる台本を決して放送させることは許さないはず。台本を回収したり、上に圧力かけたりするよりも簡単なのは、台本を書き直させることだ。だから、ここにこうして待っていさえすれば、必ず時間を遡って、オレに台本を直させようと訪ねて来る人がいる。十二時過ぎに受け取った時点では、もう朝までに印刷が間に合わないことはわかりますから、なんとしても修整はこの十時ぐらいまでにはさせなければいけない。そしてオレならその時間で書けることもわかっている」

「筆が早いから、か」芳村は同じフレーズをかみしめるように繰り返した。「お前は三人のうち誰が〈超人〉か、当てる必要はなかったんだ。こうして間抜けが勝手に名乗り出てくるんだからな」

「まぁそういうことなんですが、でもなんとなく、あなたじゃないかなあ、と思ってはいたんですよ」

嘉津馬の言葉に、芳村が口をとがらせる。

「おいおい、だって本物の〈超人〉なら時を遡って現われるから、そのときわかると自分で云ったばかりじゃないか。あのSDの娘も、二世の顧問も、この台本を手にしたらどういう行動をとるかわからんぜ」

「ええ。ただ金曜の午後、つまりいまから十五時間ほど未来のことになりますが、ひとがた座の稽古場で千田顧問がオレに銃を向けたとき。あ、あなたもその場にいたし、そのときの記憶をもったままなんですよね」

芳村は察しのいい嘉津馬の物云いに、笑顔で応じた。

「あのとき千田顧問はオレがドゥマを『あの怪物』と呼ぶと『まるで見てきたような』と

返した。オレは荒れ狂うドゥマをCスタジオで見ていたが、あれは一度目のタイムトリップの前のできごとだ。だから千田顧問はオレがドゥマを見たことを知らなかった。ということはね、タイムトリップにも関係していなかったと推測することができます」

それにもしも千田に時間移動の力があるのならば、ドゥマの妹と知っている恵子をCスタジオでとり逃がすこともなかっただろう。だが芳村は恵子やドゥマの正体についての情報を摑んでいなかったのではないか。そもそもあそこでなにが起こるか正確なことがわかっていなかったとすれば、嘉津馬を使って、ドゥマの所在を探らせようとしたのだとわかる。

「久子の場合はちょっと迷った。彼女は人一倍仕事への責任感が強い。だからCスタジオでの惨劇や、ひとがた座の光景を見れば、何度でもタイムトリップをして時間を書き変え、誰も死んだりせず、放送も無事に行なわれるようにするんじゃないか、と考えないでもなかった。しかしそのためにオレを使う理由がない。自分で時間移動できるなら、解決法はいくらでもあったはずだ。それにさっきスタジオでオレのズボンが赤く染まっているのを見たとき、本気で驚いていた。もし一緒にタイムトリップしたんなら、尾上の最後の光景も当然憶えていたはずだ、それに彼女の靴も血に汚れていなければならない。芳村さん、あなたはあのときトシマル君のそばから一瞬離れてどこかに消えていた。あのとき靴の汚れを始末していたんじゃないんですか」

「なるほどなあ」芳村は本気で感心しているようだった。「それで、ボクを〈超人〉じゃないかと考えた決め手は、三択のうち二人が消えたから、という消去法かい」

「違います」嘉津馬は自信をもって答えた。「ヒントは最初からあったんですよ。狭いCスタジオの人間関係の中で、唯一『未来を知っているとしか思えない幸運』に遭遇した人物がいたのを、オレはついさっき思い出したんです」

芳村もそう云われてようやく気づいたようだった。

「そうか、俊之か」

「ええ。トシマル君の最近もっともお得意の話題は、先月撮影所でゴーカートに乗っていて事故死したあの俳優に、死の直前『一緒に乗らないかい』と誘われた、というものでした」

「もしもそのまま乗ってたら僕は今頃……なんて瞳をウルウルさせると聞いてた女の子がグッときちゃうらしいからな。年上の女に目がないんだよ、俊之は、知ってると思うけど」

「しかし彼は誘われたにもかかわらずカートに乗らず、九死に一生を得た。考えてみればあんなに目立ちたがりの彼が、撮影所内で人気俳優と一緒にカートを走らせるなんていう特別な誘いを断ったのもおかしな話だ。それでよくよく話を思い出してみると実は『危ないからやめておきなさい』と横合いから誰かに止められたのだという——何度も聞かされた話ですからすっかり聞き流していましたが、さっきCスタジオでトシマル君を見ていてやっと気付いたんですよ。その『誰か』は、まるでカートが事故に遭うのがわかっていたようじゃないか、とね」

「だったらボクに訊いてくれりゃよかったんだ」芳村がニヤニヤしつつ云った。「なにしろその場に一緒にいたんだから」

「ええ、わかってます。さっきトシマル君の自宅に電話して、直接本人に、あのとき誰にカートに乗るのを止められたのか聞いてみたんですよ」

芳村のニヤニヤがさらに激しくなった。

「うん、そのとおり、ボクですよ、カートに乗るなと云ったのは。付け人としては危ないことをさせられませんからね。と云ってもいまさら信じてはもらえないか」

「知っていたんですか、事故が起きることを」

「この年の事件でネット検索すれば一番に出てくるような有名な事件だからね。ああ、ネットと云ってもわからないだろうけど、気にしないで。うすうす気づいているだろうと思うけどボクはこの時代ではなくずっと遠い未来からやってきた。だからこの時代に起きる様々な事件について知っているが、それをお前に話すことはできない。話した途端にそのことによって事実が変容してしまうことがある。そうなると結果的にその事件が起きなくなったりする」

「歴史の流れが変わるのは、困る、ということですね」

「いや、そんなのはどうでもいい」

「どうでもいいって、困るでしょ。生まれてくるべき人が生まれてこなかったり。大げさに言えばカエサルが暗殺されなかったり、ヒトラーが生まれなかったりしたら大問題だ」

「大問題、そうかな」

芳村はそう云うと嘉津馬を見た。その表情にふざけている様子はみじんもない。

「なにが大問題なんだい」

「だって」そう反論しようとして、実際古代ローマのその後の歴史や、第一次大戦前のドイツの状況などを細かく語れるほどの知識がないことに気づく。それでも芳村の言い分を認める気にはなれず、「起きたはずの戦争が起きなくなれば、その後の歴史はがらっと変わってしまう」

「だから、変わってしまうとなにが問題なんだ」

「え」

嘉津馬は芳村がなにを云おうとしているのかわからなかった。あまり紹介されているとは云えないが、海外のSF小説では、未来人が歴史を変えようとするとそれを禁止したりする者が出てきたりする。歴史は守られるもの、という概念がそうした小説には当然描かれていたから嘉津馬もそう思い込んでいる。歴史の教科書や年表通りに歴史が動いていかなかったら——それは大変なことになると、思い込んでいた。だが芳村は、それのなにが問題なんだと軽く言い放ったのだ。

「未来から過去へ時間移動してきたのは、ボクが最初だと思ってるのかい」

「いや、多分違うでしょうね。そういえば昔から、実は未来人だったんじゃないかと言われている人たちがいます。イエス・キリスト、W・シェイクスピア、あと平賀源内とかも」

「まあその辺はどうだかわからないが、そもそも未来から来た人間が過去を改変したとする。例えば、それこそヒトラーが生まれなくしたとしよう。母親を寝取るとかしてね。それはそれで大変そうだからボクはおススメしないけど。その場合、その世界にはヒトラーという存在はいなくなる、未来永劫」

「それから先の歴史はすっかり」

「すっかり、変わる？ なにから？ いいかい、その世界ではヒトラーが生まれていないんだから、そもそも『ヒトラーがいた歴史』なんてものが存在しないんだよ。変わった、変えた、というけど、その変えるもととなるものが、その瞬間存在しなくなるし、誰の記憶からも消えてなくなるんだ」

それはSF小説を愛好する嘉津馬からすると、聞き逃せない発言だった。歴史を変えてしまっても、その瞬間元の歴史は存在しなくなるから、なんの問題も起こらない？ もしそうなら時間移動者は歴史を改変し放題じゃないか。

「待ってください。誰も記憶しなくなると云ったけど、オレは現に憶えている。ドゥマがCスタジオに現われて船村や、劇団の人々を襲ったこと。それがなかったことになっても、今度は尾上や恵子やひとがた座の人々が死んだこと。それらもいまはなかったことになっている。だけどオレは確かに憶えているんだ」

「それはお前が時間移動し、その変化の中心にいたからだ。だが憶えているのはボクとお前だけだろ。あそこにいたそれ以外の人間にとってそれは『起こっていない』ことだ。尾上くんだっけ、聞いてみろよ」

芳村が、ちゃぶ台の向こうで盛り上がっている毛布を指した。

「彼は自分が死んだことを憶えていなかっただろう。まあそれが起こるのは金曜の昼間だからこれからあとのことで、またいろいろとややこしいわけだが。どっちにしろ彼にとって起きなかったことだし、それはこれからも変わらない。つまり正しい本当の歴史なんてのは意味がないんだ」

嘉津馬は悟った。この男は未来からやってきた〈超人〉ではあるが、その倫理観は嘉津馬のものとはまったく違う。

「じゃあなんで、自分が知っているこれから起こることについて、語れないなんて云ったんです。語って、実際に起きなくなったところでどうでもいいんでしょう」

「だってもしも起こらなかったら、ボクがうそつきだ、ということになってしまう」

芳村はあくまで真顔でそう云った。嘉津馬は思わず耳を疑う。

「うそ、つき?」

「狼がくるぞ、と云って狼がこないとどうなるか。お前はこれから死ぬぞ、と云って、そのことでそいつが死ななくなったら、そいつはボクに感謝するかな」

単なるたとえ話ではない、嘉津馬はそう思った。おそらく芳村はこれまでに想像もつかないほどの経験をし、そこでいま話したようなことを繰り返し、最終的には『歴史など変わってしまってもなんの問題もない』という結論を体得した、そう思えるだけの重みが、その言葉から感じられた。

「なんだか頭がおかしくなりそうだ。そこまでわかっていて、なんでトシマル君は助けたんですか。さっきの説明なら、彼が死んでも生きてもその後の歴史にとってはどっちでもいいということになる」

「歴史にとってはそうだけど、ボクは困る。ドゥマが今日TTHのスタジオに現われるということ以外はまるでわかっていなかったからね。そのために今日その場にいられるよう前々から準備して俊之の付け人という立場を得た。なのに俊之に死なれたらまた、誰か別の出演者の付け人になるところからはじめなきゃいけない、これはかなり面倒なんだよ」

そう云い放つ芳村は、トシマル君の生き死になどまるで意に介していないかに思えた。

「あなたの知っている歴史では、トシマル君は俳優とカートに乗ったんですか」

「いや、そういう記録は見たことないね」

「だったらあなたがわざわざ口出ししなくても、トシマル君は誘いにのらなかったんじゃないですか。それならオレに正体を感づかれる可能性も少し低くなっていたかも知れない」

「ああ、そうだね。しかし目の前で、事故に遭うとわかっているカートに乗ろうとしている子どもがいれば、やはり止めちゃうもんじゃないかな。子どもが死ぬのは、見たくないし」

口調も表情も冷たいままだが、嘉津馬はその言葉で、芳村という人間のことが少し好きになった。

二十八

トイレから戻ってきた芳村は、ちゃぶ台の横にあぐらをかいた。

「さて、どこまで話したかな。この際だ、なんでも訊いてちょうだいよ」

「当たり前でしょう。あなたはオレを将棋の駒のようにこき使ったんだ。その分たっぷり訊かせてもらわなきゃ割に合わない」

「ああ、だがさっきも云った通り、これから起きることについては訊かないほうがいい。競馬の結果とか、これから流行る映画とかも。ボクが口にした途端歴史の流れが変わり、それらは簡単に変容する。すべては『ふぁ』…『ごり』…だから」

最後の部分が聞き取れなかったので訊ねると、芳村は大きく口を開けて『ファンタズマゴリア』と云った。確か幻燈を意味するドイツ語だったろうか。唐突に出てきたその単語よりも、芳村はさらに気になることを続けた。

「あとは、そうそう、お前の嫁さんのこととかもやめたほうがいい」

結婚相手。いまのところ自分の人生にそんな相手は登場していない。いや正直に云えば運命的な出会いを一方的に感じている相手はいる。嘉津馬にとって彼女は特別な存在だが、それを恋愛とか結婚という言葉でくくってしまうと、たちまち嘘臭くなってしまう。

もちろん彼女の容姿も性格も、声やしぐさも夢に見るほどいとおしく感じている。だが嘉津馬がもっとも惹かれているのは彼女が生み出す作品なのだ。単に自分と同じ題材だからというのではない、彼女の作品は〈超人〉を扱いながら、嘉津馬のように雑誌やテレビの中にいる遠い存在として描いているわけではない。だからといってリアリズムで、この世界のあちこちに身をひそめているだろう〈超人〉たちの人間的な現実を描こうとしているわけでもない。彼女の漫画を読むと、窮屈なこの世界から抜け出して〈超人〉たちが自在に暮らすもう一つの世界を想像でき、その中で〈超人〉たちが我々と同じような悩みを抱えながら、それでも優れた力を持つがゆえにその力によって少しでも世界を良くしていこうとする、そういう前向きの未来への意思を感じ取ることができるのだ。

それはただの漫画ではないか、というのはたやすい。尾上の書く小説も、嘉津馬がたずさわっているテレビも同じことで、所詮それは現実ではないと云われればそれまでだ。世の中にはノンフィクションしか見たり読んだりしないと豪語する人は意外なほどに多いし、自分が現実に体験したことしか意味をもたないと本気で信じている人もまま見かける。そんな人たちには、法律に規制されながら〈超人〉について夢想する嘉津馬たちの人生そのものが現実逃避に見えたりもするのかも知れない。だが嘉津馬はそう思わない。そうした現実至上主義の息苦しさは、いわば子どもの頃父がのしかかってきたときの重さに似ている。どうやっても跳ね返せず、息がつまり、全身の骨がきしむ。だが――。

『負けたくない』

不意にまたこの言葉が頭をよぎる。自分でもなんでそう発想したのかわからない。

はっきりしているのは、いま嘉津馬の脳裏をしめているあの女性は、ある種の戦友であり、憧憬でもあるということだ。それを恋愛だの結婚だのと云ってしまった瞬間、嘉津馬はなにか大切なものが掌からすり抜けていくような気がしているのだ。

「結婚なんてあきらめてますから最初から訊く気はありませんよ。それでさっきの話だとあなたが見つけた新聞記事がすべての始まりだったんでしたね」

「ああ、たまたまこの時代について調べていて、『忍びの時丸』の第四五回が放送されていないことに気づいた」

『時丸』の四五回、それは本来なら明日放送されるはずのものだ。

「その日は金曜日、そして次の月曜日からその時間にはまるで別のものが放送されていた」

「『時丸』が打ち切られた……それも突然」

「新聞にもとくに説明はない。まあそんな風に突然終わる番組もないではないが、月～金の帯番組が木曜日まで終わるっていうのはいかにも唐突だ。そこでさらに調べるうちに妙な噂話をいくつも見かけた。三月二日の木曜日、つまり今日だな、放送された『時丸』に突然奇妙な映像が流れたという噂だ。人とも獣とも知れぬ化け物がいきなり画面の中に現われ、銃撃を受けたように倒れたという。そして画面には唐突に『おわり』の文字が出されてそれが五分ほど続くと次の番組が始まっていたという。子どもの記憶がほとんどだから日記などにも残されていない、大人になってからの思い出話に出る程度だ。だがボクはそれが長年探していたドゥマではないかと考えた」

芳村が知る歴史では、『時丸』の四四回は大混乱となったようだった。突然画面に現われたドゥマ、逃げ惑うスタッフが映り込み、そして画面外からの銃撃（千田かバトラたちによるものだろう）。あのとき嘉津馬が目撃した以上のことがテレビの電波にのって全国に送られ、最後にはドゥマが殺されて終わった。

「そもそもなんでドゥマを探していたんですか」

「ドゥマだけじゃない、ボクは、ボクたちは〈超人〉を探している」

芳村の言葉に嘉津馬は強く惹きつけられた。

「〈超人〉ってそれ、本当の、本物の〈超人〉のことですよね。それはなんのためですか。もしかして優れた〈超人〉を集めて、人類のために戦う部隊を作るとかまさかそんな」

「そこまで考えているわけじゃない。ただ信じられないかも知れないが、ボクのいた未来には〈超人〉が存在しない」

「え……」

一瞬言葉の意味が摑めない。嘉津馬にとって〈超人〉とは世界のどこかに確実にいるものであり、社会を構成している一部だ。極端に云えば『ボクのいた未来にはオトナが存在しない』とでも云われたかのように、非現実的に聞こえる。

そんな嘉津馬の顔色を読み取ったように芳村は続けた。

「どうしてかはわからないが、未来では〈超人〉とは、想像上のものとされている。それこそテレビや映画や小説、漫画、そんなものの中にだけ存在し、決して現実にはいない。ボクももちろんそう思っていた。だからこうして時間を旅するようになって、過去の日本では普通に〈超人〉が存在することに驚いたよ」

「やっぱり〈超人〉には憧れるんですか」

「そう、かも知れない。でもそれ以上に不思議なんだ。なにがあって〈超人〉が空想の産物にされてしまったのか。だからボクは……未来に〈超人〉を送りこもうと考えている」

「送り込む、って連れていくんですか、〈超人〉を」

「ああ、もちろん誰彼かまわず連れて行こうというんじゃない。さっきはいくら歴史を変えても問題ないと云ったが、もちろんそう考えない連中もいて、実はそういう連中によってボクは監視されている。だから現代の〈超人〉を未来に連れて行ったりすれば、目立って仕方ない。だが既に存在しなくなっている超人ならどうだろう」

嘉津馬は首をかしげた。

「存在しなく、って死んでいるということですか」

「いや、そうじゃない。歴史上その存在があやふやになっているもの。実在したのか、それとも想像の産物に過ぎなかったのか、長い時間が経つうちにわからなくなっているもの。ボクたちはそれもファンタズマゴリアと呼ぶんだ。幻燈機の映像を自分に向けてみたことはないか。人間の身体の上に、幻燈の怪しい光が照らされる。そのときその人間と映像は渾然一体となり、あたかも幻そのものと化す。そんな風に現実と架空の間で、どっちつかずになってしまったものは、非常にもろくとらえにくい。未来から来た人間が歴史を改変しようとするとき、そういうもろい部分から始めるというのが常なんだ」

芳村によれば、例えば聖徳太子のように、歴史書に登場はするものの実際に存在したのか架空なのかわからなくなっている者というのは意外にも多いのだという。元々秘密にされていることが多い〈超人〉であればなおさらだ。

普通に考えればそれらは、以前は実在すると思われていたが、実際には架空であることが判明したものがほとんどだろう。だがシュリーマンがトロイの実在を証明したように、その逆も稀に存在する。いずれにせよ真実は、実在か架空かの二択しかないように思われる。だが芳村たちはそうは考えないのだという。実在と架空の確認がはっきりしないということは、その真実は二者の間を揺れ動いている。壁に映し出された幻燈のあわいのように、時には真実、時には架空となり、その間を定まることはない。そういう〈ファンタズマゴリア〉と呼ばれるポイントは、必ずしも人物だけでなく、歴史的事象の中で土地であったり、事件であったり、というようにいくつも存在する。あるいはそれは歴史改変者たちが何度も上書きを重ねたためにもろくなってしまった場所なのかも知れないが、一度書き変わってしまったあとにそれを確認することはできない。歴史改変行為は不可逆的であり、元に戻したつもりでもそれは新たに書き変えたことと同意義だからだ。

そして芳村によればドゥマもまたそんな〈ファンタズマゴリア〉なのだという。

「もちろんドゥマは叙勲という実在の人間だ。だがその実体はあまりにも知られておらず、不確定だ。当時の雑誌などでは同胞を救い、南方を西洋から解放する英雄として語られる一方、残忍で抑制の利かない怪物であったという証言もある。その最期についても、米国に連れ去られて消えたというのがもっとも公式で、その後都内某所に監禁されていたという話はあくまでも都市伝説。そして最後にはテレビ局のスタジオで突然暴れて死亡したという噂、しかしこれは戦後十六年も経ってからのものであり、まるで人が作りだした願望のようだ。果たしてドゥマの真実がどこにあるのか、それはわからないし、ボクも興味はない。だがドゥマは現実と架空の間に漂う〈ファンタズマゴリア〉であり、彼のような存在ならば過去から未来に連れて行ったとき、過去に影響は与えず、取り締まりを行なう者たちの目から逃れることもできるはずだ」

嘉津馬はまるで自分が、SF小説の登場人物になったような気がしていた。未来から来た人間が語る夢。もし芳村が時間移動能力を持つ〈超人〉だと、嘉津馬自身が証明していなかったら、正気を失ってしまった人間が妄想を語っているようにしか見えなかっただろう。だが嘉津馬は信じた、芳村の言葉を。

なぜなら、芳村もまた〈超人〉への憧れを捨てきれない者だと感じたからだ。

いまだに芳村の云う『超人が存在しない世界』について具体的なイメージは持てないが、そんな世界に超人を連れて行きたいという芳村の思いは純粋なように思えた。そして彼がまわりくどく嘉津馬をタイムトリップさせることで、なんとか平和裏にドゥマをこの世界からフェードアウトさせようとしていたこともわかった。生放送に登場したり、荒れ狂って被害を増やすのではなく、歴史のはざまで生死不明になった謎の存在として、そのまま消し去りたい……それがドゥマにとっての幸せにつながるのかも知れない、と嘉津馬は思った。

芳村であることがわかる前から、嘉津馬をタイムトリップさせている〈超人〉の目的は、ドゥマを暴れさせないことであると見当はついていた。ドゥマが千田やバトラたちと騒動を起こしてしまったら失敗と判断され、ふりだしに戻されている、そんな印象を受けていたのだ。そしていまそれは確信に変わった。

「だいたいわかってもらえたかな」

「あなたはオレを使ってドゥマを安全な場所に隔離させようとしていた。あなた自身が動けば無理をしなければいけなくなるし、目立つことにもなるから」

「そう。ドゥマがCスタジオで暴れるのは最悪だけど、ひとがた座や池袋恵子の元で匿《かくま》われてもすぐにあのミイラ男たちに見つかってしまう」

「ミイラ男──」

「ああ、あのコートの男たちの中に一人、背の高いのがいただろう。あいつのことさ」

「千田はバトラと呼んでました。なんでミイラなんです。ミイラ男って確かエジプトあたりの伝承でしょう、盗掘された墓に眠っていた王家のミイラが蘇るというような」

「それについては、また別の機会に」芳村は手をパタパタ振って、回答を拒否した。「とにかくうまくドゥマをお前が隠してくれれば、あとはそこから連れ出せばいいと考えていた。だからゆったりかまえていたら、こんな台本が送られてきたので、文字通り飛んできたってわけさ、わかるだろ」

芳村が責める口調で、嘉津馬を睨んだ。

「それでお前の目的はなんだ。自分を手駒に使ったことを謝罪させたかったのか。それはそれは申し訳ありませんでした。でも、人にはできない体験ができたと思うがな」

もちろんその口調は、一切すまながってはいない。

「謝罪──そんなものは期待してません。いまのところなんの実害もありませんしね。だってCスタジオの騒ぎも、尾上たちが死んだことも、全部書き変わって、いまはなにもなかったことになっているんですから」

「その通りだ」

「謝罪じゃなく、謝礼をいただきたいんですよ」

「謝礼。おいおい、まさかそんな言葉がでるとは思わなかったな。確かにボクのためにお前さんを働かせたのは認めるが、金を要求されるとは」

「金じゃない、欲しいものは」

嘉津馬は芳村の目を強く睨み返して、自分の希望を伝え始めた。

二度目のタイムトリップの直後、自分ではなく、誰かの意思で時間移動を繰りかえされているのだと気づいたときから、ずっと考えていたことだった。

もしも自分に時間移動の能力が本当にあったとしたら。それも『時丸』のように、その回数に限りがあって、あと一回しかできない、そんなことがあったとしたら、自分はなにを望むだろうか、と嘉津馬は真剣に考え抜いた。

なんの力も持たない自分だが、金子が云ったように原稿を量産することと、言葉によって相手を説得することに関してだけは、〈超人〉とは云わないまでもそれなりの能力と自負している。

ならば、戦う、そう嘉津馬は決意したのだ。自分が〈超人〉ではないのだ、と思い知らされたからこそ、その決意をすることができたともいえる。

耳の中で鳴っているのは電話のベル。受話器をとるまでもなくそれが父からの電話であることがわかる。父の声が象徴するのは、嘉津馬を取り巻く世界の圧力だ。夢想するな、現実を見ろ、父と向き合え、お前たちが望むものだけ作ったところで誰もそんなものに興味はもたない。それはいつしか千田から向けられた銃口へと変わっている。

圧倒的な暴力はいつでも人間を簡単に屈させることができる。暴力は銃や、背中にのしかかる柔道着の脚という具体的な形をとっているとは限らない。もっと見えない何かが、知らぬ間に嘉津馬たちを取り巻いて、気づいたときには抵抗力を奪っている。

しかし嘉津馬は、姿を見せない〈超人〉によって翻弄されていることに気づいたことで、自分からそれに戦いを挑む機会を与えられたと思ったのだ。戦う相手は〈超人〉芳村ではない。この世界だ。

嘉津馬は芳村に、自分の願いを告白し続けた。

二十九

芳村はまったく呆れるほどあっさりと「いいんじゃないかな、面白いよ」と嘉津馬の要求を受け入れた。

「ただの口約束、じゃないでしょうね」

「いや、さっきも云った通り、もしこれから先、お前が今夜のことを書いたり発表したりしてしまえば、ドゥマは〈ファンタズマゴリア〉としての不確定性を失う。そうなれば取り締まりの連中によって、ボクの計画は潰されることになる。まあ、いまのところ取り締まりの連中が現われていないということは、つまりそんなことにはならなかったということで、となるとお前は今夜のことを本にしなかったことになる。だからボクも約束を守るんだろうな、多分」

原因と結果が完全に逆転した倒錯した理屈を芳村は当然のように語った。嘉津馬との約束を守れば監視者が現われないのではなく、監視者が現われないから嘉津馬との約束は守らなくてはいけない、というのだ。だがそれはSF好きの嘉津馬からすれば見事に筋が通っているように感じられた。

「そんな心配はしなくても、オレはテレビ屋ですからね、本なんか出しませんよ」

「それはどうかな。さて、じゃあそろそろ話してもらってもいいんじゃないかな、ドゥマはどこだ」

芳村が軽く手を打った。嘉津馬は答えず、微笑を浮かべた。

「じらすなよ。恵子と一緒にいるところを見つけたんだろ。だがひとがた座の存在は千田に知られている、尾上くんのところかと思ったが彼の存在も同じくだ、第一、彼はそこで寝ている。お前の知り合いとなるとあとは名古屋と神戸だがどちらもあの時間じゃ遅すぎる。ＴＴＨが下請けに使っている新橋のスタジオか、大道具の貸出をやっている会社の倉庫、と睨んでいるんだが、どうだ」

「よく調べてますね。神戸の知り合い、までご存知とは。でも彼女は今夜上京しているんですよ、編集部に原稿の持ち込みで」

そして本当なら、そのあと嘉津馬に電話をしてきて、二人で五輪公園で話すはずだった。だがとっくに来てもいいはずの電話が、今回は来ない。なぜなら――

「いまごろ、彼女は尾上と一緒にいるんです。オレが尾上に頼んだんですよ。彼女から連絡があるはずだから、家にいてくれって」

「尾上が自分の家に。じゃあ」

ちゃぶ台の向こうで横たわっていた男が、毛布をよけると、身を起こした。絎勲だ。

「多分途中から、話は聞いていたと思います、そうですよね」

勲が頷く。恵子が云っていたように、暴力的な衝動にかられない限り、普通に会話もできるし、言葉の理解力もある。

「恵子――妹さんは、あなたをテレビの生放送に登場させるのは危険だとわかってくれました」

千田やバトラたちが彼らの思惑に気づいている以上、ドゥマの存在を世間にさらそうとすればどうしても惨劇はまぬがれない。嘉津馬はそのことを話し、恵子もCスタジオに千田たちが現われたことを確認して納得してくれたのだった。いまごろはひとがた座の人々にも説明してくれているはずだ。

「あなたのことを邪魔に感じている人たちがいる。あなたは戦後いつからかTTHの秘密フロアで監禁され、拷問され、実験の対象になっていた。そして最後には壁の中に塗り込められ放置された。それが暴露されれば鹿野事件以上のスキャンダルになるだろうから、関わっていた千田も、キャノン機関の関係者だという男たちもあなたを亡き者にしたい。それだけじゃない。あなたの実家を訪ねてきた元軍人たち。彼らが戦地であなたと仲間たちに苦しめられたのも事実でしょうが、あなたたちを人間以下と差別した事実も表には出されたくないはず。そしてあなた自身の精神も不安定な中にある。戦場に心を置き去りにしてきたように」

それは嘉津馬の父と同じように。多くの人々が、大切なものを置き去りにして、二度と取り戻せないままでいる。

「だけどオレは、やっぱりあなたを〈超人〉だと思う。理由なんかない。子どものときに雑誌であなたのことを読んだ。わくわくした。ドキドキした。あなたがすごい超人だったのか、それともただの怪物に過ぎなかったのか、どっちも不確定で、どっちも選べるというのなら、オレは前者を選ぶ。それだけのことです。だから今度は、あなたが選んでください」

勲は静かに嘉津馬の言葉に耳を傾けていた。

予定ではこのあと修整台本の二種類目を最後まで書き上げて、それを神保町の印刷所に届けることになっていたが、芳村はその必要はないと云った。

「大して時間はかかりませんよ、なにせそこにあなたが持ってきてくれた二冊目の台本がある。それを書き写せばいいんだから。いや、待てよ、そうなるとそれを書いたのは誰ということになるのかな」

「悩んでも答えは出ない。それにこの台本はボクをおびきだすのに必要だったんだろう。だったらもうその用は済ましたじゃないか」

そう云うと芳村は、持参した方の台本をビリビリと破いてしまった。

「いや、でも、待ってください。オレがいまから書いて、印刷所に持って行って、できあがった台本をあなたの事務所に届けさせる。そうしなきゃ、あなたはここには現われないってことになりませんか」

「でも現にボクはもうここにきているんだから、結論が出ているのに、いまさらわざわざ原因を作る必要はないじゃないか」芳村はこともなげに云った。さっきは結果と原因を倒置して語ったが、今度は結果があるのだから原因はもう必要ないという。「それにボクはこれからお前たちを送っていくんだから、アシスタントさんが台本を届けてくれても、事務所にゃいないよ」

確かにそういうことになる。だが、となると芳村は台本を受け取っていないにもかかわらず、時間を遡って嘉津馬の家を訪れたということになる。その手にはたったいままで二種類目の修整台本が存在していた。じゃあその台本は誰が書いてどこで印刷されたというのか。

考え始めたらキリがなかったが、芳村はそうした矛盾は一切気にしていないようだった。勲と嘉津馬を自分の車に乗せると、一気に渋谷まで走り出した。

ドゥマ／谺勲を連れて行く前に、最後に恵子に会わせてあげようと云いだしたのも芳村だった。ドゥマはこの先、消息不明としていつまでも伝説だけが生き残ることになる。おそらく二度と現われることはない。もともと兄との死別を覚悟していたとはいえ、それでも兄の復権のために自分の身を犠牲にする勢いで取り組んでいたのだから、嘉津馬も承諾した。

しかし待ち合わせ場所を渋谷としたのは大いに疑問だった。この当時の渋谷駅は既に西口には駅前からずっと商店が立ち並び、宇田川を埋め立てて造った後のセンター街を中心に、空襲で焼けた一帯には小さな飲み屋が繁殖し、さらにワシントンハイツに暮らす米兵とその家族からの払い下げ品を扱う店も多くある。円山町は花柳街として知られ、料理屋や連れ込み宿も数多い。つまりこの地域は戦争の焼け跡から、流行の先端を行く繁華街へと成り上がる前段階にあり、もちろん夜中でも人通りは多い。現在も駅前の横断歩道を渡ったところにヌッとそびえているノッポの書店ビルはこの頃から健在だった。

発展のあまり手狭になりつつある西口に対して、東口は府電《ろめんでんしゃ》の一大ターミナルとなっていた。渋谷からの府電はそれぞれ汐留、浜町、淡路町方面に繋がり、それらの起点である渋谷東口ターミナルには常に多数の車両が停車。東急百貨店のビル内に吸い込まれていく地下鉄銀座線の高架下に、多数の府電が並ぶ光景は未来的として格好の観光名所にもなっていた。そして駅の向かいにターミナルを挟む形で作られた文化会館は映画館や書店に加え屋上にプラネタリウムを設置、こちらも多くの若者たちを集めていた。

終電は終わっていても人目は多い。わざわざそこを待ち合わせ場所としなくてもと反対したが、芳村は意に介さなかった。

道玄坂を渋谷駅西口に向かってくだっていく。嘉津馬は仕事柄新しくできた店のネオンなどに目を奪われていたが、隣に座った勲はなんの感情もないようにボンヤリと足元を見やっているだけだった。

恵子の話によれば四・五階の壁に埋められていたところから出てきて二週間余り。勲に戦前の記憶がどこまであるのか確かめていなかったが、どちらにせよいまの東京の街並みはその記憶とはかけ離れているだろう。少しでも想い出のよすががあれば惹きつけられることもあるだろうが、あまりに別世界であれば現実感がなくて、風景を楽しむ気持ちにもなれないのかも知れなかった。

芳村と嘉津馬の長い対話のどれほどをこの男が理解できたのか、わからない。嘉津馬もあえて深く訊いてみようとはしなかった。だがようやく肉親に巡り会ったにしては、やけに淡々と芳村の提案を受け入れたのも、彼にとってここは既に一つの『未来世界』であり、そうであれば芳村にどこに連れて行かれるにしても大差ないということなのか。嘉津馬は男の孤独に深く同情した。そして同じように父にもいまの世界が、自分を置き去りにして進んでいくように見えているのかも知れない、とふと思う。迷惑がられているのを感じながら高飛車に嘉津馬に電話をかけ続けるのは、自分がまだここにいるということを確認したい、一種の命綱のようなものなのか。

道玄坂下の交差点は、道玄坂と大向通りがY字型に合流して渋谷駅前の犬の銅像に向かう、渋谷の入り口のような場所だ。大向通りは現在では文化村通りと呼ばれているが、それ以前は東急本店通りと呼ばれていた。だが東急本店ができるのはこの物語より数年後のことであり、この時点では小学校がその地を占めていた。

二つの通りが交差する場所には現代は三桁の数字の名前がついた巨大ファッションビルが建っているが、この当時は三九《ミツキユウ》という衣料品を主に扱う会社の本店が占めていた。青信号で芳村の車がそのまま交差点を抜けようとしたとき、ミッキュウの店先からふらりと歩き出した男がいた。信号を見る気配もなく、徐々に歩足をあげると、まるで三段跳びのように連続してジャンプし、交差点のど真ん中で車の助手席ドアにとりついた。

トレンチコートに中折れ帽、マフラーとサングラス、それは千田がバトラと呼んでいた男に間違いなかった。

芳村が急ハンドルを切る間もなく、バトラは左手でドアハンドルを握り、右手を車体の下にさし入れた。そして両足を踏ん張る。すると坂道を加速して下ってきたはずの車が急停車し、そのまま男の方へと傾き出す。既に右車輪は接地しておらず空回りしている。

「芳村さん、なんとかしろ」

嘉津馬は思わず叫んでいた。芳村がこれまで二度嘉津馬に対してしてきたように、彼には時間を遡る能力があるはずだ、ならば。

だがそれ以上声を出すことはできなかった。バトラはついに完全に車体を九十度傾け、肩に背負うようにして放り投げた。左側ドアを下にして車が路面を滑る。舗装されてはいても凹凸が多い車道を斜めに突っ切る。接地面から火花が、窓に押し付けられた嘉津馬勲の顔のすぐ前で激しく乱舞した。

歩道は石畳で車道より一段高くなっている。その段差にぶつかって車はようやく止まった。軋《きし》みながら天井を下にして倒れる。

芳村はとっくにハンドルから手を離し、天井に頭をぶつけて動かなかった。嘉津馬も衝撃で上も下もわからない状態で、力が入らない。その中で勲だけが唸り声をあげると、大きく足を伸ばした。それだけであっさりと後部ガラスが砕け散る。勲はまるでそれが正しい姿勢であるかのように、両手両足を天井につけ、ネコ科の動物がよくやるように低い四つ足の体勢をとると、そこから一気に外へ飛び出していった。

ようやく嘉津馬が這い出すと既に勲は、銀行横のフルーツパーラー前の歩道で、コートの男たちに取り囲まれ、腕を掴まれていた。その前にあのバトラという男が仁王立ちしている。

周囲には華やかな服装に身を包んだ若者たちや、近所の商店主たちが集まり始め、芳村の車が横転しているせいで道を塞がれた運転手たちも次々に車を降りて見物に加わりつつあった。

駅前の交番からすぐに巡査たちも駆けつけてくるだろう。

(だからこんな人目があるところはまずいと云ったんだ)

後悔してもはじまらない。嘉津馬は大声を出して野次馬たちに逃げるよう伝えようとしたが、横転のときのショックか、まともに言葉にならなかった。

「やはり、生きていた。いや生き返っていたな、デュマよ」

バトラがマフラーの中からくぐもった声で云った。

「相変わらず、オレの名をちゃんと呼んでくれないんだな、神田さん」

たどたどしく、勲が応じる。

(神田――神田光か!)

それは谺勲、ドゥマの直接の上司だったという軍属の名前だったはずだ。明美によれば神田は拳法の達人で、間諜として訓練された存在だったと。だが彼はドゥマに殺された、確かそう訊いたような。

「不死者と不死者の戦いか」

背後からその声を聴くのはもう何度目か。振り向くまでもなく、そこには千田が、いつもの仕立ての良いスーツ姿で立っていた。車から脱出した芳村の肩を馴れ馴れしく抱いている。

嘉津馬からすればこの数日で何度も会った相手だが、千田からすればCスタジオでの生放送の直前、恵子のことを話したときの記憶しかないだろう。だから嘉津馬がいまこんなに激しい憎悪の眼をぶつけている理由も、見当がつかないはずだ。それでも良かった。千田の真意が何処にあるとしても、彼が谺勲を監禁していたのは間違いないのだ。

「不死者、死なない人間という意味ですか」

千田が数米先で対峙するバトラと勲を指した。

「見るがいい」

突然勲が吠えた。バトラと睨み合ううちに感情が沸騰したように。両脇を抱えた男たちを振り払うと、上半身を覆っていた長袖のワイシャツが内側から弾けて、千切れ飛んだ。

既にその肉体は獣と化している。細かい獣毛がビッシリと腕先まで覆い、大きく腫れあがったような掌の先に鋭い爪が伸びている。顔も一瞬にして、ネコ科の肉食獣を思わせるものに変貌していた。それは嘉津馬がかつて間近に見たものだった。かろうじて下半身の服はまだ裂けてはいないものの、人間の姿であったときよりも細く長く伸びており、膝から下はズボンの裾から飛び出している。そして靴の先端から、やはり長く鋭い爪が何本も、革を突き破って覗いていた。

獣の王ドゥマが、渋谷の人混みの中に出現していた。

野次馬たちはまだ状況を理解していない者がほとんどだった。人間が、二本脚の獣に変身するなど、ほとんど想像の埒外《らちがい》なのだろう。何人か、会社帰りのサラリーマンらしき男たちが『おい、もしかして超人か』『いいのか、こんなところで騒ぎを起こして』と囁き合っている。おそらく戦前の、いまより超人が自由だった時代を知っている者たちと思われた。

危険を感じてその場を離れる者は誰もいない。映画の撮影、あるいはプロレス興行の宣伝、などと誤解しているわけではない。いつもは隠されているが、どこかにいることは知っている〈超人〉という存在。それがいま目前に出現し、どうしても目を離すことができないでいるのだ。それは嘉津馬も同じだった。人間でありながら人間ではない、その存在がどうしてここまで自分たちを惹きつけるのか。

ドゥマが右前肢を一気に振り下ろした。

バトラが僅かに後退した、爪はバトラの帽子のつばからサングラス、そしてマフラーを両断していた。

はじめて野次馬たちから悲鳴が起きた。

それまでほとんど表にさらされていなかったバトラの素顔が、明らかになっていた。真夜中とはいえ、街灯はこうこうとそれを照らし出している。

それはまさに異形だった。人間の顔を腐らせ膨れ上がったものを今度は乾燥させてひびだらけにした……とても形容するのが精いっぱいで、嘉津馬も見つめ続けることはできなかった。本能的な恐怖を呼び起こされる顔とでも云えばいいのか。

人は誰でも恐れずにはおれないものがある。それはいつか必ず訪れる死だ。だから死体を見るとき人はどんな親しい人のそれであっても、悲しみや慈《いつく》しみと一緒に怖れを感じてしまう。それが腐敗し、原型をとどめぬようになったものであれば、もはや怖れしかないといってもいい。

本来なら液状になってとても形を保っていられないほどに腐り果てた肉体が、なぜかそのあと乾いた粘土のようになって人の形を保っている――そんな姿がそこにあった。サングラスやマフラーで隠していたのも道理。おそらく正体を知っていたであろうその部下たちですら、バトラに目を向けられず顔を見合わせている。

その中で唯一怯まないのがドゥマだった。彼は「神田さん！」と吠えながら両前肢を同時に突き出していた。バトラがそれをがっしりと摑みこむ。

三十

「あの神田光という男は、優秀な間諜であったそうだが悪い癖があってね。それは盗掘だ」

千田が面白そうに語り始めていた。

「間諜《スパイ》という職業柄あちこちの国に潜入する。そこで保護されている遺跡にしのびこんだり、ときには王立博物館のようなところにまで入りこんで、貴重な文化財を盗み出すというんだな。金が目的ではない。彼に云わせれば自分がより強くなるための、秘薬を求めている、ということらしい。古代の叡智を探求しているというわけだ。聖杯への長き旅だね」

「エジプトの……ファラオの墓からなにかを盗み出したと」

そうだ、確か父がそんなことを話していたのを嘉津馬は思い出した。いや、あの電話は金曜の午前中、まだ『かかってきていない』電話だ。

「ほう、そこまで聞いているのか。神田は戦前エジプトのある墓所で『不死の薬』を発見した。ただファラオではなく、バトラという名の王女の墓だったそうだがね。猟豹部隊を組織したところ、彼はその秘薬を呑むことにした。なにしろいつどこから弾が飛んできてもおかしくない戦場だからね」

「それで、ドゥマに殺されても、死ななかったというのか」

「いや、死んだんだ、一度は確かに。神田と彼の仲間は昂奮したドゥマを取り押さえようとしたとか、邪魔になったドゥマを始末しようとしたとかいろいろ言われているが、とにかく米軍上陸直前のある島でドゥマによって殺されてしまった。その遺体は何人もが確認している。軍人ではなく、しかも日本軍自体が潰走《かいそう》している状況だったから、その遺骸は水葬とされた。まあ……海に棄てられたわけだ」

「だがよみがえった」と芳村が続けた。「不死の薬は本物だったんだ。だが神田が考えていたのとはちょっと効能が違った」

「効能って、どんな風に」

「死んでから生き返るのに、七年かかったんだそうだ。七年後、突然海の中から現われた神田の姿を見て現地じゃショック死した者もいたっていうよ。なにしろ七年の間、肉体はずっと海の中にあったんだ。いくら不死の薬だと言ってもあんな姿で再生するのが精いっぱいだったんだろうさ」

芳村はそう云って、バトラを示した。千田はそんな芳村の言動を訝しむ様子も見せない。

「なぜ、七年なんですか」

「さあな。一説には人間の全身の細胞がくまなく入れ替わるのが五年から七年だという。それとなにか関係があるのかも知れないが」

「待ってくれよ。七年……」

嘉津馬は思わずドゥマを見やった。

両前肢を掴まれたドゥマは苦しそうにバトラ／神田に噛みつこうと首を伸ばすが、バトラは少しの傷はものともせず、逆にぐいぐいと前肢をしぼりあげ、いまにも両肢とももぎとってしまいそうだった。

その姿を見ながら嘉津馬は思い出していた。嘉津馬がTTHの本局に来たのは神化二九年、今から七年前のことだ。そして早々にあの四・五階で千田に会った。既にGHQによる占領体制はとけており、CIEも局舎から去っていたのに、千田は番組オブザーバーとして残留し、あそこの隠し部屋を我が物顔に使っていたのだ。なんのために。もちろんドゥマを監禁するためだ。そしてその後間もなく千田たちはTTHを去っていった。それが七年前のことだとすれば……。

「あんたたちは七年前までドゥマを、いや袮勳をあのフロアに隠していた」

嘉津馬の激しい言葉にも、千田は動じなかった。代わって芳村が答える。

「ドゥマに限らない。当時日本にいた様々な海外の組織が、日本軍に協力した〈超人〉について調査をしていたんだ。特にドゥマについては、その変身原因が南方の島の秘術という以外なにもわかっていなかった。だから何度も徹底的に解明しようとしたが結局できず、そしてとうとう帰国しなければいけない時期がきた」

「だから、殺した。そしてそのままあの部屋の壁に埋めたんだ。死骸を持ちだすには、TTHは二十四時間、人がいるし、あんたたちは既に占領軍ではなかった」

ようやく千田は口を開いた。その口調には、嘉津馬や芳村がドゥマについて熟知していることへの驚きはまったく感じられない。

「ドゥマの死は、彼自身の体力の限界によるものだ。決して私は手をくだしてはいない。何年にもわたって様々な実験にさらされ、彼はもはや限界に達していた。しかし彼は……神田と同じ薬を呑んでいたのだ」

それは考えられることだった。神田光というのがどのような人間だったか想像はつく。間諜として世界各国に潜入し、オカルトじみた薬を求め、ときには怪奇な方法で生み出されたドゥマのような超人を見つけてくる。オカルトを信じるものは、他人とは違い自分だけが世界の真実に近づいていると考えがちだ。秘密主義で自分が生き残るためならなんでもする。

「バトラの秘薬を呑むとき、安全かどうか毒見が必要だと考えた。そしてドゥマに呑ませた――だから七年」

そうだ、バトラが戦争から七年後、海の中から忽然とよみがえったなら、ドゥマもまた同じだったろう。だが彼の場合、死んだのは戦争から九年も経ってからであり、場所も東京のＴＴＨの中だった。だからそれからさらに七年を経た今年になって、よみがえったのだ。バトラと比べて肉体に損傷がなかったのは死体が空気の遮断された壁の中にあったからか、それともドゥマ自身の生命力によるものか。

「バトラ——神田は、ずっとこのときを待っていたそうだ。彼にとって自分に逆らい、自分の命を奪い、自分をあのような姿にしたドゥマは、絶対に許せない宿敵となっていたらしい。バトラは蘇生後アメリカの特殊機関に拾われ、暗殺専門要員として働いていた。なにせ肉体の再生能力は高く、拳法などの攻撃術も巧みだ。だが彼はドゥマが死亡したことを知り、そのよみがえる時期をみはからって、半ば強引に部下を連れて日本にわたってきてしまった。そのお相手を仰せつかったのが、ＴＴＨに顧問として再雇用されていたこの私でね」

千田は苦笑した。

「すぐに四・五階に案内したが、既にドゥマは蘇生し、壁から自力で抜け出して姿を消したあとだった。もちろん私はドゥマの妹や、ドゥマを支援しているらしいひとがた座についての情報は摑んでいたがあえてバトラには話さなかった。なにせああいう連中だから、どこまで被害が広がるかわからない。なんとか穏便にドゥマを見つけ捕えられればいいと考えていた。ところがバトラは別ルートから、今日、『時丸』の生放送にドゥマが現われるという情報を摑んでね」

多分ひとがた座に出入りしている学生かだれかが、偶然網にかかり、恵子が予定していた計画を口にしたのだろう。

「しかしCスタジオにドゥマはいなかった、正直ホッとしたがこのまま姿を消されても困る。君が、恵子と男と逃げたというので追いかけてみたが姿はなかった」

「それでオレを見張っていたんですか」

「いや、違う」

そう云って千田は芳村を見た。芳村は無言で頭をかいた。

「芳村さん……まさか」

「さっき木更さんのところでトイレを借りたでしょう。あのとき実はトランシーバーで」

芳村は肩から提げた鞄から大型の、軍隊が使うようなウォーキートーキーを取り出して見せた。

「少し離れたところで千田さんに待機してもらっていたんだ、ドゥマの居場所がわかったら連絡すると」

嘉津馬の思考は一気に混乱した。どういうことなのだ。芳村は未来からきた時間移動超人ではなかったのか。ドゥマを未来に連れて行きたいのではなかったか。なのにそれがなぜ千田に協力しているのか。

「元々ヒョウマは私の協力者の一人でね。TTHの内部事情に詳しいので、移転計画に反対している組合員などについても調べてもらったりしていたんだよ」

ヒョウマ？　それは芳村の下の名前だろうか。名刺をもらったのはかなり前のことで、そこに記されていた名前など忘れてしまっている。

芳村は嘉津馬に会うずっと以前から千田に通じていたというのか。バトラやドゥマの事件が起きる前から、ずっと嘉津馬たちを騙していた。だったら〈超人〉などではないのか。部屋で話したことはすべて嘘なのか。いや――。

そんなことより、いまはドゥマだ。すべては仕組まれていた。千田たちは待ち構え、ここでドゥマを殺すつもりなのだ。

ドゥマの悲鳴が響いた。

バトラが軽快なフットワークを見せると、立て続けに手刀をドゥマの顔にめりこませていた。プロレスでいう空手チョップのような派手な動作だが、ダメージを確実に与えているらしい。ドゥマの眼の辺りからたちまち出血する。怯んだドゥマの首に手を掛けたバトラはためらいなく力をこめた。

「いまだ」

バトラがわめくと、周囲にいた部下たちが次々に銃を構えた。今度こそ野次馬たちが悲鳴をあげて逃げだす。渋谷を根城にしている暴力団もいるが若いチンピラのような連中が多いので、銃まで持ち出した抗争になることはめったにない。それだけに生で拳銃を見た衝撃はすさまじい。たちまち野次馬は安全な場所を求めて駅の方へ駆け出した。それと入れ替わりに警官が走って来るのが見えた。すると千田は一歩出て、

「心配ナイデース、私タチ、ワシントンハイツからきましたー」

と、あの二世訛りで呼びかけた。

「酔って乱暴を働いた兵士を追いかけてきました、すぐに終わりまーすネ」

解放から九年経っているといっても、米軍関係者に下手な手出しをすれば我が身が危ないことは、誰でも知っている。特にワシントンハイツが近いこの地域では、米軍関係者が起こす暴力事件などありふれていて、基本的にはすべて米軍側に処分をゆだねるのが常識になっていた。

警官たちは千田の言葉にそれ以上前に進むのをためらっていた。おそらくあとで芳村の車の横転事故だけが取り調べを受けることになるのだろう。

そのとき、意外なほど近くに芳村がいることに、嘉津馬は気づいた。千田が警官の方を向いている間に近寄ってきたらしい。さっきはかなりの怪我をしたように見えたが、いま見るとまったく平気なようだ。

「芳村、さん、あんたという人は」

怒りのままに声をしぼり出す。

「このままだとどうなると思う。米軍関係者が酔って暴行を働きＭＰに射殺された、ドゥマの最期はそんなところだ」

「あんたがそう仕向けたんだろう」

「それじゃ〈ファンタズマゴリア〉にはならない。ドゥマは〈超人〉なんだ」

どういう意味だ、と訊くより早く、なにか奇妙な音が街に響き始めた。ブーンブーンと風を切るような音、ビヨンビヨンとなにかがたわむ音。それは頭上から響いているようだった。

見上げると、張り巡らされた電線が揺れていた。風もないのに上下に激しく波打つように一斉に揺れている。まるで地震のようだが、違う。電線のあちこちにぶらさがっているものがある。見ているとそれが電線から電線に飛び移っている。それが続けざまに起こるので電線が波打ち、音を発しているのだ。

まるで樹上を渡る猿のように見えたそれらはやがてドゥマたちの真上まで達すると、一斉に電線から舞い降りた。

たちまち苦鳴が響き渡る。コートの男たちだ。彼らの手首や首元、或いは足首から、水道の蛇口に指をあてたような勢いで赤いものが噴出し、とても拳銃を持っていられないのか次々に取り落とす。何人かはそれでもまだ無事な方の手に銃を持ち変えようとする。すると電線から飛び降りてきた影が、くるっと空中で反転して、拳銃にしがみつき、そのままクルクルと回転した。男の手首は拳銃ごと音を立ててねじれ、まるで野菜が折れるように不気味な音を立てて切断されてしまった。さらに激しく赤いものが地面に溢れだす。

「時丸……」

嘉津馬は見た。コートの男たちを襲う影の正体を。それは三十かせいぜい四十糎にも満たない大きさの、人形。それも嘉津馬にとって見慣れた『忍びの時丸』の人形たちなのだった。いつもと違うのは人間が操るための操り棒がついておらず、もちろん彼らを操作する人間が横についてもいない。そしてもう一つ、彼らが手に持った刀はどうやら本物の刃物のようだった。

時丸、飛丸、大丸、羽丸といった忍者たちの人形だけではない。ゲストとして登場した侍たちや、一話で時丸に時計を授けた未来の少女の姿もあった。いずれもCスタジオのセットの上をたどたどしく動く姿とは似ても似つかなかった。まるでゴム鞠のように自在に飛び跳ね、人から人へ、地面に落ちたかと思えば跳ね上がり電線へ。美しい舞踏を演じるように動き回りながら、確実にコートの男たちの戦闘力を奪っていく。

その刀は手首や首筋という急所に確実に突き刺さり、攻撃を受けた男たちはその場でうずくまる。それでもまだ抵抗しようという者には先ほどのように腕にしがみついてそのままグルグルと回転することで腕ごともぎとってしまったり、首に絡みついてそのまま自分の重さで窒息させるということもしている。

「いったい、これは」

そう云って芳村を見ると、その背後、交差点の向こう側の一団に気づいた。そこにいるのはひとがた座の若者たちと、恵子だった。恵子は心配そうにこちらを見つめ、一方団員たちは一様にうつろな目でただそこに立っていた。

「彼らは『人間使い《ヒューマンマスター》』と呼ばれている」

芳村が云った。

「彼ら、ってひとがた座のことか」

「馬鹿な、もちろん彼らさ」

その指の示す先には、飛び跳ねる時丸たちの姿があった。

「彼らは人形に似た姿で生きている、操り人形のふりをしていたほうが都合がいいから、適当な人間を見つけては自分たちの操り手を演じるよう精神を支配する。だから『人間使い』なんだ」

「人形のふりって、じゃあ彼らは本当は自由に動けるのに、いつもはわざと人間に操られているふりをしているっていうのか」

「ああ、そうさ。彼らも立派な超人だ」

嘉津馬の脳裏によみがえる光景があった。二度目のタイムトリップの直前、ひとがた座で倒れていた団員たちと人形たちが奇妙に同じ姿勢だったこと。あれは人形たちがドゥマに殺されたことで、精神を支配されていた人間たちも同じように息絶えた姿だったのか。

「じゃあひとがた座の人たちが、恵子のところにドゥマを連れてきたのも」

「同じ超人だからな。たまたまドゥマのことを見つけて、味方してやりたくなったんだそうだ」

「それで、あんたは。あんたは一体」

「云ったろ、ボクも超人なんだと」

そのとき銃声が轟いた。耳元で風が鳴った。嘉津馬の身体がふわりと持ち上げられると、一瞬で交差点の中央へ移動している。抱き上げているのは──芳村だ。

こちらに向けて銃を突き出し、千田がわめいていた。銃口からは白煙がただよっている。

「そうか、それがお前の正体か」

千田の言葉に、芳村を見ると、一瞬前と姿が変わっていた。顔つきがきつくなり、瞳孔が猫のように縦の線になっている、耳がとがり、口からは牙がのぞいている。そしてズボンが裾から裂け、そこから覗いている太ももから下は人間のそれとはまったく違う関節のつきかたになっていた。カモシカやサラブレッド、そして俊足の豹やジャガーを思わせるその脚は長く伸びて地面を摑み、さらに尻の方から脚の間に垂れ下がっているものは、明らかに太い尻尾だった。

芳村もまた獣の姿に変身したのだ。ドゥマと同じくネコ科の肉食獣を連想させる部分もあるが、それよりは人間の部分がまだ多く残っている印象だ。

嘉津馬はこの一瞬になにが起きたか理解した。

芳村の言葉を耳にした千田は、彼が千田に情報を流すふりをして、逆に騙していたことを悟り、発砲した。その瞬間芳村はこの姿へと変身し、嘉津馬を抱え上げると、見かけ通りの俊足でほとんど弾丸の速度を超えてそれをかわしてみせたのだ。

「あんたは殺さない、これから起きることを見ていてほしいからな」

芳村は千田にそう告げると、嘉津馬を抱え上げたままで、また走り出した。

そのころには既に人形たちによってコートの男たちは戦闘不能にさせられており、バトラはドゥマの首を摑んだまま茫然自失の様子だった。

芳村はそこに突進すると、バトラに向かって銃を撃つ。それはやけに角が丸くて流線型の、嘉津馬がはじめて目にする銃だった。銃口から出たのも弾丸ではなく、何かの光線のように見えた。するとバトラは激痛に襲われたようにドゥマを取り落とした。

「ドゥマ、倒せ。怪人バトラ、エジプトから来た恐怖のミイラ男を！」

あまりに芝居がかったそのセリフは、明らかにドゥマにではなく、こわごわと遠巻きに見ている野次馬や警官たちに向けられたものだとわかる。

「そうか、これでドゥマの存在は人々に記憶される、〈正義の超人〉として。だがそれでは〈ファンタズマゴリア〉ではなくなってしまうんじゃないのか」

「この程度の人数が目撃したところで、記憶はあやふやだし、明日の新聞記事になるかどうかだって怪しい。だが少なくとも戦時中行方を絶ったドゥマという超人が、神化三六年三月、テレビ局のスタジオで暴れて無惨に死んだという都市伝説は上書きすることができる。その同じ日に、ドゥマは渋谷の街中で、人々を襲っていた悪魔のようなミイラ怪人を倒したのだ、と」

「こうすることでなにが変わるんだ。ただ未来に連れて行くだけじゃダメなのか」

「未来には〈超人〉がいないと云っただろう。それは人々が超人を忘れ、超人もまたいつしか消えていったからじゃないかと考えている。未来にドゥマを連れて行ったとしても、彼の存在が忘れ去られていてはダメなんだ。彼は〈ファンタズマゴリア〉だ。人々が忘れれば、彼も消えてしまうかもしれない。だから強烈な記憶が必要なんだ。神化三六年、ドゥマという超人が確かにいたという。ドゥマは自分を襲う悪の権化と化したかつての上官を倒す。復讐でも逃走のためでもない。〈超人〉としての使命を果たすんだ」

その子どもじみた言葉は、なぜか嘉津馬の胸にすっとしみいった。そうだ、個々人の理由や動機などどうでもよく、〈超人〉であるならば、ただ悪と対峙し、弱き人を守るために戦ってほしいと、嘉津馬はつい夢想しがちだった。実際にそんなことを求めるのはあまりに理不尽だとしても、そうであってほしいという理想を嘉津馬は抱き続けていた。少なくとも父が帰ってくるまでは。

ドゥマは確かに〈ファンタズマゴリア〉と芳村が云う不確定な存在だ。どこで活躍したのか、どこで死んだのかもよくわかっていないし、様々な説があり、真実は定かではない。だがただ一つ、〈正義の超人〉であったという伝説だけは残しておきたい。それが芳村の思いなのだ。

「この獣が！」

バトラが叫び、再びドゥマに手を伸ばした。

ドゥマは地面に倒れたまま動かない。その目に浮かぶ戸惑いを嘉津馬は見て取った。ドゥマが対しているバトラは、彼にとってかつては恩人だった存在だ。そして彼が一度は殺した相手でもある。それをもう一度手にかけたとき、自分は本当に〈獣〉になってしまう。そんな迷いが彼の中に生じているのではないか。

「ドゥマ！　超人ドゥマよ！」

気付いたとき、嘉津馬は叫んでいた。

「そいつはあんたの恩人なんかじゃない。怪物だ。オレたちのこの世界に、あんたの妹の住む町に、また戦争を持ち込もうとしている。そうだろう？　〈超人〉なら、オレたちを守ってくれ！」

ドゥマの口元が歪んだ。それは彼の笑顔だったのかも知れない。そして、ドゥマは高く跳ね上がり、全身をバトラにぶつけていった。押し倒されたバトラの頭から帽子が飛ぶ。

「オレはドゥマ、獣ではない」

その爪がバトラの顔に突き刺さった。

三十一

翌朝、嘉津馬と芳村は、嘉津馬の家からほど近い五輪公園にいた。夜明け間近でうっすらと一面に靄《もや》が漂っている。高くそびえる五輪塔前に、ほかに人の姿はなかった。

徊勲を、芳村がどこに連れて行ったのか嘉津馬は聞かなかった。あのあと気付けば千田も、人形たち（いや『人間使い』だったか）も姿を消しており、恵子は泣きそうな顔で兄に手を振っていた。

芳村はひっくりかえっていた自分の車をこともなげに元に戻すと、ドゥマを乗せてどこかに走り去ったのだった。そのまま未来に向かって走って行ったのだ、と云われても信じられるほど見事な顚末だった。

もうドゥマは未来に到着したのだろうか。そして芳村はなにもかもやり遂げてここに帰って来たのだろうか。嘉津馬にとっては渋谷の事件からほんの数時間しか経っていないが、芳村はあれから何十年も経てここに立っているという可能性だってある。

だが嘉津馬にとってはそれもいまはどうでもいいことだった。芳村はうとうとしはじめていた嘉津馬の部屋をノックするとこう云ったのだから。

『さあ、謝礼を払うよ』と。

「驚いたな、芳村さんのあの姿には。あなたも動物の姿に変身できる超人だったのか。未来には超人はいないと云っていたのに」

公園まで歩く途中、嘉津馬がそう云うと、芳村は首を振った。

「ボクは超人じゃない。少なくとも未来ではそうは呼ばれていなかった」

「どういう意味だ。時間を飛び越え、獣のような脚で駆ける。まさに超人そのものじゃないかと思うけど」

不意にどこかで犬が鳴いた。住宅地だからあちこちで大型犬が飼われている。この時間になれば散歩をせがみはじめるのだ。

「人間に動物の機能を組み込み、変身させるのと」不意に芳村が云った。「動物の知能と肉体を、人間のように進化させるのだったら、どちらが技術的には簡単だと思うかい」

嘉津馬は質問の意味を考えた。確かにドゥマは人間と獣を融合させたように見えるが、その技術は南方の島の秘術であって、科学でどうにかできるものではない。実際には遺伝子とかのレベルでの障害がありそうだ。一方動物を人間のようにするのなら、現代科学ではまだ無理だろうが、整形外科的に骨や筋肉をつけかえることは可能になるだろうし、問題は脳だが脳科学の分野が発展すれば一見人間と変わらないような反応をするところまで、進化させることも可能になるかも知れない。現に人間に移植するための内臓を、別の動物の体内で作るという実験はどこかの国で始まっているはずだ。

そこまで考えて嘉津馬は、芳村の質問の意図がわかった。

「待ってくれ、あなたが超人じゃないというのは、つまり、あなたが動物の力を組み込んだ人間ではなく――」

「さあ、どう思う」

芳村は軽く笑った。

「だからドゥマのことを知ったときから、ボクにとって彼は特別だった。彼は間違いなく、人間であり動物の姿に変身できる超人だ。彼が本当に正しい超人として活躍してくれれば、ボクたちのような存在は彼の後継者として、いつか認められる日がくるかも知れない。ドゥマ2、新ドゥマ……ドゥマXなんてのはどうかな」

真実はわからない。だが嘉津馬は、この男もまた〈超人〉になることを夢想しながら、自分にはその資格がないと思っている。それでもあきらめられないのだな、と知った。

「もしかしたらあなたがオレを選んだのは」

そこまで云いかけてあとの言葉を呑みこんだ。『同じように超人になりたいと思っているからか』なんて恥ずかしくて口にできたものじゃない。

やがて二人は五輪塔の台座に並んで腰かけた。そこは偶然にもあの夜、明美と二人で腰かけた場所だった。だがあのあとタイムトリップして時間は書き変えられてしまった。実際には昨日の夜、明美は尾上の部屋を訪ねたはずだ。嘉津馬と二人で朝まで話した記憶は彼女にはない。ドゥマを護るためには他に選択肢はなかったとはいえ、わざわざ二人だけにさせてしまったことを、嘉津馬は後悔していた。

「さてと、では始めようか」

芳村が手を打った。

「おいおい、随分簡単に云うんだな。いいか、オレが望むのは」

「何度も云わなくてもわかってる。ええと、宝塚明美さん、彼女が人気漫画家になるようにする、そのために歴史をちょっとだけいじくる、そうだったよな」

「あ、ああ、そうだ」

嘉津馬は耳が熱くなるのを感じた。

だがそれが彼の心からの願いだった。

自分ではなく、誰かが時間移動の力を使っていると気づいたとき、そしてその相手に対して『ドゥマ』を駆け引きの材料に使えば交渉できるのではないかと気づいたとき、嘉津馬が望んだのは、そのことだった。

もっと単純に自分が超人となる、などという願いは最初からもたなかった。それは過去に遡ってどうにかなるものではない。赤ん坊の自分をさらってどこかの研究室に放り込み、怪しげな実験電波にでもさらせばあるいは超能力でも身につくか——などと考えないではなかったが、実際には〈超人〉はいつも偶然から生まれることを考えれば、それはやはり非現実的すぎた。

だが明美の漫画は違う。彼女の漫画が世に受け入れられないのは、単に綺能秘密法があったり、また彼女の漫画があまりにも優れていて人々の理解の外にあるからだ。過去に遡り、彼女の作品を認めてくれる編集者に読ませることができれば、或いは〈超人〉に関する漫画に対する規制がゆるむように工作することができれば、そうしたちょっとの変化で彼女の漫画は世界に受け入れられるようになる。嘉津馬はそう確信していた。

多分、彼女の漫画を少し前の時代に持ち込んで、まだ他の漫画があまりない時代にそれをスタンダードにしてしまえば、そのまま彼女は人気作家になるはずだ。だが具体的にどの時代、どこの編集部に持ち込めばそれが可能になるかは、長い議論が必要になると思っていた。なのに芳村にあっさりと『始めようか』と云われて、急に不安になってきたのだ。

「彼女の漫画が人気になるには、どうしたらいいんだ。それがわかったら、すぐに彼女から原稿を借り出してくるから、それを持って」

「いや、明美か、彼女の原稿はいらない」

芳村は平然と会ったこともない明美を呼び捨てにした。

「実はボクは彼女の漫画を知っている」

「なんだって？　彼女は一人で描いて医大の仕事のかたわら、東京の編集部に持ち込んでいるんだ。まだ出版されたものは一つもない。それなのに」

「落ち着けよ、この世界ではそうだ。だが時間の中を歩いていると、たまに彼女の漫画が出版され、それも、大人気になっている世界に出くわすことがある」

「ど、どうしてそうなるんだ」

「歴史には不確定要素、〈ファンタズマゴリア〉があると云っただろう。そのいくつかの作用によって、彼女の漫画が早くから大人気になる世界が生まれたとする。だが〈ファンタズマゴリア〉は不確定だから、簡単に姿を変えてしまう。ボクのような別の時代から来た人間が影響を与えてそうなることもあるし、その時代に起きたちょっとしたアクシデントでもそれは起こる。だから次に同じ時代を訪れたらすっかり別の漫画が流行しており、彼女の漫画は出版もされていないなんてことになる、つまりいまいるのはそういう世界だ」

「じゃあこれまでもオレは彼女の漫画が売れている世界に生きていたかも知れない、ということか」

「ああ、そうだね、だけど書き変わってしまえばもう気づかない。歴史は不可逆だから。ボクは彼女の漫画が好きだよ。だから売れるのも当たり前だと思っている。あるときは彼女……といっていいのかな、彼女の漫画は世界中に売られ、映像化もされ、その作品に憧れて若い漫画家が次々に東京をめざし、とうとう彼女……は『漫画の神様』と呼ばれていたりした」

さすがにそこまでのことは起こらないだろうと思ったが、それでも明美の漫画が褒められると自分のことのように嬉しかった。

「だが別のときにはもう彼女の漫画は影も形もない。そんな極端な二つの世界の間を揺れ動いている、と考えればわかりやすいかな。だから要は〈ファンタズマゴリア〉を不確定ではなく、確定的なものにして、一つの解釈しか成立しなくさせる。架空と現実の間で漂う存在ではなく、明快な事実として固定してしまうんだ。そうすればこれから先、よほど大きな変容が起こらなければ彼女の漫画が大成功している世界が続くことになると思う」

まだ半信半疑ではあったが、嘉津馬は頷いた。

「わかった、それで彼女の漫画の成功を邪魔している〈ファンタズマゴリア〉はなんなんだ」

すると芳村は意外なものを取り出して、嘉津馬に渡した。原稿用紙を綴じたその表紙には『怪盗博士』の文字があった。

それは『忍びの時丸』の企画のとき、同時に提出したもう一つの明美の企画だった。戦前の東京で軍の名探偵と戦いを繰り広げる仮面の怪盗の物語だ。

「これについて、説明の必要はないね」

そういえばタイムトリップの前、上司と課長に呼び出されて『時丸』の終了を告げられ、代わりにこの企画を持ちだされた。その場に芳村も立ち会っていた。あれは実際には金曜日の昼前のできごとだから、この時点から六時間ほどあとに起きたということになる。

だが確かそのとき芳村はこの企画に反対していたはずだ。

「反対したのは、まさにこれが〈ファンタズマゴリア〉だからだよ、あの時点でこれの放送が決まっていれば、それによって様々なことが連鎖的に変化していく可能性があった」

「『怪盗博士』が〈ファンタズマゴリア〉だって。しかしこれは戦前の話だ、まだ明美さんは生まれてもいない。それなのにどう関係するというんだ」

芳村は真剣な顔になって、企画書をめくった。

「この『怪盗』の存在は事実に基づいている。神化一一年前後、主に東京の金持ちの家ばかりを狙う謎の怪盗が出没したという記録があるんだ。決して人を傷つけない紳士的な態度、計算され尽くした科学的な盗難法などから『怪盗博士』なんて噂されたというんだな」

そして神化一一年、二月のこと。大雪の夜、陸軍の一派がクーデターを企てたことがあった。だが同じ夜、怪盗博士はある屋敷に盗みに入り逃走、彼のライバル関係にあった探偵と警官隊が怪盗博士を追跡した。

「折悪しくと云うべきか、警官隊はクーデターのために真夜中に行動を起こしたばかりの、青年将校たちの部隊に遭遇してしまう。もちろんただの警官たちと、軽機関銃などで武装した歩兵聯隊では相手にならないはずだったが、本来ならば速やかに首相や各大臣や侍従長などを手分けして襲撃することになっていた将校たちは計画が狂ったことで混乱し、その場にバリケードを築き、市街戦を開始してしまう。その報告はすぐに上官である師団長のところに届き、夜明け前の三時近くには叛乱に参加しなかった部隊が続々と集結、ついに青年将校たちは一人の大臣をも手にかけることもなく鎮圧されてしまう」

その史実については明美とも話したことがある。事前に鎮圧された叛乱劇だから歴史の教科書でも簡単にしか触れられていない。

「だがもしも、怪盗博士が存在しなかったとしたらどうなっていたか」

芳村の声が高くなる。

「当然怪盗博士を追う警官隊が、叛乱青年将校の部隊と遭遇することはなくなり、彼らは計画通り各大臣、侍従長、首相官邸までも誰にも邪魔されることなく襲撃に成功。朝になって警察や軍がようやくことに気づいた頃には、叛乱将校たちは神化維新をかかげて陸相と会見を行なっている。そして東京に戒厳令がしかれることになる」

いくら『もしも』の話としても、そこまで大きなことが起きるとは嘉津馬には思えなかった。いくら叛乱部隊が迅速でも戦前の軍部ならばすぐに力押しで揉み潰せてしまったのではないだろうか。

「結果的に二日後には叛乱軍は原隊復帰を命ぜられ解散、指導的立場にあった青年将校たちは捕えられ処刑される。その事実経過だけ取り上げれば、そんなに君の知る歴史と違いはないかも知れない。しかし軍によって一時的でも首都が制圧されたということ、そして政治家たちが武力による暗殺に危機感をおぼえるようになったことから、この後一気に軍の発言力が増すことになる。それによってまず大陸、さらには南方へと侵攻が開始され、戦端が開かれる。この戦争の規模はお前が知っているものよりはるかに大きくなるだろう」

「なるほど、それはそうかも知れない。しかし戦争が大きくなることと、明美さんの漫画がどう関係するんだ」

「ここからは複雑な要素が絡み合うので説明は難しいが、戦争が巨大化するということは当然、被害も甚大になるということだ。日本は戦争の末期に大空襲を受け、ほとんど焼け野原となる。いまのように戦前の建物が五割は残っているなんていうことはなくなる。そして戦後、誰もが食料に飢え、それ以上に娯楽を求めるようになる。特に子どもたちにとって娯楽こそが生きる希望になる。そんなときに登場する彼女の漫画は、乾いた砂に水が浸み込むように、子どもたちに吸収されていく。〈超人〉への純粋な憧れ、未来への信頼、そしてなによりここではないどこかを描くその力によって、子どもたちはたちまち彼女の漫画を特別のものと受け取っていくことになる」

そんなにうまくいくだろうか、と思わないでもなかったが、確かに理解はできた。空襲被害は多少あったものの、東京は焼け野原になることは免れた。戦後もアメリカから入ってくる雑誌だけでなく、日本人の描くスポーツ漫画や時代劇漫画が溢れていたが、もしもあれらより以前に彼女の漫画が現われればそれは衝撃的だろう。嘉津馬は芳村の言葉を信じてみたくなった。

「それで、『怪盗博士』が〈ファンタズマゴリア〉なんだとして、それを確定させるのはどうしたらいいんだ」

「うん、ここからが面白いところなんだが、『怪盗博士』のモデルとなった怪盗は神出鬼没であり、ついにその正体は不明のままだった。だから彼は実は実在しなかったのではないか、という説も出ていたりする。また叛乱将校の中に、派手な赤いマントをつけていた者がいたという話があり、彼についての噂ばなしが後に『怪盗博士』の伝承と融合して、謎のマント怪人のイメージになったという説もある。つまり端的に言えば『怪盗博士』は実在と架空の間を漂っている存在なんだ」

「それはつまり何度も書き変えられている存在、だということなのか」

「それはわからない。だがそこまであやふやなものを、はっきりと実在した、と固定してみせるのは難しいが、逆に架空のもの、としてしまうのは不可能じゃない。それでこの企画書だ」

芳村は『怪盗博士』の企画書を嘉津馬に渡した。

「君も名前ぐらいは知っているだろう、戦前から活躍しているHという探偵小説家がいる」

突然、知り合いの作家の名前が出てきて驚いた。Hは戦前、エログロや猟奇趣味の探偵小説を日本に持ち込み人気を得たが、そうした作風が官憲ににらまれ、神化一〇年前後にはどんな作品も出版を許されなくなってしまった。戦後になってからは主に後進の育成に力を入れており、嘉津馬もそのサロンに何度か出入りさせてもらったことがあった。

「Hは神化一〇年の末から、少年雑誌に新連載を頼まれていた。だが日頃の過激な作風がたたり、ついに構想をまとめることができず断念してしまう。そして以後Hは新作を発表することがなくなった。そんな彼の元にお前がこの企画書を届けアイデアを授けるんだ。名探偵と謎の怪盗、ややエログロは足りないがHにはぴったりの趣向じゃないか」

「そうすると、どうなる」

「Hは神化一一年一月号から、『怪盗博士』の小説連載をはじめ、たちまちそれは大人気となる。結果として戦後まで……まあ、それはいいとして、そうすることで『怪盗博士』は少年雑誌に連載されたHの小説中のキャラクターだということになる。〈ファンタズマゴリア〉としてぶれる心配はない。そうすることで歴史の中から、現実の『怪盗博士』は消え去る。青年将校たちの叛乱は起こり、戦線は拡大し、子どもたちは明美……か、その漫画を求めることになる」

「そんなにうまくいくのか」

「複雑な要素ばかりだから普通なら保証はしない。だがボクは現に彼女の漫画が大成功した世界も見ている。ならば振り子を少しそちら側へと揺らしてやるだけだ、そんなに難しいことじゃない」

嘉津馬は企画書を握りしめて、少しの間考えた。

「やっぱり歴史を書き換えるのは悪いことだと思うかい」

「いや、芳村さんの云った通り、書き変えたあと、元の歴史を誰も知らないんだから、どっちがよくてどっちが悪いなんて決めようがない。いまはそう思っている。ただ……H先生ほどの人にうまく企画を伝えられるかどうかが心配で」

「ああ、それなら心配ない。お前はやがて小説家として成功する、そういう才能をもっているんだ」

嘉津馬は驚いて顔を上げた。

「なんだって。未来のことを話したらいけないんじゃなかったのか」

「ああ、だが今はお前に自信を持ってもらわないといけないからな。これぐらいならいいだろう」

「自信をもたせるために適当なことを云ってるってこともある。オレは小説家になんてならないよ。尾上みたいな才能はないんだ」

「そうかな。ボクは実際に未来でお前の小説を読んだことがある。そこでお前の超人への憧れや、SF的な現象に対する柔軟な精神を知ったんだ。そうでなければ今回のような事件に巻き込むと思うか」

それは確かにそうだ。もし嘉津馬がSF小説を読んでいなかったら、同じ時間を繰り返しているなんていう現実を簡単に受け入れて行動を選択することなどできたろうか。

「でも、オレの性格なら小説なんて読まなくてもわかることじゃないだろうか」

「しつこいな。だったら教えてやる。お前のペンネーム、木更嘉津馬。名前のアナグラムでも、知人の名前の改変でもない、その由来。それは『高山嘉津馬』からとったんだろう」

衝撃が走った。これまで誰にも言い当てられたことがないペンネームの由来を、芳村はいとも簡単に正解してみせた。

「高山嘉津馬というのは江戸時代に現われた天狗小僧の別名だそうだな。天狗の世界に行ってきたと主張し、当時の学者たちの間に騒動を巻き起こしたとか。ここではないどこか別の世界からきた、お前は自分をそう云いたいんだ」

「どうして、わかったんだ。誰にも云ったことがない。これからだって話すつもりなんてなかったのに」

天狗小僧寅吉は江戸時代、突如文学者たちの間でもてはやされた謎の少年だ。天狗にさらわれて何年もの間仙人の国に行ってきたといい、不思議な仙境のあれこれを具体的に語ってみせた。それを信じる者もいたが、ただの嘘つきと断じるものもあり、数年でブームは過ぎてその後の生涯については諸説あるらしい。

嘉津馬がペンネームを寅吉からとったのは、自分を嘘つきだと云いたいわけではなかった。ただ彼にとっていまの世界はどこか住みにくい。せっかく〈超人〉がいるのに、彼らは戦争に使われたり、スポーツで競ったりするだけで、ちっとも世界をよくすることのために、弱い人々を守るために、正義のために活躍したりはしていない。そんな世界はどこか違う。ここで生きにくく感じているオレは、もしかしたら違う世界からきたんじゃないだろうか。そんな思いがあった。だがこれは絶対に誰にも明かせない、自分だけの思いのつもりだった。

「お前は超人になりたかったんだな」

芳村が唐突に笑いかけた。嘉津馬は否定する言葉も探せず、つい小さく頷いていた。

「ああ、わかるさ、ボクもそうだからね」

「だけどなれない。オレには父のような選ばれた才能もないし、そもそも〈超人〉となったところでその力を誰かのために使うような、人のためになる立派な存在にはとてもなれる気がしない」

芳村が頷いた。

「ボクもそうだ。だけど明美、彼女の漫画はいいね。そういう超人がたくさん出てくる」

「うん、彼女の漫画に出てくる超人たちは決して完璧な存在じゃない。オレたちと同じか、それよりも弱いところがあったり、悩んだりもする。だけどその中で」

「自分の力を人のために使おうとする、世界を変えようと信じている」

芳村の笑顔が優しい、と嘉津馬は思った。

「ボクが知っている実際の超人はそうじゃない。宇宙からやってきたというあの人間衛星のアースにしたって、人の助けを求める声に反応するというが、泥棒が鍵をあけられなくて困っているところに飛んできて、鍵をあけてやったこともあるっていうからね。超人ってのも大変だ。だけど……現実がそうじゃないからといってあきらめることはない。あの漫画を読むとそんな風に思うことができる」

（ああ――そうか）

突然霧が晴れたような気がした。

なぜ自分が『負けたくない』と心の中で何度も繰り返していたのか。『負けたくない』と念じている相手は誰なのか。それがいまわかった。

確かに現実の〈超人〉は嘉津馬が子どものころに憧れていたものとは違うかも知れない。

父は戦争で足を失い、過去の栄光を埋め合わせてくれるものを息子に求めるような弱さを秘めていた。ドゥマは獣となれば我を忘れて同胞も襲ってしまうような存在だった。現実はいつも、過酷で、嘉津馬の中にあるものすべてを否定するチャンスを狙っている。

だが、嘉津馬が〈超人〉を夢見続けることは自由だ。特別な力を持ち、その力を無垢な弱い存在を守るために捧げようと日夜努力する、〈超人〉とはそういうものだ、という幻想を持つ権利。もっといえば、誰でも〈超人〉になることを夢見る自由。それは本来誰にも奪えるものではない。それなのに嘉津馬も、誰もが、ときに失いかける。奪っていくのはいつだって、世界じゃない。自分だ。

自分が、〈超人〉に落胆したり、夢見ることをあきらめたとき、それはたやすく失われる。それは自分が自分に『負けた』ということだ。

そうだ、嘉津馬は〈超人〉になりたいわけでも、〈超人〉にあふれた別の世界にいきたいわけでもない。ただ自分が子どものころに憧れた〈超人〉という存在をこの世界で信じ続けること、それが嘉津馬が負けなかったということになるのだ。

「なんだか、すっきりした顔になったな」

芳村に云われて、照れくさく顔をぬぐった。

「自分のしたいことが改めてわかった。だけどまずは明美さんの漫画だ」

「決意はできたかい。だったらいつでもいい。神化一〇年のH先生宅へ」

頷きかけた嘉津馬の視界の隅で、なにかが揺らいだ。

　そちらを見ると、五輪塔がぼんやりとかすみはじめていた。あの夜と同じだ。確かに存在しているはずの巨大な五輪塔が、いま幻燈の揺らぎのように消えかけている。

「芳村さん、これは……」

「ああ、消えかけているね」

「見えるのか、あんたにも」

「そりゃあね、云ってなかったか、これもまた〈ファンタズマゴリア〉の一つなんだ」

　嘉津馬は耳を疑った。

「どうして五輪塔が〈ファンタズマゴリア〉なんだ、こんなにはっきり存在している、架空の要素なんて一つもないじゃないか」

「これは神化一五年の東京オリンピックのときに建造されたものだろう。だがあのオリンピック大会はあと少しで中止されるところだった。いや、いくつかの要素が変化すると、実際に中止になってしまうこともある。ボクはそうなった歴史も何回も目撃している」

「だが……なんでいま、五輪塔が消えかかっているんだ」

「それは」芳村が嘉津馬を指した。「お前が『怪盗博士』を架空のものにしようと、決断したからだ」

　なにを云われたか、わからなかった。怪盗博士の件は、神化一一年の叛乱と結びついていると聞いた。東京五輪のことなど一つも口にしていない。

「もし神化一一年に青年将校の叛乱が起きれば軍部の発言力が増すと云っただろう。日本は急速に戦時体制に入っていき、予算を喰う東京五輪などをやる余地はないと云われていく。さらに軍事国家になった日本への世界からの目も冷たくなり、ついに五輪開催を返上しなければならなくなる……そういう可能性もある。それぐらい神化一五年の東京五輪は現実と架空の間の危ういバランスに存在していて、簡単に消滅してしまうものなんだよ」

「じゃあオレがH先生に会って、『怪盗博士』の企画を話すことで、東京五輪がなくなるというのか」

「いまここまで揺らいでいる、ということはそうなんだろうな」

嘉津馬は呆然と五輪塔を見上げた。さきほどよりもさらに揺らぎは大きくなり、ロウソクの炎のように動き続けている。見渡せば競技場やプールという建築物も同じようにたよりなく透き通りはじめていた。神化一五年の東京五輪のために作られたものばかりなのだから、大会がなくなれば当然すべてはなくなり、元の森に戻ることになる。

あの東京五輪がなくなるということは、〈超人〉が戦場に駆り出されることもなくなるということになるだろう。多くの〈超人〉がメダルを争うために引っ張り出され、そしてそのまま戦場に送りこまれた。嘉津馬の父もそうだ。もしあの五輪がなければ父は戦争に行くことはなかったかも知れない。そうすれば父にはもっと別の人生があっただろう。少なくともいまのようなみじめなそれとは違い――。

いや、そうだろうか。もし東京五輪がなくなれば、そもそも父は金メダルをとることもなくなる。多くの弟子を育てた父だが、やはりその栄光の原点は神化一五年の金メダルにあることは間違いない。あれがあったから父は生きてこられた。テレビ中継の画面の中で、〈超人〉として光り輝いていた。

もしあの栄光をすべて失ったら、たとえ両足は元に戻ったとしても、父は幸せだろうか。もちろん芳村の云う通り、歴史が書き変われば、その前のことは誰も記憶していない。「もしも東京五輪があったら」「もしも戦場に行ったら」などと考えることもないだろう。そのときそのときの現実を受け入れて、人は生きていくだけだ。それは決して父を苦しめることにはならないだろう。そもそもあの東京五輪は〈超人〉にもその家族にも不幸しかもたらさなかったではないか、と。

それでも、と嘉津馬は思ってしまう。

これは正しいことなのか。

嘉津馬が憧れてきた〈超人〉ならば、よりよいと思える世界のために、世界を変えることを選択するのだろうか。

「木更さん、さあ行きましょう」

芳村の声が響いた。

そのとき、揺らぐ五輪塔に透けて見える、まだ暗さの残る西の空を、一つの光が移動していくのが見えた。明らかに鳥や飛行機ではない。真っ直ぐに空の一点目がけて駆け上がっていく。

「ああ、アースちゃんか」芳村が呟いた。「今朝までどこかで困っている人の声に応えて、やっと寝床に帰って行くんだな」

嘉津馬は、その光点が見えなくなるまで、空を見上げていた。

太陽が高くなり、暖かくなりはじめていた。

どれぐらい座っていたのだろう。嘉津馬の横にもう芳村の姿はない。

突然名前を呼ばれて見ると、こちらに向かってくる尾上と明美の姿があった。明美は旅行鞄を重そうにぶら下げている。

「尾上氏、明美ちゃん、どうしたんだよ。明美ちゃん、始発で帰らないと大学間に合わないんじゃないの」

「どうしてそんなこと知ってるんですか、木更氏。変ですよ。昨夜も、上京してること誰にも云ってないのに、尾上氏に私を待たせたりして」

確かに、明美が来ていることを嘉津馬も尾上も知らないはずだった。だが嘉津馬は自分も尾上も連絡がとれなかったら明美が困るだろうと思い、わざわざ尾上に自宅で待機するよう伝えておいたのだ。

「なんだか変だから、どうしても木更氏に会ってから帰るって聞かないんだよ、宝塚氏。それに昨夜は木更氏のために二人で『時丸』のアイデア出しをずっと新宿の花鳥堂でやってた」

「そうか、ありがとう」

この期におよんで二人が尾上の部屋で過ごさなかったことにホッとしている自分に、嘉津馬は呆れていた。

「とにかく東京駅まで送る、急ごう」

と立ち上がった嘉津馬は、ふと気になって二人に訊ねた。

「なあ、いまこの塔……どう見える」

三十二

ジャンケン大会が終わればパーティもほぼ終わり、編集者たちがそれぞれ担当の作家を二次会へ案内し始めていた。

混雑する出口の中で、ボクは木更センセイの姿を探していた。ようやく見つけたときにはセンセイは既に一人でエスカレーターを降りようとしているところだった。

「先生、あの木更先生」

センセイは一瞬ボクが誰だかわからなかったみたいだが、すぐに微笑をかえしてくれた。

「ああ、超人の話、途中でしたね」

「はい、でも仕方ないです、初対面なのにいろいろとボクが無礼でした。ただ、あの、お聞きしておきたいことがありまして」

「なんですか」

「先生が昔TTHのディレクターだった頃、『忍びの時丸』という人形劇をやっておられて」

「はいはい」

「その番組が、人気があったのに三月の一週で打ち切られたということになっています、全四五回です」

「そんなこともありましたかねえ」

「でもその後番組がよくわからないんです。『怪盗博士』というドラマだったという説と、『時丸』はその後も続いたという説があって、新聞を調べても番組欄には『児童劇』としかないものですから確認しようがなくて。あの、先生は憶えてらっしゃいますよね」

するとセンセイは、楽しそうに眼鏡の奥で笑ってみせてこう云った。

「それはファンタズマゴリアです」

それはさっきも口にされた言葉のように思えた。そしてボクが口を挟む間もなく、こう続けたのだ。

「〈超人〉について書くなら、コツを教えましょう。それは自分が〈超人〉だと思うことです」

それはとてもボクにはできそうもない話だった。見たことも会ったこともない〈超人〉になりきるなど。

「もちろん私たちは〈超人〉ではありません。でも人間はいつか誰でも〈超人〉になれるかも知れない。なれたらとても素晴らしい、かも知れない。そういう幻想を持つことが…

…私たちの仕事なんじゃないでしょうか」

そう言い残しセンセイは立ち去ろうとされた。ボクが二次会について訊ねると「妻が待っていますので」と笑顔で手を振られた。

あとでボクの担当にこの話をすると、ひどく顔をしかめられた。

「木更先生の奥様は、お若くして亡くなられてるよ」

「そうなんですか」

「才能のある漫画家で、医者の卵だった。すごく人気が出てきて、これからってときに。医者の不養生ってやつでな」

三十三

木更嘉津馬は東京中あちこち移り住んだが、近年は結局また駒場に戻ってきていた。若い頃に住んでいたアパートはとっくに取り壊されていたが、公園の近くに手頃なワンルームを見つけ、いまでは気楽な一人暮らしをしている。

さきほど、名前も憶えていない若い作家に『妻が待っている』と告げたが、嘘をついたつもりはなかった。

五輪公園の中心にある、五輪塔は嘉津馬にとって妻との想い出の地である。そこに腰かけて、心の中で妻と会話するのが、彼の日課だった。

パーティの酒のせいか、夜風が寒く感じられ始めていた。

「こりゃいけない、そろそろ帰るとするよ」

そう心の中に話しかけて、立ち上がる。

振り仰いで改めて五輪塔を見た。神化一五年の東京五輪のときに建築されたこの塔は、これまでと変わらず存在している。その五輪に出場した父は晩年、この塔の前にきては一心に拝むようになっていたものだ。

ふと、揺らいだ。

まるで幻燈機の投影した絵に、壁紙が二重写しになるように、五輪塔の後ろの夜空がどんどん濃くなっていく。五輪塔が揺らぎながら透き通っていくように見える。

「どうやらまたどこかで誰かが、書き変えてみたいと考えているようだね。いいんだ、それでいい。きっと素晴らしい〈超人〉に違いないよ」

楽しそうにそう呟き、嘉津馬は軽い足取りで家を目指して歩き出した。

「超人幻想」の誕生について

會川昇

この日本という国に生まれて育つとあまりにそれが自然で、当たり前のこととして受け取ってしまいがちなのですが、世界標準から見れば随分と特殊だということがままあります。例えば空想の産物であるスーパーヒーロー像もその一つです。それがコミックでも、アニメでも、あるいは特撮を用いた実写ドラマでもそうですが、これまで生み出されてきたおそらく何万にも及ぶキャラクターたちは、実に多岐にわたっていて、デザインもその出生の過程も千差万別です。昭和三〇年代の少年向け漫画雑誌を開いてみれば、少年型のロボットもいれば、忍者もおり、天才的柔道家や、魔球を操る投手、人間に操縦される巨大ロボット、超能力を使うものから、喋る動物まで、しかもそれらがどれもヒーローとして活躍するものばかりで溢れています。それは現在の《週刊少年ジャンプ》まで受け継がれているこの国の少年向けエンターテインメントの特徴と言えるでしょう。

もちろんそのときどきの流行というものはあって、昭和三〇年代後半であれば少年が主人公であることを求められましたし、昭和四〇年代後半は「怪獣」「変身ヒーロー」「巨大ロボ」という三軸が拮抗し、そのバリエーションが爆発的に生み出されました。もちろんその偉大な先輩としてアメリカン・コミックスのスーパーヒーローたちがいるわけですが、彼らの多くは等身大の人間がスーツ（やマスク）を着たデザインという縛りの中での個性を模索しているのに対して、日本においてはそうしたレギュレーションを壊し続けることによって、ヒーロー像の多様化が進められてきた印象があります。

私が育った昭和四〇年代は「ウルトラマン」に始まる怪獣ブームから妖怪ブーム、スポ根へとめまぐるしく子どもたちの興味が変化し、学生運動と万博を経て、より等身大のヒーローが求められるようになり、変身ヒーロー、さらには巨大ロボット、そして宇宙へと我々は誘われ続けました。しかしそれはあくまで通史的に俯瞰した場合であって、巨大なムーブメントとはならなくても、その間にさらにたくさんのヒーローたちが生み出され、私たちはそれをシャワーのように浴び続けていたのです。つまり自分の子ども時代の記憶は、親や友達と過ごした現実の出来事と共に、テレビや漫画で体験したそうしたヒーローたちの物語も大半を占めているわけで、それもまたある意味『現実』の一部であったと認めないといけないのではないかと思っています。それは空想を現実と混同するというようなことではなく、例えば私は大阪万博に連れて行ってもらえなかった（三歳上の兄は行っている）のですが、実は同世代で同じ体験を持つ者は多く、私たちにとって万博はテレビか雑誌で二次的に体験するものでしかありませんでした。それは特撮番組やヒーローたちの漫画と区別して吸収されたものではなく、ある意味等価だったのです。

華やかなイベントばかりではありません。象徴的な東大安田講堂陥落以降、ハイジャックやシージャック、そしてあさま山荘からビル爆破に至るまで、社会を揺り動かした事件はみなテレビを通じて受け取ったものであり、テレビドラマの制作者たちがそうした社会的事件をヒントに作る物語も同時に私たちに送り届けられていました。それらは渾然一体となって私という人間を形作ってきたのです。

だからいつか昭和という時代を、自分の体験を通して語るとき、アポロや万博といったイベントや、学校や家庭での生活体験だけではなく、テレビや本から受け取った『物語』も含めなければ正確ではないのではないか、そんな風にずっと考えてきました。

「ゲーム・オブ・スローンズ」のタイトルでドラマ化され世界中で大ヒットした『氷と炎の歌』で知られるジョージ・R・R・マーティンとその仲間による『ワイルド・カード1 大いなる序章』に出会ったのは二十年以上前のことになります。マーティンの『フィーヴァードリーム』が大傑作であったこと、また彼が参加したテレビシリーズ「美女と野獣」（現代のNYの地下に、中世的な別世界が広がっており、そこに住むロン・パールマン演じる獅子顔の野獣が、地上世界に住むリンダ・ハミルトンと禁断の愛を育む物語で、リアリティを保ったスーパーヒーロードラマとしても先駆的）のファンだったこともあり、邦訳が出たときにほぼ速攻で購入（末弥純さんの装画も素晴らしかった！）、そしてその内容に衝撃を受けました。この作品はある事件がきっかけでアメリカ全土に特殊な能力を持った存在が多数出現してしまった世界が舞台となっていますが、特に第一巻では一九四〇年代から八〇年代におけるアメリカの現代史が背景に敷かれ、実在の人物が物語に登場したり、ケネディ暗殺やウォーターゲートという事件が起こる中で、超人たちの存在が史実に別の光を投げかけたりもするという構造になっています。現実に起きた社会的な事件と、虚構の存在である超人たちの歴史をクロスさせつつ、そのスタイルでしか描けない物語を紡ぐ。これはある意味（これも自分にとって大好物である）日本の伝奇小説の技法でもあり、強く惹きつけられました。

ちょうどその頃日本でもフランク・ミラーやアレックス・ロス、ニール・ゲイマン、アラン・ムーア、カート・ビュシーク等の時代を画したアメリカン・コミックスの名作が気軽に手にとれるようになっていきました。中でも私は『マーヴルズ』の、「アメコミの中で起きた事件を、その発表年代に実際に起きた歴史的事件として描く」という手法や、『リーグ・オブ・エクストラオーディナリー・ジェントルメン』の「文学等の虚構のキャラクターを全て実在のものとして描く」というやり方などを知り、それらをよりハイブリッドさせることで自分が以前から考えていた超人達の物語を描くことができるのではないか、と考えるようになっていったのです。

しかし実際には企画はなかなか前に進みませんでした。キャラクターの版権を出版社が有する事が多いアメリカン・コミックスに較べ、日本のキャラクターの多くは作家に帰属しています。ですから過去に生み出された超人たちを登場させることは諦め、『ウォッチメン』や『アストロシティ』、そして『ワイルド・カード』のように自分の企画のために新しい超人を生み出すことは最初から決めていました。しかしそうなると当然企画のインパクトも薄れるし、語り口をどうするべきなのかということに迷いが生じ、結局二十年近く企画を出しては潰れということを繰り返してきました。そんな中で長年一緒にアニメ作品を作ってきた水島精二監督が、やはり同世代として「自分たちの子ども時代の体験を虚構化する」というアイデアに共感してくれ、しかし昭和や歴史的事件といったディテールにはこだわらず、企画の本質にあった様々な（日本的な）超人が乱舞しバトルロイヤルを繰り広げるような、絢爛豪華でポップな世界観を提案してくれたことから、ようやく企画が実を結ぶ日が来ました。それが二〇一五年十月より放送を開始する「コンクリート・レボルティオ～超人幻想～」というアニメシリーズになります。

この小説はアニメの企画を進めるのと並行して、その世界観を広く知ってもらうために先行して書かれたものとなります。アニメの直接の原作でもノベライズでもありませんが、世界観は共有し、共通のキャラクターも登場します。しかしアニメでは描けない、より深く複雑な歴史との同期や、虚構と現実のあいまった登場人物たちによる、一篇の独立した小説として完成させたつもりです。これがミステリなのか、SFなのか、歴史改変シミュレーションなのか、パロディなのか、自分でもよくわかりません。ただ、子ども時代、テレビや漫画の中にいた超人たちが現実ではないと知った今でも、自分の記憶の中に彼らが現実と分かちがたく存在しているすべての方に読んでいただければ幸いです。

最後になりましたが、執筆と出版にあたり協力をいただいた多くの方々に感謝を捧げたいと思います。こうした形で別の物語を描くことをゆるしてくださったアニメ「コンクリート・レボルティオ〜超人幻想〜」のすべての関係者へ。友人であり『ワイルド・カード』の翻訳グループのお一人でもある堺三保さんにはそのアメコミに関する知識など折々にレクチャーしていただき、企画の成立までに何度も話し相手になっていただきました。また本作が発表される直前の《特撮秘宝》誌では柳下毅一郎さんと対談を組んでいただき、アメコミやSFにおけるヒーローの存在について改めて考察する機会をいただきました、特撮秘宝編集部と柳下さんに深く御礼申し上げます。また企画当初から辛抱強く原稿をお待ちいただき、《ミステリマガジン》への分載でも収まらなかった本作を出版してくださった早川書房編集部の皆様と、『UN‐GO 因果論』に引き続きひとかたならぬご苦労をおかけした担当のYさまに最大限の感謝を申し上げます。
そして、日本のテレビアニメ草創期から現在まで第一線で活躍を続けられ、常に私たちの先頭に立って未来を切り開いてくださっている、辻真先先生。本作のアイデアをいつもの変わらぬ温かい笑顔で容認してくださり、また「コンクリート・レボルティオ〜超人幻想〜」にはその最新の脚本を提供していただくという栄誉をたまわりました。私たちにとって、あなたこそ超人です。

二〇一五年八月

主要参考文献

本作執筆にあたり多くの書籍、テレビ番組、DVD、WEBサイト等を参考にさせていただきました。本作の舞台はあくまで〈神化〉という架空の年号の世界であり、現実との相似による混乱があったとしても、すべて著者一人の責任に帰するものです。

『TVアニメ青春記』辻真先／実業之日本社

『テレビ疾風怒濤』辻真先／徳間書店
『なつかしの殺人の日々』辻真先／角川文庫
『僕らを育てたシナリオとミステリーのすごい人 2』辻真先／アンド・ナウの会
『日本ＳＦアニメ創世記』豊田有恒／ＴＢＳブリタニカ
『ＧＨＱ知られざる諜報戦』Ｃ・Ａ・ウィロビー／平塚柾緒編／延禎監修／山川出版社
『日本映画黄金期の影武者たち』シナリオ・センター編／彩流社
『ハリマオ　マレーの虎、六十年後の真実』山本節／大修館書店
『神本利男とマレーのハリマオ』土生良樹／展転社
『ネオンサインと月光仮面』佐々木守／筑摩書房
『日本の放送をつくった男』石井清司／毎日新聞社
『幻の東京オリンピックとその時代』坂上康博、高岡裕之編著／青弓社
『幻の東京オリンピック』橋本一夫／講談社学術文庫
『オリンピック・シティ　東京　１９４０・１９６４』片木篤／河出書房新社
『'60年代蘇る昭和特撮ヒーロー』石橋春海／コスミック出版
『１９６０年代の東京』池田信／毎日新聞社
『よみがえる東京』三好好三編著／学研パブリッシング
『日本の黒い霧』松本清張／文春文庫

『明智小五郎読本』住田忠久編著／長崎出版
『20世紀年表』毎日新聞社
『二・二六事件全検証』北博昭／朝日新聞出版
『二・二六事件の幻影』福間良明／筑摩書房
《ＳＦマガジン》早川書房
『ふしぎな少年』手塚治虫／講談社
『新世界ルルー』手塚治虫／講談社
「甦るヒーローライブラリー 第8集 伊賀の影丸 ＨＤリマスターＤＶＤ‐ＢＯＸ」ＴＣエンタテインメント
ＤＶＤ「恐怖のミイラ」アネック

本書は、《ミステリマガジン》二〇一五年七月号、九月号に掲載した前半部に書き下ろした後半部を加え、さらに全体にわたって改稿をほどこし、書籍化したものです。

UN-GO 因果論

會川 昇

〝敗戦〟後の近未来日本。〔探偵〕は新興宗教団体で続く連続不審死事件への捜査協力を依頼された。姿の見えない獣が出現するというその事件は〔探偵〕が口を閉ざす過去、行動を共にする奇妙な少年・因果と密接な関係があった――坂口安吾『安吾捕物帖』原案のアニメ「UN・GO」の劇場公開作を脚本家自身がノヴェライズした「因果論」に加え、小説版オリジナルの前日譚百枚を特別収録。

know

野﨑まど

超情報化対策として、人造の脳葉〈電子葉〉の移植が義務化された二〇八一年の日本・京都。情報庁で働く官僚の御野・連レルは、あるコードの中に恩師であり稀代の研究者、道終・常イチが残した暗号を発見する。その啓示に誘われた先で待っていたのは、一人の少女だった。道終の真意もわからぬまま、御野はすべてを知るため彼女と行動をともにする。それは世界が変わる四日間の始まりだった。

ハヤカワ文庫

ハーモニー〔新版〕

伊藤計劃

2015年12月、劇場アニメ化

二一世紀後半、人類は大規模な福祉厚生社会を築きあげていた。医療分子の発達により病気がほぼ放逐され、見せかけの優しさや倫理が横溢する〝ユートピア〟。そんな社会に倦んだ三人の少女は餓死することを選択した――それから十三年。死ねなかった少女・霧慧トァンは、世界を襲う大混乱の陰に、ただひとり死んだはずの少女の影を見る――『虐殺器官』の著者が描く、ユートピアの臨界点。

Cover Illustration redjuice

ハヤカワ文庫

著者略歴　1965年東京都生，脚本家　脚本担当作「機動戦艦ナデシコ」「鋼の錬金術師」「轟轟戦隊ボウケンジャー」　著書『ＵＮ－ＧＯ　因果論』（早川書房刊）

HM=Hayakawa Mystery
SF=Science Fiction
JA=Japanese Author
NV=Novel
NF=Nonfiction
FT=Fantasy

超人幻想《ちょうじんげんそう》　神化三六年《しんかさんじゅうろくねん》

〈JA1205〉

二〇一五年九月　二十日　印刷
二〇一五年九月二十五日　発行
（定価はカバーに表示してあります）

著者　會《あい》川《かわ》昇《しょう》
発行者　早川浩
印刷者　矢部真太郎
発行所　株式会社　早川書房
郵便番号　一〇一－〇〇四六
東京都千代田区神田多町二ノ二
電話　〇三－三二五二－三一一一（大代表）
振替　〇〇一六〇－三－四七七九九
http://www.hayakawa-online.co.jp

乱丁・落丁本は小社制作部宛お送り下さい。
送料小社負担にてお取りかえいたします。

印刷・三松堂株式会社　製本・株式会社明光社

ISBN978-4-15-031205-3 C0193

本書は活字が大きく読みやすい〈トールサイズ〉です。